文文庫

星間商事株式会社社史編纂室

三浦しをん

筑摩書房

目次

星間商事株式会社社史編纂室

一・

星間商事株式会社社史編纂室《ほしましょうじかぶしきがいしゃしゃしへんさんしつ》の朝は、八時十五分に本社ビル全体に流れるラジオ体操の音楽とともにはじまる。

その朝は「ラジオ体操第二」だった。

総務や経理といった事務系の部署では、八時からの軽いミーティングを終え、一同そろって熱心に腕をまわしているだろう。フレックス制が認められている開発や営業では、ひともまばらな室内にむなしく音楽が流れているはずだ。

川田幸代《かわださちよ》は寝不足で鈍く痛む頭を抱え、社史編纂室の自分の机につっぷしていた。隣の机のまえでは、後輩のみっこちゃんが音楽に合わせてリズミカルに跳ねている。跳ねるたびに、紺色の制服の下で胸が揺れる。

「先輩、元気とやる気がないですよー」

「みっこちゃんはいつも、無駄に元気とやる気にあふれてるよね……」

社史編纂室に配属されて、覇気《はき》があるほうがおかしい。室内は資料の詰めこまれた書棚が林立し、窓をふさいでいるため、晴れた日でも昼間から蛍光灯をつけないと薄暗い。床は剝《は》がれかけ、天井は配管がむきだしで、空気はいつもほんのりと黴《かび》くさい。

実質的な責任者である本間《ほんま》課長は、あと一年で定年なのをいいことに今朝も遅刻だ。幸代の二年先輩にあたる矢田信平《やだしんぺい》も、ラジオ体操がはじまると同時に、「ちょっと便所行ってくるわ」と姿を消した。室長にいたっては、これまでだれも姿を見たことがなく、名前さえよくわからないので、「幽霊部長」と呼びならわされている。それも一月《ひとつき》に一回ぐらい、

「この進行状況を、幽霊部長はどう思ってるのかな」

「さあ」

と、話題にのぼる程度だ。

だいたい、社史編纂室の存在意義からして謎だった。

星間商事株式会社は、一九四六年に創立した中規模商社だ。最初は不動産を扱い、いまは健康器具開発やら、ショッピングセンターの企画や飾りつけやらにも手を広げている。一言で言えば「節操がない」のだが、業績は可もなく不可もなくといったところだ。

問題は、社史編纂である。一九四六年創立なのだから、一九九六年に五十周年を記念して社史が発行されるのがふつうだ。ところが、その年は社史どころではなかった。バ

ブルがはじけて、いよいよ不況まっただなかだったからだ。

「そういえば、我が社には社史がないぞ」

と社長が言ったのかどうか知らないが、「社史を編むべし」となったのは、二十一世紀に入ってからだった。二〇〇六年が、会社ができてちょうど六十年だ。それに向けて、『星間商事株式会社　六十年のあゆみ』を作ろうということになり、本間課長が本館ビル内の資料室を掃除して、めでたく社史編纂室が誕生した。二〇〇三年のことだった。

しかしいまは、二〇〇七年だ。会社創立六十周年のお祝いは、去年執り行われた。社員全員に紅白饅頭《まんじゅう》が配られた。社史は配られなかった。まにあわなかったからだ。

「ゆるい……」

幸代は机につっぷしたままうめく。

幸代も企画部にいたころは華々しく、郊外の大型ショッピングモールを手がけたものだ。近辺の土地開発の波にうまく乗って、プロジェクトは大成功した。そのショッピングモールはいま、平日は近隣住民の買い物の場になり、休日も遠方からわざわざ車でやってくる人々であふれている。

手腕を見込まれた幸代は、類似の企画の責任者にならないかと上司から打診された。固辞した。出店者や地元自治体や行政との折衝《せっしょう》がどれだけ大変か、数年駆けまわった経験から身に染みていたし、ろくにプライベートの時間を持てないのは絶対に困る理由があったためだ。

幸代は、べつに出世したいとは思っていない。割り振られた仕事を着実にこなし、見合うだけの給料をもらい、夜と週末は必ず体が空《あ》く。そういう生活をしたかった。その旨を上司におずおずと伝えると、「ぴったりの部署がある」と言われた。

社史編纂室に飛ばされた。昨年のことだ。

同時期に矢田とみっこちゃんも社編の一員となった。驚くべきことに、幸代たちが配属された時点では、社史編纂作業はほとんど進展していなかった。さすが、定年間近になっても課長のままの本間課長だ。六十周年までに仕事を仕上げようとは考えもせず、怠惰な毎日を過ごしていたらしい。会社もすでに諦めているのか、

「本間課長の畢生《ひっせい》の大仕事だから、彼の退職にあわせて社史ができれば、まあいいよ」

といったムードに満ち満ちている。

たしかに、仕事は楽な部類に入る。地味だが、資料を集めたり調べたりするのはなかなか性に合っていて、楽しいときすらある。

しかし課長が定時に出社せず、作業の中核を担《にな》うべき矢田がトイレに籠《こ》もったままという、この状態はいかがなものか。寝不足の自分を棚に上げ、幸代は現状を憂《うれ》えた。

ラジオ体操を終えたみっこちゃんが、隣でさっそく菓子を食べはじめる。

「矢田さん、戻ってこないね」

「ヤリチン先輩なら、さっきトイレからメールきましたよ」

ほら、と携帯電話の画面を見せられた。「二日酔いでゲロゲロ～。さきにはじめてて。川田にはうまくごまかしとけよ」といった内容が表示されていた。絵文字を多用したメールだ。

こんなもんを打つ余力があるなら、二日酔いぐらい気力で回復させせんかい。

ひどくなった頭痛にこめかみを押さえつつ、幸代はプリントアウトするべき資料をパソコン上で選別していく。

「みっこちゃんさあ、あんまりそういうこと言わないほうがいいよ」

「そういうことって？」

「……ヤリチン、とか」

室内にはほかにだれもいないのに、幸代は思わず小声になった。だがみっこちゃんは、

「やあだぁ、先輩！」と豪快に笑い飛ばす。

「だって矢田先輩、ほんとにヤリチンじゃないですかぁ。社編に飛ばされたのも、専務の愛人だった秘書に手を出したからだって噂だしぃ。昨夜もきっと、合コンでお持ち帰りしたと思いますよ」

「うるせえ、みっこ。乳揉むぞ、おら」

と背後から声をかけてきたのは、噂の主《ぬし》の矢田である。みっこちゃんは、「ヤリチン

先輩、セクハラー」とあいかわらず笑っている。最低の職場環境だ。幸代は眉間に皺を寄せる。

「ていうかさ、お持ち帰りしたまではよかったんだけど、勃《た》たなかったの、俺。あー、ショックだ。年なのかねえ、もう」

幸代の向かいの席に腰を下ろした矢田は、資料の山越しに「どう思うよ」と聞いてくる。

「知りませんよ、そんなこと」

「つめてーなー。川田、おまえ彼氏とどうなの」

「べつに変化ないですけど」

「えっ、先輩の彼氏さん、いまおうちにいるんですか?」

と、みっこちゃんが話に割りこんだ。幸代は優しく教え諭《さと》す。

「彼氏にさんづけするの、やめようね」

「なんでですかー」

尻の座りが悪いからだよ、と内心で答えた。「氏」ってのがすでに敬称なのに、さらに「さん」をつけたらおかしいだろ。「川田氏さん」って言わないだろ。

「川田もよう、このへんでビシッと結婚でもなんでもしとかないと、男に逃げられるぞ。いつまでも、若いと思うな卵子と精子。これ、今月の俺らの標語な。みっこ、書きとめとけ」
「はーい」
ほんっとうに最低最悪の職場だ。社史編纂室にしばし、プリンターが紙を吐きだす音とみっこちゃんがお菓子を食べる音と矢田のいびきが響いた。

それにしてもありがたいのは、ゆるゆるの職場なだけに、だれも幸代の趣味に勘づかないことだ。

みっこちゃんと矢田は、昼を食べに出ていった。幸代は、資料に紛らせてプリントアウトしておいた小説の原稿を、社史編纂室のコピー機でこっそり両面コピーする。古い機種なので、両面コピーの機能がついていない。ページが合っているかたしかめつつ、片面のコピーが終わった用紙をいちいちトレーに差しこまなければならなかった。しかし、コピー代も紙代もタダなのがいい。会社の事務用品を私的に流用するのは問題だが、そんなに大部数を刷るわけじゃなし、ばれないだろう。小説の内容が内容だけに、コンビニでコピーして人目につくのは避けたかった。

幸代はだれもいない社史編纂室で、黙々と同人誌作製に勤《いそ》しんだ。五月に開催される同人誌即売会、「スーパーコミックシティ」にあわせ、いつもどおりオフセット本を一冊、個人誌としてコピー本を一冊、発行する予定である。

オフセットのほうは、すでに印刷会社に入稿をすませた。幸代の小説が一本、小野実《おのみ》咲《さき》の小説が一本、中井英里子《なかいえりこ》の漫画が一本、収められている。オリジナルのサラリーマン物のシリーズで、大きな即売会《イベント》のたびに新刊を出す。固定客もついており、毎回三十部ほど作って、ほとんど余ることはない。もちろん稼ぎにはならないどころか、イベントへの参加費や印刷代で赤字だけれど、高校時代からの友人同士で、楽しく同人誌を作っている。

今回、幸代が手がけるコピー本は、シリーズの番外編だ。コピー機のメンテナンスに来る、リース会社の若い男を見て、ネタを思いついた。そうだ、こんな感じのさわやかな男が、本間課長みたいに機械が苦手な冴えない中年男と、めくるめく恋に落ちちゃう話はどうだろう、と。

考えついたらパソコンのキーボードを打つ手が止まらず、幸代は昨日、徹夜で原稿を仕上げた。

つまり、幸代が友人二人とやっているサークル「月間《つきま》企画」は、「月間商事株式会社」を舞台に、サラリーマンが男同士で恋をするストーリーの同人誌を出しまくっているのだった。

もちろん会社の人間はだれ一人として、幸代の裏の顔を知らない。ゴールデンウィークや盆休みや年末を、旅行もせずにイベントやコミケで費やしていることを知らない。プライベートな時間のほとんどが、同人誌作製と販売、サークルのホームページである「月間企画.net」の運営、同人誌の通信販売の発送作業で埋めつくされていることを知らない。

だれに知ってほしいとも思わない。同人誌を作ってイベントに参加するのは、ひそかな楽しみとして、幸代の生活にずっと組みこまれてきた。高校時代から、息をするように自然に、幸代は小説を書き、友だちとその喜びをわけあい、志を同じくするほかのサークルの人々と交流してきた。その行為に、なにか説明が必要だとはこれっぽっちも思わない。

女性のオタク文化がメディアで取りあげられるようになり、したり顔で論じるひともいるが、たいていは的はずれだ。自分の金と時間を使って楽しんでいるだけなのだから、そっとしておいてほしい。書いたり読んだりするのは楽しい。理由はそれで充分だと幸代は思っている。

さて、コピー機は順調に作動していたのだが、コピー本の表紙となる水色のトレーシングペーパーを手差ししたところで、「ごげごげ」といやな音を立てて紙詰まりを起こしてしまった。幸代は舌打ちした。トレーシングペーパーは詰まりやすい。せっかく家のパソコンで小説のタイトルをうまくデザインしてきたのに。早く直さないと、昼休みが終わってしまう。

トレーを抜いたり、コピー機前面の覆《おお》いをはずして内部を覗きこんだりと、幸代は紙詰まりの解消に躍起になった。コピーし終わっていた本文用紙が、床に散らばる。あ、と思ったときには、視界に埃っぽい黒い革靴が現れ、ついでしなびた指が紙を拾いあげた。

幸代は床に這いつくばったまま、おそるおそる顔を上げた。本間課長が、幸代の書いた文章を黙って読んでいる。幸代は「げえっ」と、声には出さず叫んだ。時間が止まった。

やがて本間課長は、拾った紙を静かにコピー機のうえに置いた。痩せて、いかにも気の弱そうな顔立ちの本間課長は、顔に合わないレンズの大きな眼鏡の奥で、眠そうな目をめずらしく光らせた。

「川田くん」

と本間課長は言った。

「はい……」

と幸代は立ちあがった。

「きみ、小説を書いているのか」

幸代は聞こえないふりをしたかったが、本間課長がじっと見上げてくるので（本間課長は背が低い)、しかたなく「ええ、まあ」と答えた。

「河内《かわち》サチというのは?」

　本間課長は、しわくちゃになったトレーシングペーパーを指す。幸代が苦心してコピー機内部から引っこ抜いたものだ。

「ぺ、ペンネームです」

　顔から噴いた火で、おんぼろのスプリンクラーが作動するかと思われた。

「ふうむ」

　本間課長はなにやら考えこみ、「同人誌か」と言った。

　きゃー! ムンクの『叫び』が、ポンポンポンッと三人ぐらい脳内で身をよじった。万事休すだ。これまで隠しおおせてきたのに、明日からはきっと、社内のあちこちで陰口がささやかれることだろう。

　灰になったぜ。真っ白に燃えつきた幸代の肩を、本間課長は励ますように軽く叩いた。

「わたしもこれでも、学生時代は文芸部に所属していてね。仲間と同人誌を作っていたものだよ。目指せ『歴程』、『白痴群』ってね。うんうん」

　なにか誤解しているようである。幸代は「はあ」と言った。

「だけど川田くん、会社のコピー機を使うのはほどほどにしときなさい。そこにあるぶんは、今回は目をつぶる」

本間課長は本当に目をつぶってみせ、ふらふらと自分の席へ歩いていった。「ほら、さっさとやっちゃって」

幸代はお言葉に甘え、コピー本作製を続行することにした。助かった、と思った。

「えー、ばかじゃん!」

携帯電話から飛びでた実咲の声が、幸代の耳に突き刺さる。「ばれちゃったわけ?」

「ばれたけど、昔ながらの文芸同人誌だと思われたらしくて、ことなきを得た」

「まあ、それならよかったけど」

実咲は有名な電気機器メーカーに勤めていて、会社にも家族にもつきあっている男にも、自分の趣味を隠している。

「じゃあ、あんたのコピー本、無事発行できそうなのね」

「うん。印刷会社もいまのところなにも言ってこないから、オフセットのほうも大丈夫そうだよ」

「五月はオフセット一冊に、あんたと私の個人誌が一冊ずつか。上等、上等」

実咲は満足そうだ。「さっきサイトを見たら、英里子がスーパーコミックシティの新刊情報を更新しておいてくれてたよ」

「あ、私も見た。あとでお礼のメールしとく」

サークル「月間企画」の残る一人のメンバーは、二人の子持ちで専業主婦の英里子だ。もう寝てしまっただろうと思い、幸代は英里子に電話するのは遠慮しておいた。漫画担当の英里子は、「最近、チビたちが『なに描いてるの？』ってうるさいのよね」と、ぼやいている。子どもが物心ついてくると、親の趣味を秘匿《ひとく》するのも大変だ。英里子の夫は、妻の本棚にひっそりと並ぶ同人誌や漫画や小説を見て見ぬふりしているらしい。

「いつまで、こんなことつづけるのかしらねえ」

と、実咲は嘆息した。嘆息の陰に、楽しそうな響きが籠もっている。

「結婚して子どもができてもやめられるもんじゃないって、英里子が証明してるじゃない」

「そうだねえ。『咳《せき》をしてもオタク』ってやつだよ、まったく」

実咲は自由律俳句風に感慨を述べ、「じゃあね、当日はスペースで集合ってことで」と通話を切った。実咲は仕事が忙しく、ゴールデンウィークも出勤しなければならないかもしれない、と言っていたが、なんとか都合をつけられるようだ。よかった、と幸代は思う。スペースでおしゃべりしたり、ほかのサークルの同人誌を買ったりしながら、三人そろってイベントに参加するのが、またこのうえなく楽しいのだ。もう十五年近く、気心の知れた仲間と友情がつづいているのは、共通の趣味のおかげだろう。

会社でコピーしてきた紙が、自室の床にはところせましと並べられている。浮き立つ思いで、幸代はページを二つ折りにしはじめた。

「あれ？　またオタクなもん作ってるの？」

シャワーを浴びた溝内洋平《みぞうちようへい》が、パジャマ姿で台所から現れた。

「うん。五月あわせの新刊」

「まーた男同士で組んずほぐれつ……」

「ほっといてよ」

洋平とはつきあって五年になるが、実際にともにいた時間は三年ほどだ。洋平は宅配便の会社でアルバイトをしていて、金が貯まるとふらりと旅に出るからだ。国内のときもあれば、海外のときもある。一週間で帰ってくることもあれば、一年近く音信不通なこともある。それでも必ず幸代の部屋に戻ってくるので、まあいいかと思っている。

なによりも、幸代の趣味に首をつっこんでこないのがいい。いまも、口では「組んずほぐれつ」などと言ったが、それ以上は追及するでも小説の内容を熟読するでもなく、コピー本づくりを手伝いだした。

幸代と洋平は無言で、紙を折ったり、ページをそろえて束《たば》ねたり、折り目をホッチキスでとめて製本したりした。紙のこすれる音。パチン、パチンとホッチキスの針を打つ音。静かな夜だ。遠くを車が走っている。

最初は幸代も、同人誌を作っていることを洋平に隠していた。急にどこかへ旅立ち、石ころやあやしげな木彫りの人形を土産に帰ってくる洋平を、変なひとだなと思いはしたが、自分にもうしろ暗いところがあるから、責めもせず好きにさせていた。洋平はそれが居心地よかったらしい。

あるとき、まえぶれなく旅から帰ってきた洋平に、部屋じゅうに散らばる製作途中のコピー本を見られてしまった。「もうだめだ」と観念した幸代は、自分がオタクであること、やおい同人誌を作っていることを打ち明けた。洋平は大きなザックを背負ったまま、「ふうん」と言った。

「いや、よくわかんないよ？　俺は基本的に体育会系で、大学も山岳部だったし。でもま、とりあえず作業をつづけなよ」

「いいの？」

「俺に許可を求めるようなことじゃないでしょ。俺は気が向いたら旅に出る。幸代は気が向いたら、その、同人誌？　ってやつを作る。おんなじだろ」

ホッとした。洋平とつきあってよかったと思った。それで、

「悪いんだけど、ちょっと手伝ってくれない？　まにあいそうになくて」

と、帰ったばかりの洋平に紙を折らせたのだった。

いまでは洋平も、器用に素早くコピー本の製本ができるようになった。洋平が言うには、「俺もホッとした」とのことだ。「幸代は日曜に大荷物抱えて、一人でさっさとどっか行っちゃうしさ。いままでつきあってきた子はたいてい、『遊びにいこうよ』とか『あたしを置いて旅になんて出ないで』とか言ったのに。なんか勝手がちがうなあと不思議だったんだ」

たしかに幸代は、同人誌の原稿を書いたりイベントに参加したりするのに頭がいっぱいで、洋平を放っておくことが多い。束縛や干渉を嫌う洋平には、自分の時間をきっちり確保し、趣味に没頭する幸代のような女が、ちょうどよかったのだろう。幸代にしても、亭主元気で留守がいいを地でいく洋平（亭主ではないが）は、煩《わずら》わしさのない、適度な距離を保てる相手だった。

破《わ》れ鍋に綴《と》じ蓋《ぶた》とはこのことだ。幸代の謎が解けて安心したとばかりに、洋平はのびのびと旅を満喫し、幸代は幸代で、洋平のまえではおおっぴらに自分の趣味を開陳するようになって、いまにいたる。

「実咲は添田《そえだ》さんと別れるみたい」

できあがったコピー本をそろえながら、幸代は言った。

「なんで？　うまくいってたんじゃないのか」

「そうなんだけど、仕事は忙しいし、休みの日は家で原稿やりたいしで、あまり会えないんだって。それで添田さん、怒っちゃったらしいよ」

「うーん」

と洋平はうなった。

「いっそのこと、『オタクな活動で忙しいからって言っちゃえば?』って言ったの。そうすれば、添田さんに部屋に遊びにきてもらいながら、原稿書くこともできるでしょ?」

「ううーん」

と洋平はまたうなった。「それはどんなもんだろう。彼女が男同士の恋愛話を嬉々《きき》として読んだり書いたりしてることを、受け入れがたいってひともいるかもしれない」

「まあ、そりゃそうだよね」

幸代はため息をついた。添田には二、三度会ったことがある。もちろん、オタクではないふりをして、「実咲とは高校のときから、一緒に遊園地行ったり洋服買いにいったりする友だちでーす」という顔で会ったのだ。添田はいいひとそうだが、オタク活動に専心する人間に理解を示すかどうかはわからない。つきあっている実咲自身が、「だめそうだ」という感触を得たのなら、そのとおりなのかもしれない。

「洋平はなんで、わりとすんなり受け入れられたの?」

「高校んときに、仲のいい女友だちがオタクだったし。免疫があったのかなあ」

と洋平は言った。「たとえば俺は、一人で山へ行く。さびしいけど、楽しい。それがいいんだ。なにかを好きだと思ったり、なにかをせずにはいられないと思ったりするのって、ひとの心の一番大事な部分だろ」

幸代はうなずいた。さびしくて楽しい、ひとの心の大切な場所には、求められぬかぎり触れずにおく。べつの部分で、いくらでも通じあうことはできるのだから。洋平はきっと、そういうことを言いたいのだろうと思った。

「もう寝よっか」

と洋平が言った。「明日も朝からラジオ体操だろ」

「社編じゃ、みっこちゃんしかやらないけどね」

「行商袋」と名づけた大きなバッグに、コピー本をしまった。イベントに参加するときのために、在庫の同人誌や釣り銭などをひとまとめにしてあるバッグだ。

「地震が起きたら、幸代はまっさきに行商袋を持って逃げそうだな」

と洋平にいつもからかわれている。

食卓がわりのローテーブルを部屋の隅《すみ》にどけ、畳に布団を二組敷いて寝た。眠りに就くまえに、洋平の肩を額でこすった。

「はいはい、もう寝てください」

洋平は笑って、幸代の頭をなでた。

その朝もみっこちゃんは元気に飛び跳ね、幸代はリズムに乗りきれず腕をまわし、めずらしく時間どおりに出勤した矢田は、社史編纂室の隅にある色あせた布張りのソファでのびていた。

「ヤリチン先輩、ほら、ちゃんと体操してください！」

「無理ー。吐きそうでーす」

「もう！　川田先輩も、もっと筋をのばさないと」

「みっこちゃんはいつも、無駄に元気とやる気にあふれてるよね……」

矢田と幸代の無気力全開オーラにもめげず、みっこちゃんは全力でラジオ体操に取り組んだ。

「これってけっこう、ダイエットに効果ありますよ」

とてもそうは見えない肉感的な体つきだ。席についたみっこちゃんは、マニキュアを塗りはじめた。今日はどうやら合コンがあるらしく、気合いが入っている。ロッカー室で見た私服も、やたらフリルがついていた。狭い室内にシンナー臭が充満し、矢田がソファで口もとを押さえる。

そこへ本間課長が、勢いよくドアを開けて登場した。幸代は思わず、壁にかかった丸い時計を見る。午前八時半。いったいどうしたんだろう。ゴールデンウィークを目前に控え、天気が大荒れになるかもしれない。

真鍮《しんちゅう》の取っ手がついた木製のドアを閉め、本間課長は室内に向き直って咳払いした。なにか言いたいことがあるらしい。全員の視線が、戸口に立つ本間課長に集まった。

「川田くん」

と、本間課長は厳《おごそ》かに口を開いた。「きみ、腐女子《ふじょし》というやつだな」

全員の視線が、今度は幸代に集まった。大昔のギャグのように盥《たらい》が落ちてきた気がしたが、幸代は必死に表情を取りつくろった。

「やだ課長、急になにを」

「いや」

本間課長は両手を突きだし、幼稚園児のお遊戯みたいに小刻みに振った。「いいんだ、ごまかさなくていい。わたしはちゃんと調べた」

「調べたって、どこでなにを」

「インターネットだ」

本間課長は誇らしげだ。おもむろに背広の内ポケットから紙を取りだす。あれは、昨日会社でコピーした原稿ではないか？　いつのまに抜き取ったんだ。顔面が青ざめていくのを感じる。

本間課長は紙を広げ、幸代の書いた小説を情感たっぷりに朗読しはじめた。

「『野宮《のみや》さん、ねえ、言ってください。どこがいいですか？』」

「ぎゃーっ！」

幸代の脳裏を、百人規模のムンクの『叫び』が埋めつくした。猛然と席を立ち、本間課長に飛びかかって紙を奪い取る。

「きみは腐女子なんだな、川田くん」

幸代に背広の襟元を摑まれつつ、本間課長はなおも念押しした。幸代はもうヤケになって、私は腐女子と自称したことは一度もないですけどねと思いながら、

「ええ、ええ、そうですよ！」

と怒鳴《どな》った。「エロい同人誌作ってますよ、ここ十年、抽選落ちしないかぎり夏冬のコミケに参加しつづけてますよ、いけないですか！」

「ふじょしって？」

みっこちゃんが目をぱちくりさせ、

「朝からなんの騒ぎなんすか、課長」

と矢田がソファから身を起こした。もとから守備範囲外の幸代がオタクだろうとそうじゃなかろうと、矢田にとってはどうでもいいことらしい。

「うん、それをいまから説明する」

と本間課長は言った。「なにもいけなくはないぞ、川田くん。さあ席について」

本間課長にうながされ、幸代はよろつく足でなんとか自分の椅子に座った。丹下《たんげ》のお

っさん、頼むからもうタオルを投げてくれ。そう思った。

本間課長は、一応上座《かみざ》ということになっている、戸口に向きあう位置の机についた。背後には窓があるはずだが、書棚に隠れてだれも見たものはいない。矢田も幸代の向かいに座ったようだ。資料の山の一角が崩れ、顔を出した矢田が、

「で、野宮さんってのはだれなわけ？　どんなジャンル？　なんかいろいろあるんだろ？」

と言った。幸代は黙って資料を積み直し、矢田とのあいだに壁を築いた。みっこちゃんはようやく、課長が読みあげたものの正体を察したようで、

「あ、同人誌かあ。先輩、同人誌作ってるんですね！」

と隣の席で無邪気に言った。幸代は無視した。頬が熱かった。出社拒否症になりそうだ。

みっこちゃんの正面の机は、社史編纂室ができたときから、ずっと無人のままだ。いまではチェックずみの資料の墓場になっている。たぶん、社史編纂室はもともと五人編成を想定しており、しかし部長が幽霊のままなので座席を繰りあげ、本間課長が本来なら部長がいるべき机を分捕《ぶんど》ったのだろう。

「わたしが調べたところによると」

と、本間課長は三人の部下を見渡して言った。「腐女子は活発に小説や漫画を描き、

同人誌にして即売会とやらで売るらしい。そうだね、川田くん」

「ひとによりますが、まあ概《おおむ》ねそういうものかもしれませんね」

幸代はなげやりに答えた。

「それを知って、わたしも若いころの情熱が蘇《よみがえ》った」

と本間課長は言った。「社史編纂室でも、同人誌を作ろう！」

「なんで！」

幸代とみっこちゃんと矢田は、声をそろえて叫んだ。こんなに息が合うのはめずらしい。

「意味がわからないっすよ、課長」

「私、小説も漫画も描けませんー」

「同人誌よりさきに、遅れに遅れてる社史を作んなきゃダメでしょ、社史編纂室なんだから！」

「まあまあ。だってきみたち、たるんでるぞ」

だれよりもたるんだ勤務態度の本間課長は言う。「一丸《いちがん》となって同人誌を作ることで活力を高め、その活力を社史編纂作業に注ごうじゃないか。幸いうちには、同人誌製作に詳しい、腐女子の川田くんがいることだし。な？」

あまりのことに呆然《ぼうぜん》とする三人をよそに、本間課長は再び背広の内ポケットに手を入れた。またかすめ取られた原稿が出てくるのか、と幸代は身構えたが、そうではなかった。

本間課長がポケットから取りだしたのは、数枚の原稿用紙だった。

「わたくし、本間正《ただし》が生まれましたのは昭和二十三年、七月十日のことであります。その日、本所深川は月に叢雲《むらくも》、花に風。駆けつけた産婆も、ただならぬ気配の夜よと身を震わせたと聞き及んでおります」

このひと、自分史を書いてるよ！　幸代は資料の山越しに、矢田と目くばせしあった。

「同人誌って、ああいうもんなんですか？」

みっこちゃんに怪訝《けげん》そうに尋ねられ、幸代は「ちがうと思う」と首を振る。

「だいたい課長、深川生まれじゃないでしょ。たしか厚木ですよね、神奈川の」

矢田が指摘すると、本間課長は「まあいいじゃないか」と言った。

「小説なんだから。これから冒険譚がはじまるわけだよ、きみ」

「課長が主人公のかよ」

山の向こうで、矢田が小声で毒づく。みっこちゃんが挙手した。

「長くなりそうですかぁ？　私、午前中に別館の資料室に行ってこようと思ってたんですけどぉ」

「まだ五枚ほどしか書けていないが」

本間課長は、不徳を恥じるといった風情《ふぜい》で申告した。「あらすじだけさきに言うとだね。本間正は成長して、立派な若侍になるんだ」

「昭和二十三年生まれなのに？」

と矢田が言った。本間課長は聞く耳を持たない。

「そのころ深川では、奇怪な噂が流れていた。紙を大量に買い占めるものがいるようだ。夜道で美女がさらわれた。などなどの噂なんだな。さらには幕府の陰謀の影もちらつく。本間正は仲間のサチ、ミツ、チンペイとともに、調査に乗りだす」

「私たちだー」

みっこちゃんはうれしそうに笑い、

「なんで俺がチンペイなんですか」

と矢田は抗議した。幸代はなにを言う気力も失せ、机に向かっていた。

「ところがその矢先、事態が急転する！」

本間課長はますます熱を入れて語る。「行方知れずになっていた美女が、無傷で帰ってきたんだ。本間正が動くまえに、事件は勝手に一件落着してしまうのか⁉　しかし妙なことに、その美女にそっくりな女が前日、異国行きの船に乗りこむのを見たものがいる。はたして……」

「あのぉ」

みっこちゃんが本間課長をさえぎった。「とってもおもしろいんですけどぉ。そろそろ資料取りにいっていいですか？」

「私も」

と、幸代も席を立った。この居たたまれない空気から、一刻も早く逃れたかった。

「うん、じゃ、つづきは原稿が書けてからのお楽しみにしよう」

本間課長はあっさりうなずき、原稿用紙をもとどおり丁寧に畳んで、内ポケットに収めた。「だがみんなも、それぞれちゃんと自分の作品を書いてくるように。詩でも俳句でも短歌でも小説でもいいぞ。原稿のとりまとめは、腐女子の川田くんに頼もう」

覚えたての言葉を、うれしそうに連発するのはやめてほしい。幸代は答えず、社史編纂室を出た。みっこちゃんもあとにつづく。うまい口実を思いつけなかった矢田が、恨めしそうな顔をしていた。

忙しく立ち働く他部署の社員の目をなんとなく避け、裏口から外に出た。狭い通りを渡って、別館に入る。

別館は、倉庫がわりに使っている薄暗く無機質なビルだ。三階の奥にある資料室に着くまで、廊下でもだれともすれちがわなかった。靴音だけが天井にこだまする。日が暮れたら、ここにはあまり近寄りたくない。

「本間課長、楽しそうでしたねえ」

みっこちゃんは埃だらけの資料を掘り起こしながら言った。「変な小説でしたけど、完成するといいですね」

課長への皮肉かと思ったが、みっこちゃんはにこにこしている。あれを「小説」と呼んであげるなんて、本当に気だてのいい子だ。幸代は黴くささに負け、窓を開ける。

「いきなり同人誌を作ろうなんて、迷惑以外のなにものでもないでしょ。社史はどうすんのよ、社史は」

「課長もたまには息抜きしたいんだと思います。だれにも求められてない仕事をするのって、ときどきつらいですもん」

ボーッとした言動とは裏腹に、みっこちゃんは入社してすぐ営業部に配属され、海外での交渉にも同行していたらしい。それがどうして社史編纂室に異動になったのか、幸代は聞いたことはない。みっこちゃんも語らない。語らず、ラジオ体操したりお菓子を食べたりしながら、地道な資料集めを毎日している。

本間課長を筆頭に、社編のメンバーは会社にいる時間の大半を息抜きにあててるじゃないか。そう思いはしたが、みっこちゃんの気持ちもわからなくもない。

「ま、課長が一人で小説を書くぶんには、害はないもんね。放っておけばいっか」

幸代が言うと、みっこちゃんは笑ってうなずいた。

二

☆　☆　☆　☆　☆　☆

警備員の靴音が遠ざかったのを機に、松永《まつなが》はもう一度言った。

「あなたが好きなんです、野宮《のみや》さん」

「なにを……、なにを言ってるんだね、きみは」

野宮はあわてて机に視線を落とす。書類はもうできあがっている。人数ぶんのコピーも し終わって、ホッチキスで束《たば》ねてある。夜遅いにもかかわらず、メンテナンスに来てくれた松永のおかげだ。

コピー機の突然の不具合を、野宮ではどうすることもできなかった。ただうろうろするだけの野宮をなだめ、松永は手早くコピー機の覆《おお》いをはずし、接続具合を調べた。機械が無事に作動しはじめると、必要なぶんの書類のコピーまで取ってくれた。

しかしいま、野宮は松永を呼んだことを後悔している。フロアに残っているものはほかにいない。「お疲れさまです」と残業中の野宮を覗きにきた警備員を、呼び止めればよかった。彼と一緒にお茶でも飲んで、いつものようにプロ野球談議に花を咲かせればよかった。そうすれば、松永と二人きりで面《つら》突きあわせて、こんな居たたまれない状況が生じることもなかった。

いたずらに書類をめくる野宮の手に、汗がにじんだ。こんなことはひさしぶりだ。「中年」にくくられても抵抗がなくなったころから、肌はみずみずしさを失った。スーパーで買い物をするときにも、乾燥した指先ではレジ袋が開かず、備えつけの濡れタオルで少し皮膚を湿らすほどだ。学生時代には、指を舐《な》めて答案用紙を配る教師が理解できなかったが、いまとなってはわかる。

野宮は年を取った。

皮膚が乾く。妻が出ていく。若いころには、自分の身にそんなことが起きるとは予想もしていなかった。なによりも予想外なのは、三十も年下の男に告白されるということだ。

松永はコピー機のまえに立ち、野宮を見ている。野宮は松永をそっとうかがう。松永の目に、からかいの色はない。

この若者はきっと、指が乾いてレジ袋を開けられない経験なんて、まだないだろう。もしかしたらスーパーには行かず、買い物はすべてコンビニですませるのかもしれない。

「結婚は？」と親や上司に聞かれ、「まあそのうちに」と答え、本当にそのうち結婚するんだろうなと漠然と想像をめぐらすこともあるはずだ。すべてすべて、野宮が通ってきた道だ。松永は、野宮がかつて得たものも失ったものも、まだ手に入れていないぐらい若い。

「からかわないでくれたまえ」

いまこの瞬間にかぎっては、松永は充分に真剣なのだ。そうわかっていたが、あえて野宮は言った。からかってなどいない、なぜ自分の言葉を信じようとしないのかと、松永が憤《いきどお》ってこの場から去ってくれることだけを願った。

ため息が聞こえた。野宮が思いきって顔を上げると、松永はコピー機にもたれ、腕組みしていた。上着を脱ぎネクタイも取ったワイシャツの、わずかに開いた喉元《のど》の肌は、なめしたように強《した》たかで張りがあった。

「野宮さんはさ、臆病だよね」

松永はややうつむきがちにつぶやいた。「野宮さんが呼ぶなら、俺はいつだって、どこへだって駆けつけたいと思ってる。コピー機にそうするみたいに、なかを隅々《すみずみ》まで調べたい。摩耗してる部品はないか、紙はたりてるか、インクの残量や紙送り機能は万全か、毎日毎日確認したい。紙を補充したトレーを差すときには、こんなふうに優しくあんたにぶちこみたいといつも思う」

「きみは変態か？」

野宮はかすれた声で聞いた。コピー機をメンテナンスする松永を、これからはますます直視できなくなりそうだ。

「たとえですよ」

と松永は笑った。「ねえ、なにを怖がる必要があんの。いつ終わるかとか、失うかとか、そんなこと考えてなにになんの」

「きみは若いから……」

「そうやって逃げるのはよせよ」

野宮を見据え、松永はまっすぐに切りこんできた。「俺が知りたいのは、いまのあんたの気持ちだ、野宮さん」

照明がほとんど消えているフロアは薄暗い。でもまぶしい。このまぶしさから逃れるすべを知らない自分を、野宮はようやく認めたのだった。

☆　☆　☆　☆　☆

「はいはい、そっからさきは作者のまえで読まないでくださーい」

スペースのなかで熱心に読書する実咲《みさき》と英里子《えりこ》の手から、幸代《さちよ》は自分のコピー本を取りあげた。

東京ビッグサイトで開催される五月のスーパーコミックシティは、今年も大盛況だ。二日間で二万以上のサークルが出店するから、訪れるひとの数も膨大なものになる。埋め立て地に建てられた近代的な国際展示場の内部は、巨大な倉庫のようにだだっぴろい空間だ。自動車やおもちゃの展示会なども、大々的に開催されることがある。しかし幸代にとっては、夏冬のコミケをはじめとする大規模な同人誌即売会が行われる場所として馴染みがあった。

スーパーコミックシティは、東京ではコミケに次ぐ規模のイベントと言っていいだろう。倉庫状の会場には、見渡すかぎり延々と、整然と長机が並べられている。各サークルは、長机半分、またはひとつを、自分のスペースとして宛《あて》がわれ、思い思いに机を飾って販売物を並べる。

幸代たちのサークル「月間企画《つきま》」は、ジャンルとしては一日目の「創作・JUNE」に振りわけられる。まわりも「創作・JUNE」のサークルだ。顔見知りのサークル同士で、おしゃべりしたりお菓子をお裾《すそ》わけしたりする。

幸代はちょうど、近くのサークルで買い物をすませ、自分のスペースに戻ってきたところだった。「月間企画」は一スペースで応募していたから、サークル員である幸代、実咲、英里子の居場所は長机半分しかない。パイプ椅子も二つしか置けないので、三人のうち一人は交替で、買い物に行ったり知りあいに挨拶しにいったりしていた。

実咲と英里子の手から売り物の新刊コピー本を奪うと、幸代は長机の内側にまわった。長机は基本的に、長方形に並べられている。二列に並べられた長机が長い辺をなし、長机ひとつぶんが短い辺をなす。長方形の内部は、サークルの荷物や在庫の段ボールを置くスペースとして活用される。サークル参加者は、長机と通路に向かって、つまり全員が長方形の外部に向かって、パイプ椅子に座る。こういう長方形が無数に配列されて、倉庫全体を埋めつくしている。

床に置かれた荷物をかきわけ、サークル参加者にパイプ椅子を引いてもらいつつ、幸代は長方形の内部を進み、実咲と英里子が座る自分のスペースに近づいた。朝から動きっぱなしだったので、そろそろ座りたい。

サークル入場券で九時に会場入りした三人は、手分けして準備を開始した。長机半分のスペースに持参した布を掛け、値札をつけた在庫の同人誌を並べる。長机の下には、印刷所から直送された本日の新刊が届いている。段ボールを開け、表紙の色が綺麗に出ているか、誤字はなかったかなどを、インクのにおいを嗅ぎながら確認する。何度経験しても、新刊をはじめて手に取るのはわくわくする瞬間だ。

新刊をスペースの一番目立つところに置き、釣り銭も用意して、十時の開場を待つ。開場のアナウンスが流れると、サークル参加者から拍手が起こる。おもしろい習慣だといつも思いながら、幸代も拍手する。同じ趣味を持つひとたちが寄り集まって、いい会にしたいと願う気持ちの表れだろう。拍手が終わるころには、一般参加者が会場に殺到してくる足音が低く轟《とどろ》く。

午前中は接客に追われ、昼過ぎにようやく少し落ち着いた。通路はまだまだ買い物客でごったがえしている。

隣のサークルは、たまたま欠席のようだった。正午をまわってもだれも来ない。ラッキー。長机に載ったままだった印刷所のチラシをどかし、畳まれたパイプ椅子を下ろして座った。

「たくさん買えた？」

英里子が身を乗りだして聞いてくる。

「うん」

幸代は、同人誌でいっぱいの紙袋を長机の下に押しこんだ。「ひとがいないあいだに、コピー本読むのやめてよ」

「なんで」

と、幸代と英里子のあいだに座った実咲がにやつく。

「恥ずかしいでしょ。一冊ずつあげるから、家帰ってからゆっくり読んで」

「いやあ、おもしろいよ、今回も」

実咲はコピー本をぱらぱらめくった。「オヤジ受《うけ》。年下攻《ぜめ》。ヘタレ。幸代の趣味がもろに出てるよね」

「趣味って変わるわよねえ」

二児の母である英里子は感慨深そうだ。「幸代、高校生のころは、もっとヒーローっぽい男が好きだったじゃない。受もキラキラしててさ。それがいつのまにか、くたびれたオヤジを受にするようになっちゃって」

「うるさい」

「実生活でもヘタレが好きだもんね」

と、実咲は肩を震わせた。「学生時代から、つきあう男みーんな、定職についてなくて、でも雑草並に生命力だけはあるタイプ」

「うるさいうるさーい！」

現実の男の好みのみならず、創作物における男の好みの変遷まですべて知られているから、腐れ縁の友だちとは困ったものだ。

幸代の叫びに耳を貸さず、実咲と英里子は、

「だけど、受がオヤジってのは、どんな心境の反映なんだろうね」

「幸代はおばさんていうより、オヤジだもの。心がオヤジ」

などと、好き勝手に言っている。

「そんなことより、ご飯どうすんの」

強引に話題を変えた。実咲と英里子は「ご飯」という単語に反応し、声をそろえて、

「楽々亭《らくらくてい》がいい！」

と言った。

三時半の閉会を待たず、早めに撤収した。在庫をまとめて宅配便で送る手続きをしてから、まわりのサークルに挨拶し、会場をあとにする。

りんかい線は、大きなバッグや紙袋を提げたお仲間らしき人々でいっぱいだったが、新木場で地下鉄に乗り換えるころには、その姿もばらけ、埋没した。幸代たちももちろん、戦利品の同人誌が入った重い紙袋を持ってはいたが、オタクであることなどおくびにも出さない。「ショッピングに行楽にと、ゴールデンウィークを満喫する女友だち」を装う。

有楽町にある中華料理店「楽々亭」は、まだ夕飯の時間には早いこともあって空《す》いていた。赤いのれんをくぐると、おばちゃんがそっけなく顎《あご》で二階を指した。狭い階段を上り、油ですべる板張りの床を慎重に進んで、一番奥のテーブル席につく。

ここ数年、ビッグサイトで行われるイベントやコミケの帰りには、楽々亭で打ち上げをすることにしていた。サークルスペースではお菓子で空腹をなだめ、楽々亭での料理

に備えるほどだ。楽々亭は安くておいしい。気楽に騒げる店だから、こちらの会話を気にする客もいないのが助かる。

足もとに置いた紙袋を除けば、幸代たちは完全に、有楽町のデパートに買い物に来た若い女だ。大きなイベントを無事に乗り切った充足感があるから、肌だってつやつやだ。英里子に二人の子どもがあるなんて、だれも思わないだろう。

ビールで乾杯し、前菜三種盛り合わせをつつく。

「まずまずの売れ行きだったね」

「ここの支払いぐらいは、今日の売り上げでまかなえるんじゃない？」

「気ぃ抜いてる暇はないわよ、すぐに夏コミなんだから」

猛然としゃべり、飲み、食べる。ニラの芽と豚肉の炒め物、カニ玉、ギョウザなどが次々に運ばれてくる。常温の紹興酒をボトルで頼み、話題は英里子の子どものことに移った。

「ナツくんは幼稚園に上がったんでしょ？　お弁当づくりが大変だね」

英里子の携帯電話を見せてもらいながら、幸代は言った。待ち受け画面では、幼い兄妹が元気に笑っている。

「ううん」

と英里子は首を振る。「いまは冷凍のおかずがたくさんあるから、その点は楽勝なの。

でも、ナツが幼稚園に行ってるあいだも、ユウは家にいるわけじゃない？　結局、面倒を見なきゃいけないのは変わらなくて、自分の時間をなかなか持てないんだよね。いっそのこと、早く二人とも学校へ行く年齢になってくれないかなと思ってる」

「今日はどうしてるの？」

と実咲が聞くと、

「だんなが見てる」

という答えだった。英里子の夫は、「オタクな用事だな」と察しをつけているのだろうが、なにも言わずに休日を子守りにあてくれたらしい。

「でも、私がチビたちを寝かしつけないといけないから、今日は八時までには帰らなきゃ」

英里子は母親になったんだな、と幸代は改めて思った。子どもができるまえは、終電ぎりぎりまで飲んでいたのに。いまは子どもを中心にした生活を送り、家の用事をこなし、趣味の同人誌づくりにもあいかわらず精を出している。

高校のときからの友人が、大人になり母親になるさまを見るのは、不思議な感覚だった。いろいろな経験をして、そのうえで変わった部分と変わらない部分が、英里子のなかでうまく同居している。それを見ると、まぶしいような悔しいような気持ちがした。

私はこれからどうするんだろう、と幸代は考える。英里子みたいに、結婚して子どもを生む日が来るのだろうか。いや待て、だれと結婚するんだ。洋平《ようへい》とか。だったら、仕事をつづける必要がある。「雑草並の生命力」だけが売りの洋平の稼ぎじゃ、子育てするには心もとない。

そうなると、子どもを生んで育てて仕事もしつつ、同人誌も作ることになる。そんなことって可能なのか？　いまでも十二分に忙しい日々なのに。

つまるところ、と幸代はひそかにため息をついた。なにもかもを得るのは無理ってことだ。洋平と一緒にいたい、いまは仕事を辞めたくない、同人誌も作る。洋平は結婚にも、まして出産にも、あまり興味がなさそうだ。だとしたら、その二つはあとまわしにするしかない。英里子のような生活を望むのなら、洋平とはちがうタイプの男を見つけるのが先決だ。

「なかなか難しいわねえ」

と幸代はつぶやく。実咲はべつの意味に取ったらしい。

「あら、英里子のだんなさんは、充分にいいひとじゃない」

もちろんだ。友だちの伴侶を悪く言うつもりなど毛頭ない。結婚していない（できない？）からひがんでるんだ、と思われることを、幸代は恐れていた。そんなふうに思われるなんて、プライドが許さない。「プライド」などと言っている時点で、沼みたいなコンプレックスの在処《ありか》がほの見える気もするが、とにかく、大切な友人が選んだ男なのだから、いいひとじゃないわけがない、と思っている。人間、性善説で物事を見たいものである。

以上のことを含んでマイルドに弁解しようとしたのだが、実咲はさっさと話をさきに進めていた。

「私はだめだな。なんかうまくいかないよ」

幸代は英里子と顔を見合わせた。目線で互いに譲りあう。優しくおっとりした英里子が折れ、質問役を買ってでた。

「添田《そえだ》さんと？」

「うん。まあ最初からね、合わないかもなとは思ってた。だって、彼のこれまでのサークル活動歴って、学生時代のテニスサークルだけだもん。そりゃ全然ちがうよね」

実咲はなげやりに笑う。

「だけど、二年ぐらいつきあってるでしょ？」

英里子は首をかしげる。ちょうど運ばれてきた五目チャーハンを、三人ぶんの小皿に取りわけつつだ。私はこういう気働きに欠けてるのよね、と反省しながら、幸代はありがたく皿を受け取った。

「いまになって、いったいどうしたの？」

英里子の微笑みに勝てるものはいない。実咲は少しためらったのちに、口を開いた。

「結婚しないかって言われた」

「えーっ」

幸代は思わず大声を上げ、その拍子に箸で飯粒を弾《はじ》き飛ばしてしまった。テーブルに散った飯粒をあわてて拾い集めながら、「それで？」と聞く。

「返事をうやむやにしてる」

「なんで」

「だって、明らかに私が仕事を辞めること前提なんだもん。彼、近いうちに海外赴任もあるらしくてさ。でもねえ」

と実咲はチャーハンを箸でかき混ぜた。「なんか変だと思う。私は仕事を辞めるつもりなんてこれっぽっちもないのに、どうしてサクサクと話を決めようとするわけ？『海外赴任には妻も同行するものだ。ついては、仕事を辞めて俺と結婚してほしい。以上』って感じなわけ？」

ここで詰問されても困る。英里子も心配そうに、しかしなにも言えず、いたずらに箸を上げ下げしている。

「こっちにも、いろいろ予定と都合があるんだよ。仕事だけじゃなく、コミケとか」

いやあ、結婚とコミケを秤《はかり》にかけるってどうなんだろう。幸代は思った。あれ、でも私も、「結婚したからには、オタクな趣味は封印してくれるんだろうね」と言うだんななんかいらないな。趣味がいつばれるかと、びくびくしながら結婚生活を送るのもごめんだ。

「もうちょっと話しあってみたら?」

と幸代は言った。

「テニスサークルしか知らない男なんだってば」

実咲は肩を落とし、くすりと笑った。「幸代はいいよね。上昇志向のない彼氏だと、気楽だもんね」

カチンと来た。どうせ洋平は、いい年してフリーター生活の風来坊ですよ。結婚の「け」の字も出たことない甲斐性なしですよ。ええ、ええ。

幸代の腹立ちを敏感に察したのか、英里子がすかさず、紹興酒を三人のコップに注ぎわけた。

「飲も」

笑顔で言われると逆らえない。実咲の発言は努めて聞き流すことにした。

「結婚をほのめかされて二カ月ぐらい経つから、そろそろ愛想を尽かされるかもね」

と、実咲はコップを手に嘆息した。

なんだかんだで四時間以上しゃべり、七時ごろに楽々亭を出た。

有楽町から、実咲は地下鉄、幸代と英里子はＪＲに乗って帰宅する。

電車のなかで英里子は言った。

「実咲の言ったこと、気にしないほうがいいよ」

「うん」

「ちょっとカリカリしてるだけで、悪気があったわけじゃないと思う」

「わかってる。ありがと」

遊び疲れた顔の家族づれやカップルが、静かに電車に揺られている。窓の外はもう暗い。英里子と並んで吊革につかまっていた幸代は、窓ガラスに映る友人の顔を見た。酔いの欠片《かけら》もなく、英里子は流れていく街の明かりを眺めているようだ。

「どうしたらいいと思う？」

と幸代は聞いた。窓ガラスのなかで視線が合う。

「実咲のこと？」

「そう」

「幸代が言ったとおりだと思う。添田さんともう少し話しあうべき。結婚となったら、恋愛とはちがうから。会話がなきゃ、長続きしないわよ」

英里子が言うと説得力がある。だが、英里子は夫や子どもとうまくいっていて、働く必要もなく趣味も充実している。幸せだから、会話の重要性を説けるのだという気もした。それで実咲は、英里子ではなく幸代に当てこすったのかもしれない。幸代はそう思い、こんな考えを抱く自分をいやだとも思った。

「じゃあまたね」

笑顔で英里子と別れたあとも、気分は晴れないままだった。社史編纂《へんさん》室で、なぜだか同人誌を作る話が持ちあがっていることを、実咲と英里子に言い忘れた。まあいいだろう。今日はそんな雰囲気でもなかったし、どうせ本間《ほんま》課長の気まぐれだ。二人に相談するまでもない。

なんだかさびしい心持ちがした。

紙袋が重みに耐えかねて破ける寸前に、なんとかマンションへ帰りついた。洋平は留守だった。幸代はいいよね。実咲の声が蘇《よみがえ》る。なにも言わずに旅に出るような男でもか。幸代はさっさとシャワーを浴びて布団を二組敷いた。

たまに風と暮らしている気分になる。ひとをおびやかさない穏やかな風だが、所詮《しょせん》は風だから吹き抜けてしまう。なにも痕跡を残さない。すべてをなぎ倒し破壊する暴風と、どっちが残酷だろう。

自分の布団に寝転がり、買った同人誌を洋平の布団に並べて、端から読みはじめた。玄関の鍵が開き洋平が帰ってきても、まだ読みつづけた。

洋平は宅配便のアルバイトに行っていたようだ。風呂場で汗を流してくると、同人誌に占拠された布団の脇に立った。

「俺はどこで寝ればいいんだ」

「適当に……」

幸代は上の空で答える。洋平は同人誌を拾い集めて幸代の枕元にきちんと積み、布団をめくって横になった。洋平がリモコンで部屋の電気を勝手に消すので、腰を軽く蹴ってやった。電気がついた。暗闇のなかでも同人誌を読む体勢を崩さなかった幸代を見て、洋平は首を振る。

「幸せそうだ」

「悪い？」

「なによりです」

三・

星間《ほしま》商事の社史編纂《へんさん》室には、ゴールデンウィークの余韻など微塵《みじん》もない。大型連休があろうとなかろうと、空気はいつでもたるんでいる。

月一回行っている社編の報告会の日だ。昼下がりの社史編纂室にメンバー全員（幽霊部長は除く）が集まり、一カ月間の作業の進捗《しんちょく》報告と、役割分担の打ち合わせをする。「役割分担の打ち合わせ」とは早い話が、激動期や関係者への裏付け調査が必要な面倒くさい年度を、互いに押しつけあうことを言う。

「はい、じゃあ川田《かわだ》くんから報告してもらおうか」

本間《ほんま》課長は手の爪にやすりをかけながら指示した。おじさん向けの雑誌で、「デキる男の身だしなみ」特集を読んだからしい。貴族階級のイギリス男じゃあるまいしさあ、と幸代《さちよ》は眉をひそめる。

矢田《やだ》とみっこちゃんは、本間課長に寛容だ。矢田は、

「俺も指先の手入れには気をつかってるぜ」

と、右手の人差し指と中指を立てて卑猥《ひわい》に動かし、みっこちゃんは、

「きゃー、ヤリチン先輩たら、さすがぁ」

と身をくねらせた。

話をなんでもシモに振る。幸代はため息をつき、本間課長の爪カスが飛んできていないか確認してから、資料を開いた。

「オイルショックのころは、ほぼすべて資料もそろい、文面もできつつあります。星間商事創立当初のことについては、名簿にあたり、話を聞かせてくれるという元社員を何人か見つけました」

「相当なじいさんだろ?」

矢田が資料の山越しに、向かいの席から顔を出す。「早くしないと死んじゃうぞ」

失礼じゃないか、と幸代は思ったが、

「そうだな、時間との戦いだ」

と本間課長はあっさり認めた。「早急に面談の予約を取りつけて、聞き取り調査にあたってくれ」

「はい」

「矢田くんのほうはどうだ」

「俺はですねえ」

机に積まれた資料の山が崩れた。目当ての資料を引っこ抜いた矢田は、

「全然進んでないんですよ」

と堂々と宣言する。

「いつもじゃないですか!」

幸代はいらつき、みっこちゃんは、「まあまあ先輩。チョコ食べます?」とお菓子をわけてくれた。

「だってさあ、バブルがはじけて不況だったころのことって、みんなあんまりしゃべりたがらないじゃん? 最近じゃ、俺が開発部に行くと、シュレッダーのなかの紙ゴミを

投げつけられる」

「矢田さんの聞きかたが悪いからですよ」

幸代は憤然とチョコの銀紙を剝《む》き、

「開発部の暗黒時代のことですからねえ」

みっこちゃんは同情の面《おも》もちになった。

「まあ、がんばるように」

本間課長は他人事のように言って、やすりを置く。「みっこくんは？」

「高度経済成長期は、資料もわりとまとまってるし、進んでまぁす。ただ、ちょっと
……」

「うん？」

「いえ、なんでもないです」

みっこちゃんは笑って首を振った。「がんばって進めまぁす」

「そうかそうか」

本間課長は満足そうに、三人の部下を見まわした。「この調子で、これからも頼む」

「はーい」

矢田とみっこちゃんが声をそろえる。ほんとにこの調子でいいのか、と思いはしたが、
幸代もうなずいておいた。

「ところで」

と、本間課長が椅子に座り直した。「みんな、同人誌の進み具合はどうだ。連休中にちゃんと原稿を書いたかい」

本気だったのか。幸代はびっくりし、矢田とみっこちゃんの反応をそっとうかがった。矢田は落ち着きなく天井あたりを見て、知らん顔をしている。みっこちゃんは、

「私、小説の書きかたがよくわからなくてぇ」

と、かわいらしく身を縮めてみせた。

「いけないぞ、そんなことでは」

本間課長は鞄から原稿用紙の束を取りだす。あんなに書いたのか、と幸代はぎょっとしたが、そうではなかった。課長はなにも書かれていない原稿用紙を三等分し、幸代たちにくれた。

「これに書きなさい」

見ると端っこに、「星間商事株式会社」と印字してある。紙自体は日に焼けて黄ばんでいるが、深い藍色の枠線の、うつくしい原稿用紙だった。どこから掘りだしてきたのだろう。それにしても、いまどき手書き原稿って。幸代は困惑しつつも、「ありがとうございます」と原稿用紙を机の引き出しに収めた。内心では、どうしたら社編の同人誌を作らずにすむだろうと考えていた。

「のんびりしている暇はない」

本間課長の檄《げき》はつづく。「ゴールデンウィークを過ぎたら、すぐお盆。コミケまであっというまだ！」

どうやら着々と、同人誌即売会についての知識を増やしているようだ。しかし気になる点がある。

「ちょっと待ってください。課長、夏コミに参加申し込みしたんですか？」

「いいや？」

「じゃ、出店できませんよ」

「事前の予約が必要なのか。では川田くん、やっておいてくれ」

「いえ、ですから、夏コミの申し込みは、もうとっくに締め切られているんです。そろそろ当落の結果発表があるころですよ」

「なんてことだ！」

本間課長はめずらしく大声を出した。「抽選まであるとは。わたしはクジ運が悪いんだがなあ」

「毎回、申し込みしたサークルの半分とか三分の一とかは、落選になってるはずですけど」

「へえ」

と、みっこちゃんが感心する。「すごい人気なんですねえ。同人誌を作ってるひとって、そんなにいるんだぁ」

同人誌だけじゃなく、手作りのグッズとかゲームとかも売られていてね、と幸代は説明した。みっこちゃんは「へえ」の嵐だ。矢田は机に向かっているのに飽きたらしく、隅《すみ》のソファへ場所を移した。

「我々社史編纂室は、夏のコミケでデビューする予定だったんだが」

本間課長は哀しげだ。砕け散った未来予想図を惜しみ、腕組みして首をひねっていたが、「そうだ！」と幸代のほうに身を乗りだしてくる。

「川田くんは、コミケに申し込みしているんだろう」

「まだ受かってるかわかりませんが」

「じゃ、そこに社編も便乗させてもらおう」

「なんでですか！」

幸代は叫んだ。「お断りします、そんなの」

「そんなのって、きみ」

本間課長はしょんぼりする。「では我々はどうしたらいいんだ。いつまでたってもコミケデビューできないぞ」

しなくていい。社史編纂室なのだから、同人誌ではなく社史を作るべきである。幸代は頭痛を感じたが、本間課長がすがるような眼差しを送ってくるので、とうとう言った。

「わかりました。じゃあ次の冬コミに、社編のぶんもスペース申請しておきますから。もし受かったら、デビューは冬コミってことで」

「ばんざーい」

と本間課長は言った。みっこちゃんもおつきあいで、ポッキーを持った両手を挙げた。一応は上司のまえだというのに、矢田は不敵にもソファで居眠りをはじめていた。

コミケの抽選に受かる確率は高くはない。みっこちゃんと矢田の士気も同じくだ。なにより、本間課長の情熱がどこまで持続するか疑わしい。どうせ計画は頓挫《とんざ》するにちがいない。幸代はそう判断し、無難に協力するふりをしておいた。

一週間ほど、幸代は忙しく働いた。

星間商事株式会社の創立当初の社員は、新卒で採用されたとしても、ほとんどが八十を越える年齢になっている。家まで訪ねると、家族に支えられてベッドから起きだしてきたり、矍鑠《かくしゃく》としていてもなかなか気むずかしかったりと、話を聞きだすのに苦労した。

それでも、戦後すぐから高度経済成長期を、企業の第一線で働きぬいたひとたちだ。思い出を語りだすと、老人たちの目は輝きを宿した。夢を見ることができた時代だったんだ、と幸代は思う。生活を豊かにするというひとつの希望のもとに、多くのひとが集結した時代だ。

何人かに話を聞くうち、ある傾向に気づいた。

戦時中のことをあまり話したがらない。星間商事創立以前の個人的な事柄だから、入社のいきさつに関係がある場合を除いて、幸代もそれほどつっこんでは聞かなかった。ただ、どんなに時間が経っても、戦争がひとの心に落とす影を感じた。

もうひとつ、総じて言葉を濁す時期があった。一九五〇年代の後半、つまり、高度経済成長期の最初のころだ。ここは語ってもらわないと困る。星間商事もご多分に漏れず、高度経済成長期に事業を発展させた。ほかのもっと大きな商社と組んで、あるいは競合して、海外での仕事をどんどん取りつけている。

その足がかりをどう築いたのか、戦略や事業展開はどんなものだったのか、社史にちゃんと記しておかなければならない。幸代は資料で予習し、録音した老人たちの証言を聞き返しては資料と突きあわせ、なんとか核心に迫ろうとしたが、どうものらりくらりとかわされている感がある。

「イケイケドンドンな風潮だったから」

と、創立四年目に新卒で採用された熊井昭介《くまいしょうすけ》氏は言った。熊井はずっと営業畑を歩み、常務取締役となって、バブルのまっただなかに定年を迎えた。その後は、関連の企画会社の社長も務めていたようだが、いまは悠々自適の隠居生活を送っている。なかなかいい人生だ。年金をもらえるかどうかも定かでない幸代からすれば、ひたすらうらやむしかない。このまま社編にいて取締役に就任するなど、夢のまた夢だ。

熊井は鷹揚《おうよう》な人柄だった。温厚な話しぶりで、「川田さんは結婚してないの？　じゃ、うちの孫なんてどうだろなあ」と、雑談を持ちかけてくる。しかし、高度経済成長の取っかかりについて尋ねると、「イケイケドンドン」の一言ですませ、あとは「コーヒーおかわりしていいかねえ」「ちょっと失礼。いや最近、頻尿ぎみで」などとはぐらかす。

どうも変だ。

老人たちが口ごもる一九五〇年代後半の時期を、幸代は独自に「高度経済成長期の穴」と呼ぶことにした。みっこちゃんと会社近くのカフェに昼を食べにいったとき、幸代は「高度経済成長期の穴」について説明し、意見を求めた。

テラス席に座ったみっこちゃんは、パスタを器用にフォークで巻き取り、黙って話を聞いていた。

「というわけで、そこだけ空白のままなんだ。私の担当は、創立当初の社員の証言をまとめることだから、『高度経済成長期の穴』はまあ、放っといていいっちゃあいいんだけど」

パスタを食べ終えたみっこちゃんは水を飲み、まだ黙っている。あまりの反応のなさに、血糖値が下がっちゃってるのかしら、と幸代は怪訝《けげん》に思った。

「先輩」

みっこちゃんはややして、真面目な顔で切りだした。「私、高度経済成長のころが担当じゃないですか。調べてたら、やっぱり先輩と同じように、穴にぶつかりました」

「五〇年代後半？」

「はい。会社に残ってる資料が、そのあたりだけものすごく少ないです」

「それはおかしいね。事業を拡大した手柄話が、いっぱいあってよさそうなもんなのに」

みっこちゃんの口のまわりに、トマトソースがついている。子どもみたいだ。指摘したものかどうか幸代が迷っていると、みっこちゃんは付着した赤いソースはそのままに、声をひそめた。

「手柄話なら聞いたことあります」

「どこで？」

気になる。オバケのQ太郎みたいになった、みっこちゃんの口まわりが気になる。

「営業部では、伝説みたいに語り継がれてるんです。星間のいまがあるのは、高度経済成長期に営業がすごく活躍したからだ、って。だからおまえたちも、強引なぐらいの手を使わなきゃだめなんだぞ、って」

さわやかだった五月の日射しが、急に雲にさえぎられた。幸代は唾をのんだ。

「あの、みっこちゃん」

「はい」

「ソースついてる」

「あら」

みっこちゃんは化け猫みたいに、口のまわりを一舐《ひとな》めした。

「話の途中でごめんね」

と幸代は謝り、「それで?」とつづきをうながした。

「営業部は、どんな強引な手を使って活躍したの」

「具体的にはわかりません。過去の栄光って感じの、漠然とした伝説なんで」

あのね。脱力しそうになるのを、幸代はかろうじてこらえた。

「でもとにかく、五〇年代後半を徹底的に調べるべきですよ」

と、みっこちゃんは拳《こぶし》を握る。「そうじゃなきゃ、星間商事の完璧な社史は完成しません。任務を果たすために、調査をつづけましょう!」

みっこちゃんが、こんなに意欲に燃えていたとは驚きだ。

「そ、そうだね。そうしよう」

幸代は、みっこちゃんと細かく情報交換することを請けあう。そこへ、公園で弁当を食べてきたらしい矢田が通りかかった。

「よう、おまえら金あるんだなあ。今度おごれ」

幸代は矢田を無視したが、みっこちゃんと矢田は互いの合コン予定についてしゃべりだした。そんな情報交換はしなくてよろしい。黙りこむ幸代をよそに、二人は携帯電話を開いてスケジュールをすりあわせる。

「来週の木曜なんだけどさ」

「あー、空《あ》いてますよぉ」

「助かった。じゃ、頼む。もう一人ぐらいいるといいんだけど」

みっこちゃんと矢田の視線が、幸代に集まる。

「やだよ、合コンなんて」

幸代はあわてて言った。

「えー、たまにはいいじゃないですか。行きましょうよ、先輩」

「そうだな、特殊な趣味のことは黙ってりゃばれやしねえし、この際、川田でもいいや」

特殊な趣味って言うな。でもってなんだ、でもって。幸代は必死に、「彼氏いるし、興味ないですから」と抵抗したが、手の甲にボールペンで大きく、「木曜、合コン」と矢田に書かれた。ペン先が皮膚に食いこむ。

「そういえば俺、短歌詠《よ》んでみたんだよね」

幸代の手を解放した矢田は、晴れ晴れとした顔で携帯を操作した。「課長がやる気になってるじゃん？　俺もちょっとは上司に取り入っとかなきゃと思ってさ」

幸代は痛む手の甲に息を吹きかけた。定年間近の社編の上司に取り入って、得があるとも思えない。矢田は馬鹿だと幸代が断定する所以《ゆえん》だが、憎めない馬鹿ぶりではある。

みっこちゃんとともに「どれどれ」と、矢田がかざす携帯の画面を覗きこんだ。

「千早《ちはや》ぶる　神代《かみよ》の太刀《たち》も　ひれ伏さん　おみなご泣かす　俺の摩羅《まら》かな」

「最低」

と幸代は吐き捨て、

「えー、わかんないですぅ。どういう意味？」

とみっこちゃんは無邪気に質問した。

昼を食べ終え、社史編纂室に戻ると、机のうえにメモが載っていた。

「見積もりを至急提出してください　本間」

はて、なんのことだろう。幸代は一瞬考え、「同人誌か」と思い当たった。食べたばかりのパスタが、腹のなかで荒縄に変じた気分だ。どうもだんだん、社編での同人誌づくりが現実味を帯びてきている。

無意識に胃のあたりをなでさすりつつ、席につきパソコンのスリープを解除した。画面には作成途中だった「星間商事年表」が表示されていたが、ひとまず脇によける。同人誌をほとんど専門に請け負っている印刷会社は、規模の大小を問わず無数と言ってもいいぐらいある。検索して二、三の会社をピックアップし、料金表のページのURLをメール本文に貼りつけた。

「ページ数も部数も確定していない段階では、見積もりを出すのは難しいです。下に挙げました印刷会社の価格をご参考に、検討なさってください。とりいそぎ」

そっけない文面を課長のアドレスに送信し、首をまわす。骨がポキポキと音を立てた。まったく、なんで勤務時間中に同人誌の印刷料金を調べなきゃいけないのか。

課長の横暴を訴えようとして隣を見た幸代は、ため息をついた。みっこちゃんは、いちごミルク味の飴玉を舐めだしていた。パスタランチセットについていたミニケーキを食べたばかりというのに、あいかわらず甘味魔人だ。矢田の席からはいびきが聞こえる。メモを残した本間課長は、昼休みが終わっても戻ってくる気配がない。どうせ意味もなく社内をぶらついては、顰蹙《ひんしゅく》を買っているのだろう。社史編纂室で「勤労」の意味を知るものは、だれもいないようだ。

私がやるしかない。幸代は年表の空白部分をにらみ、戦略を練った。高度経済成長期の星間商事について、語ってくれるひとをなんとか見つけださなければ。そうだ、そのころ星間商事と一緒に仕事をした会社の、社史も調べてみよう。

のどかな社史編纂室で、幸代だけが脳みそをフル回転させ、分厚い退職者名簿を猛然とめくった。手の甲には燦然《さんぜん》と、「木曜、合コン」の文字が輝いている。ため息で酸欠になりそうだ。

トイレへ行くたびに執拗に手を洗ったのだが、「木曜、合コン」は消えなかった。どんな特殊インクのボールペンだ。それとも、矢田の合コンにかける執念のなせるわざか。

家に帰ったらすぐ、メイク落としを使って消そう。幸代は五時半にパソコンの電源を落とし、会社を出た。

昨日よりもまた、夜の訪れは遠のいたようだ。電車に揺られて、通りすぎていく窓の外を眺める。自宅マンションのある駅に降り立っても、西の空はくすぶる炎のような光を宿していた。

スーパーで買い物をし、食材の入ったレジ袋を提げて駅前の通りを歩く。飲みに出てきた学生の集団や、これから帰宅するらしく足早に駅へ向かうサラリーマンとすれちがう。梅雨に入るまえの、一年で一番さわやかな季節だ。どのひともみな、目指すべき場所と活気を持って歩いているように見える。

ふいにレジ袋が軽くなった。驚いた幸代の隣に、洋平《ようへい》が立っていた。幸代の姿を見かけ、追いかけてきたらしい。幸代の手からやんわりとレジ袋を取る。

「おかえり」

宙に浮いた形になった自分の手を、幸代はあわてて下ろした。見られただろうか？　絶対に見られた。

「洋平も、おかえり」

互いに「おかえり」と言いあうのがおかしくて、二人でちょっと笑った。「合コン」の文字が目に入らなかったはずはないのに、洋平はなにも言わない。幸代に合わせ、のんびり歩く。道に面した飲み屋の厨房から顔見知りに声をかけられ、空いたほうの手を振って答えている。

幸代はすでにして浮気の現場を取り押さえられた気分だったが、洋平はいつもどおりの表情だ。

だんだん腹が立ってきた。マンションのエントランスに着くころには、洋平に話しかけられても黙っているほど不機嫌になっていた。それでも洋平は気にしたふうでもなく、

「じゃ、今日はナスのはさみ揚げにしようか」

などと、レジ袋をがさつかせ、さきに立って部屋へ入っていく。

幸代は洗面所で手を洗った。だいぶ薄くなってはいたが、矢田がメモした字は残って

いる。消すのはやめにした。化粧を洗い流すときも、メイク落としが手の甲につかないよう気をつけた。

洋平はナスに切れ目を入れ、ひき肉を詰めて衣をつけていた。「手伝おうか」と聞くと、「サラダ作って」と言う。幸代は冷蔵庫から出したレタスをちぎった。力をこめてわしわしちぎった。ナスをフライパンに投じた洋平は、油の温度を慎重に見張りながら、横目で幸代をうかがっている。

見ろ。そして、なんか言え。

ナスのはさみ揚げと大量のサラダと豆腐のみそ汁とご飯とビールを居間のローテーブルに運んでも、向かいあってそれらを食べるあいだも、洋平は合コンについて触れなかった。テレビの動物番組でホバリングするハチドリを見て、「きれいだなあ」と歓声を上げるばかりだ。

「一回、生で見てみたいよ」

「次は南米に行ったら」

「うん」

洋平は首をかしげた。「なんか怒ってんのか、幸代」

「べつに」

会話の少ない食事を切りあげ、幸代は台所に下げた食器を洗った。洗い終えるころには、文字は薄れて読みとれなくなった。憤《いきどお》りのなかに悲しさが混じってきて、幸代はもう一本ビールを飲むことにした。

洋平のぶんの缶ビールも持ち、居間に戻る。洋平はテレビを消し、ローテーブルに肘《ひじ》をついてぼんやりと中空を眺めていた。ときどき、洋平はこうなる。かつて旅した場所、これから旅してまわりたい場所に、思いを馳せているのだろう。

さびしい。一緒にいるのに、さびしくてむなしい。

ローテーブルに缶ビールを二本置き、幸代は洋平の隣に座った。一息に半分ほどビールを飲む。幸代につられるように、洋平もプルトップを開けた。

「見たでしょ」

「なにを？」

「これ」

と、もうなんの痕跡もない手の甲をかざしてみせる。

「ああ、うん」

洋平はうなずき、ビールを一口飲んだ。

「どうしてなにも聞かないの。合コンってなんだとか、そんなとこ行くなとか」

「どうしてそんなことを言う必要があるんだ？」

洋平が心底不思議そうに言うので、冷静に、と自分に言い聞かせていた制御弁が吹っ飛んだ。

「なにそれ！」

と幸代は怒鳴《どな》った。「なにその自信満々かげんは！『俺にベタ惚れだもんな』って、うぬぼれてるわけ？それとも、『おまえなんか合コン行ったって無駄だ』って言いたいわけ？」

幸代の剣幕《けんまく》に腰が引け気味になりつつ、

「いや、そうじゃない」

と洋平は言った。「きみが合コンに行くことに、俺がとやかく口出しすることはできない、って意味だよ」

「私たち、つきあってるんじゃないの？」

「つきあっている」

「じゃあフツーは、合コンに行くなとか、浮気するなとか言うもんでしょ」

「そうかな」

「そうだよ！だって私は、洋平が合コン行ったり浮気したりしたら悲しいよ」

「なんだ、幸代」

洋平は笑顔になった。「そういう心配ならいらない。俺は合コン行く気も浮気する気もないから。安心しろ」

話が通じない。幸代は疲労を感じた。これじゃ私が、根拠のない嫉妬に振りまわされ、ヒステリーを起こしてる心の狭い馬鹿な女みたいじゃないか。

「合コン行く気も、浮気する気もないの？　どうして？」

と、幸代は念のため聞いてみた。洋平の答えは、

「だって、そんなの面倒くさいじゃないか」

というものだった。

まあね、「幸代に惚れてるからに決まってるだろ」なんて答えは返ってこないと、予想してましたよ。ええ、ええ。幸代はビールを飲み干し、洋平の手からも缶を奪った。

「おい、そんなに飲んだら」という言葉に耳を貸さず、それも飲み干す。

「私はたまにね」

幸代はからになった缶をローテーブルに戻し、ため息をついた。つづいてげっぷがこみあげてきたが、そっちは飲み下した。幸代は洋平のまえで、未《いま》だげっぷもおならもできない。恋をしているからだ。嫌われたり幻滅されたりしたくないからだ。洋平はげっぷもおならもする。細かいことを気にしない性格だからだ。我慢したげっぷやおならの数だけ、幸代のなかにむなしさが蓄積する気がする。

「どうしてあなたとつきあってるのか、わからなくなる。洋平が私のそばにいるのは、ただ単に、旅に出ていないあいだの都合のいい宿がわりなんじゃないかと思えてくる」

「……怒るぞ」

と洋平はめずらしく、感情を感じさせない平板な声で言った。

私のほうが怒ってんのよ！　と幸代は思った。

ワンルームの狭い部屋で、二人は必要最小限しかしゃべらずに週末を過ごした。洋平は昼間はアルバイトに出かけ、帰宅するとシャワーを浴びて布団を敷き、さっさと寝た。幸代は一日じゅうパソコンに向かい、夏コミあわせの原稿を少しずつ書いた。松永《まつなが》と野《の》宮《みや》の話の続編を発行する予定だったが、あまり集中できなかった。

「野宮さんは、いつもそうやって逃げるんですね。俺の気持ちからも自分の気持ちからも逃げて、いつだって安全な場所で笑うんだ」

松永はつらそうにうつむいている。

進捗状況の報告にかこつけ、実咲《みさき》と英里子《えりこ》に電話してみようかと思った。でも、やめた。結婚して落ち着いた生活を営む英里子には、なにを言ったって愚痴にしかならない。実咲に、「あんたも大変ねえ」などと同情するふりで見下され、洋平の不甲斐なさを改めてあげつらわれるのも癪《しゃく》だった。

こうして私たちは、どんどんさびしいところへ自分を追いつめていく。

どんなちっぽけな秘密も不満も、屈託なくすべて打ち明け、打ち解けあった日々は遠い。大人になるって、さびしさに鈍感になることなのかもしれないなと、幸代は思った。

週が明けても、洋平とはなんとなく気まずいままだった。夜は無言のまま、原稿を書いたり眠ったりする。喧嘩の相手が横で寝ているというのは、何度経験しても妙で居心地が悪い。幸代は洋平の体温と気配を背中に感じながら、毒殺の使命を帯びた「くのいち」のように息を殺していた。

日中は洋平と顔を合わせずにすむのが救いだ。「高度経済成長期の穴」について、幸代は黙々と調べを進めた。会社の資料室には、ライバル商社の社史がいくつも、埃をかぶって並んでいる。片っ端から取りだして読むうちに、一九五〇年代後半から六〇年代はじめにかけて、社会も経済もいかに強大なエネルギーを秘めて前進したかが、朧気《おぼろげ》ながら見えてきた。

東京オリンピックに向け、街並の整理と道路の整備は急ピッチで進んだ。戦争で多くが焼けた東京は、人々の感情や過去を断ち切るかのように、新しい街へと生まれ変わろうとしていた。当然ながら、商社の儲《もう》けどきだ。あちこちに建つビルや競技場、のびつづける道の企画、設計、工事。資材や重機の手配に、どの会社もてんてこ舞いだったことがわかる。

国内だけではない。国際線の就航にも、いろんな商社が絡んでいた。海外への足が便利になるにつれ、インドネシア、マレー半島、当時のビルマ、韓国など、たび重なる侵略、戦争、あるいは独立戦争を経験した国において、日本の商社は復興する経済の陰で暗躍した。

戦争が終われば、街の発展がはじまり、ひとの集《つど》う場所——劇場やホテルやデパートをはじめとする建物——ができるのは、どこの国でも同じらしい。それらの建設や、電気や水道やテレビ網の普及などの利権をめぐり、商社はあるときは協力して、あるときはライバルを出し抜いて、仕事を取ろうと躍起になっていたようだった。

他社の社史には、星間商事の名がたびたび登場した。主に、東南アジアでの仕事の協力相手としてだ。幸代はノートに疑問点を書きだしていった。

なぜ東南アジアが、商社同士の戦いの主たる舞台になったのか？

弱小商社である星間商事は、どういう手段で東南アジアの激しい商戦に参入し、大手商社の協力企業として、どんな分野を担当したのか？

当時の星間商事は、国内の不動産の売買や、家具や雑貨や衣料品の製造販売と輸出入が業務の中心だった。建築資材も手がけてはいたが、建設ラッシュに沸く国内外の需要をカバーできるほどの規模ではなかったはずだ。工事に必要な重機も取り扱っていない。大手商社がひしめくなかで、いったいどんな役割を担《にな》っていたのか謎のままだ。

「もうちょっと詳しく書いておいてほしいところよ」

薄暗い資料室で、幸代は一人つぶやいた。ライバル商社の社史には、「星間商事とも提携し」とか「星間商事の協力を得て」などと、あっさりした記載があるだけだ。星間商事の社史ではないのだから、しかたがない。なにがあったのか、どんな仕事をしたのかを調べて、星間商事の社史に記すのは幸代たちの仕事だ。

埃だらけになって社史編纂室に戻ると、みっこちゃんはホワイトボードに「社外」と書いて外出していた。社外のどこだ。調べ物があっての外出ならいいが、映画でも見ていそうな気がする。矢田はいつものとおり、ホワイトボードの存在など無視して行方をくらましていた。部屋にいるのは本間課長だけだ。めったに見ない真剣な表情で、パソコンに向かっている。

幸代は本間課長の机に近づいた。

「課長」

課長は「わわわ」と言った。

「いたのか、川田くん。きみが急に声をかけるから、驚いて〝からメール〟を送信してしまったよ」

「すみません」

「まあ送ってしまったものはしょうがない。詫びのメールを書こう」

課長はパソコンのキーボードをぎこちなく叩いた。『いま、まちがって、からのメールをお送りしてしまいました』

いちいち声に出さないと、文章を打てないらしい。幸代はなんの気なしに、課長のパソコンを覗きこんだ。画面には作成途中のメールが表示されている。宛先欄は、幸代のメールアドレスだった。

「私へのメールなんですか」

「うん」

「じゃあ、直接用件を言ってくださいよ。ここにいるんだから」

「それもそうだな」

課長は苦役から解放されたとばかりに、メールソフトを閉じた。「あ、わたしからのメールが行ってると思うが、からメールだからね」

「わかってます。ご用件は」

「うん」

課長は事務用椅子を軋《きし》ませ、幸代を見上げた。「きみが教えてくれた印刷会社の価格表、比較検討してみたよ」

「そうですか」

「『空色《そらいろ》印刷』という会社がいいんじゃないかと思う」

「そうですね。良心的な会社で、仕事も速いという評判です。でも、部数とページ数は決まったんですか？　表紙に使う色数や加工によっても、値段は大幅にちがってきますよ」

「見本として載っていた同人誌の表紙を見たが、きれいなもんだねえ」

課長は感心したように言う。「絵にちゃんと色がついていて、タイトルの文字なんか金色に光ってるじゃないか」

「そういうのは、高くつくんです。だいたい、だれがフルカラーで華麗な表紙絵を描くんですか」

「ん？　川田くん」

「私はだめですよ。小説を書くのが専門なんですから」

「じゃあ、わたしの水彩画にしよう」

と、課長は得意気に胸を張った。「三年ほどまえ、カルチャースクールの『水彩画入門　身近な風景を描く』という教室に通っていたんだ」

どういう同人誌にするつもりなんだろう。だいたい、まがりなりにも商社の課長職にあるもので、カルチャースクールに通うほどの暇人など、日本広しといえど本間課長ぐらいのものではないか？　幸代は眉間に皺《しわ》を寄せた。これで、私よりもいい給料をもらっているんだから、いやになる。

「よろしいんじゃないでしょうか」

と、幸代はなげやりにうなずいた。

「ページ数は、一人あたり二十ページとして、百ページでいいかな」

「多くないですか？　それに、一人二十ページだとしたら、総ページ数は八十でしょう」

「なにを言ってる」

本間課長は、社史編纂室に並んだ机を指した。「うちは五人編成だよ」

五つある机のうちのひとつは、資料溜《だ》まりとなっている。

「部長も数に入れるんですか」

「あたりまえだ。部長は常に、我々を見守ってくださってるぞ」

本当に幽霊なんじゃないだろうな。幸代は皺が寄りすぎて痛みだした眉間を揉んだ。

「まあいいです。でもとにかく、はじめて同人誌を作るのに、二十ページの割り当ては多すぎますよ。いきなりそんなには書けないんじゃないですか？」

「見くびるなよ、川田くん」

ふっふっ、と課長は笑い、机の隅からコピーの束を引っ張りだした。「わたしなどは、もう原稿用紙二十枚ぶんも書いた。読んで感想を聞かせてほしい」

いやだったが、しぶしぶと原稿のコピーを受け取る。人数ぶんコピーしてあったようで、課長は立ってそれぞれの机にも束を配り歩き、また自分の席に戻ってきた。

「さて、きみの用事は？」

そうだった。うつろな眼差しで本間課長の言動を眺めていた幸代は、気を取り直した。

「退職された元社員のかたに、いろいろお話をうかがっているのですが、いまいちうまくいきません」

「どういうところが？」

本間課長はあくびをしながら質問する。オイルショックのころが担当なのに、「高度経済成長期の穴」に首をつっこんでいるとは言いにくい。

「若いころのご活躍についてが」

と、適当にぼやかした。

「ふうん。みんな謙虚なんだねえ」

「それで、どなたか心当たりのあるかたがいらっしゃらないかと思って。課長の元上司のかたとか」

「いないねえ」

課長はまたあくびをした。「わたしはいつでも、上司との折りあいがいいほうではなくてね。ほら、媚《こ》びないっていうのかな」

「はあ」

聞き流す。課長に助力を願ったのがまちがいだった。

「じゃ、いいです。なんとかします」

席に戻ろうとした幸代を、「川田くん、川田くん」と本間課長は呼び止めた。

「きみの聞き取り調査のしかたがよくないんだよ」

うっすらと笑っている。「親身になって聞けば、必ず心を開いてくれるものだ。一度話をうかがったひとにも、改めてお願いの手紙を書きなさい。ほら、きみたちにあげた原稿用紙があっただろう。もったいないから、あれを使うといいよ」

日に焼けて黄ばんだ古い社用原稿用紙など、送りつけたら失礼ではないか。幸代はそう思ったが、予算を無駄遣いできるような部署でもない。老眼の進行したお年寄りばかりだし、いくら頼んでも、のらりくらりと話をそらすような非協力的な態度の人々だ。少々紙が黄ばんでいてもいいか。

気は進まないが、「聞きそびれた点があるので」と、再度の面会を申しこむしかない。机の引き出しに放りこんでいた原稿用紙を取りだし、幸代は二度目の依頼状をしたためた。紙には、よく見ると中央に三日月のマークが、四隅には星のマークが透かしで入っていた。

あら、なかなかしゃれてるわね。幸代は垢抜《あかぬ》けたデザインに感心しつつ、藍色の枠線で囲まれた枡《ます》を、丁寧な字で埋めていった。

四・

木曜日が近づいてきても、洋平《ようへい》にはあいかわらず、幸代《さちよ》の合コン参加に関しての意見はないようだ。

もう、行ったるわい。幸代はむきになって、水曜の会社帰りに、みっこちゃんと有楽町の西武百貨店に寄った。

翌日の決戦に備え、みっこちゃんは胸元と肩紐に小花がついたキャミソールを買った。それは下着じゃ……、と幸代は思ったが、口には出さなかった。試着すると、みっこちゃんの胸の大きさと腰の細さが強調されて、幸代でもやや目のやり場に困った。

こういうのを、男性は本当に好むのだろうか。いかにも「狩り」をしますと言わんばかりの恰好よりも、もっとさりげなく女っぽさをアピールしたほうがいいのではないか。合コンに積極的なわりに、みっこちゃんに特定の相手がいない理由が、なんとなくわかった気がした。

とはいえ幸代にも、どうやって「さりげなく女っぽさをアピール」したらいいのか、皆目見当がつかない。みっこちゃんに張りあおうとしたところで、胸の大きさも肌の若さも勝負にならない。通勤着にしてもおかしくない、かっちりした白いブラウスを買った。

みっこちゃんは下着みたいな恰好でも平気で出社してくるが、幸代はそこまで思いきりがよくなれない。「行ったるわい」と意気込んだわりには、面白味のない選択になってしまった。でも、カッティングが少ししゃれた濃紺のスカートと合わせれば、清楚《せいそ》で仕事のできる女を演出できるはずだ。たぶん。胸元を少し開け、透明なダイヤもどきの石がひとつついたネックレスをしよう。

みっこちゃんは、

「えー。ほんとにそれでいいんですか？　こっちの服にしたら？」

と、どピンクのオーガンジーのブラウスを指した。袖も襟も無駄にひらひらしている。なるほど、みっこちゃんは過剰な女らしさを楽しんでいるのだな、と幸代は納得した。合コンで彼氏ができるか否かは、みっこちゃんにとってはそれほど問題ではないのだろう。出会いを満喫するのが一番の目的のようだ。

そういえばみっこちゃんの携帯は、就業中にもよくメールが着信する。メールの文面を一瞥《いちべつ》するだけで、返信することはほとんどない。たまに、「うざーい」とぼやくこともある。

「『いい天気ですね（絵文字）。昨日は楽しかった（絵文字）。会社も近いみたいだし、昼休みにコーヒー（絵文字）でも飲みませんか（絵文字）』だって。飲・み・ま・せ・ん。今日の昼はケーキバイキングって決めてるもーん」

そんなふうに、携帯の画面を見せてきたりもする。カラフルな絵文字の意味が幸代にはほとんど理解不能だが、とにかく男が必死に誘いをかけていることはわかる。ケーキバイキングに一緒に行けばいいじゃないかと思ったが、みっこちゃんはなにも返信せず、メールを消去してしまった。

みっこちゃんも、さまよっているのかもしれない。だれかとつきあったり、仕事に打ちこんだりしても、決して埋めることのできない自分の心のなかを。

デパートの紙袋を持って、「楽しみですね」と笑うみっこちゃんに、「そうだね」と幸代は返した。

木曜の朝、幸代はいつもより念入りに化粧して洗面所から出た。洋平は宅配便の仕事が休みらしく、まだ部屋にいた。よしよし、見てるな。幸代は頰に洋平の視線を感じつつ、鞄を手にした。かがむとダイヤもどきが、鎖骨の下を小さく叩く。

「いってきます」

と幸代は言った。洋平はパジャマ姿で大きくのびをし、ぼさぼさの髪の毛をかきまわしながら、「いってらっしゃい」と言った。

結局、合コンに関してのコメントはなしか。晴れわたった空の下を、鬱々《うつうつ》とした気分で歩いた。洋平も意地になっているのかもしれないが、それにしてもあんまりだと思った。

洋平の自由を愛す。束縛しないしされない洋平を愛す。だけどたまに、このままこの男といていいんだろうかと不安になる。澄みきった水はなにも生まない。ほかの流れと交わることなく、ただ静かに大海に注ぐだけだ。幸代は岸辺で、水に手をひたすことも、水を掬《すく》って喉《のど》を潤《うるお》すこともなく、きらめき流れる川面を眺める気持ちだ。

合コンは夜の七時から、新橋の「無国籍居酒屋」で行われた。

会社で時間をつぶしていたら、本間《ほんま》課長がさかんにアピールしてきた。「いいなあ、合コンか。それは年齢制限があるのかい」と、本間課長がさかんにアピールしてきた。もちろん無視し、時計が六時半を指すまえに、幸代は矢田《やだ》とみっこちゃんとつれだって出かけた。

合コンは男女四人ずつのオーソドックスなものだった。ちょっと変わっていたのは、幹事が自分と同性のメンツを集めたのではないところだろう。矢田が招集したのは、篠《しの》原《はら》という男の友人と、幸代とみっこちゃんだった。もう一人の幹事である岩下《いわした》という女性は、宇原《うはら》と遠藤《えんどう》という男と、上野《うえの》という女の子に声をかけていた。

岩下の後輩だという上野は、みっこちゃんよりも若く、入社したてだった。おとなしく地味な感じの子で、常に話題の中心を占める華やかな岩下に気をつかっているのが見て取れる。篠原は、さすが矢田の友人だけあって、場慣れしていた。嫌味にならぬ程度に、全員に話を振って、さりげなく場を盛りあげる。

にもかかわらず、「アジア風創作料理」がテーブルに並びきるころには、幸代は帰りたくなっていた。宇原が仕事の自慢話を延々とし、遠藤が無遠慮にみっこちゃんの胸を眺めていたからだ。

遠藤の視線に気づいているだろうに、みっこちゃんは愛想よく笑いながら、両腕で胸の谷間をいっそう寄せたりする。遠藤はそのたびに、馬鹿にしたような薄笑いを浮かべ、しかし食いつかんばかりの勢いで、ますます身を乗りだす。

みっこちゃん、そんなサービスしなくていいよ。そう言いたかったが、幸代の左隣には遠藤が、正面には宇原が座っている。みっこちゃんは幸代の斜めまえ、遠藤の向かいに座っているから、こっそり忠告することもできない。

「ちょっと、あれ」

と、幸代は右隣に座る矢田に注意をうながした。「みっこちゃんの胸、見えすぎじゃないですかね」

「ああん？」

矢田は岩下との会話を中断し、みっこちゃんと遠藤を見た。「大丈夫だよ。みっこはちゃんとわかってる」

そうなんだろうか。幸代は一人ではらはらした。みっこちゃんが確信犯だとしても、遠藤の不躾《ぶしつけ》な態度は不愉快だった。幸代にとって、みっこちゃんはかわいい後輩だし、職場で気の合う友だちだ。そのみっこちゃんに対して、動物園で象の睾丸《こうがん》でも見るかのような眼差しを送られるのは、なんともいやな感じだ。

宇原は隅《すみ》の席にいた上野に、ひとしきりサーフィンの話をしていたが、

「川田《かわだ》さんの趣味は？」

と、ついでみたいに幸代に尋ねた。矢田がなにか言おうとしたのを、足を踏んづけて阻止し、

「読書ですね」

と笑みを浮かべて答えた。つまらない答えではあるが、宇原をおもしろがらせてやる義理はない。

「へえ、どんな本読むの？」

「いろいろです」

「川田さんって、おとなしいのねえ」

岩下が高い声で言った。「うちの上野ちゃんも、いっつも暗いのよ」

「え、そうですか。上野さんは暗いんじゃなくて、大人っぽいんだと思いますよ」

もうどうにでもなれ。幸代はなにを言われてもにこにこと返事し、早く時間が過ぎる

ことだけを祈った。

幸代の腹立ちが最高潮に達したのは、ハーブの載った白身魚のフライが運ばれてきたときだった。櫛《くし》切《ぎ》りのレモンが添えられた大皿が、ちょうど宇原と幸代の目の前に置かれた。宇原は間髪《かんはつ》を入れず、

「レモン搾《しぼ》って」

と、幸代に向かって顎《あご》をしゃくってみせた。

は？　宇原のふてぶてしい態度に驚き、幸代は一瞬動きを止めた。搾るのはかまわないが、なぜ当然のように指図されねばならないのか。レモンは、むしろ宇原に近いほうに載っている。そういえば宇原は最前から、隣に座るみっこちゃんにあれこれと料理を取らせ、自分はふんぞりかえっていた。

上野と篠原が、心配そうに幸代をうかがっている。みっこちゃんが、宇原に気づかれないようにちょっと肩をすくめ、固まった幸代を助けるためにレモンを取ろうとした。その場の雰囲気におかまいなしなのは、みっこちゃんの胸を凝視しつづける遠藤と、なにが楽しいのか甲高く笑いつづける岩下だけだ。

「あのさあ、宇原」

みっこちゃんより早くレモンを取ったのは矢田だった。「レモンぐらい自分で搾れや」

矢田はレモンをたわめ、宇原の顔面に向かって汁を飛ばした。「うわっ」と宇原は目

をつぶる。

「それから遠藤」

幸代越しに、矢田は遠藤にもレモンの汁を発射する。「おまえさっきから、みっこのおっぱい見すぎ」

「おい、やめろよ」

遠藤はいきりたったが、

「えー、見てたのはヤリチン先輩でしょ？」

と、みっこちゃんが冗談めかして身をくねらせたので、気勢を削がれたらしい。その隙を逃さず、幸代は白身魚のフライを小皿に取りわけて配った。

「はーい、熱いうちに食べましょう」

宇原に皿を渡すのは最後にしてやった。矢田から渡されたレモンを、これ見よがしに宇原のフライに搾りきるのも忘れなかった。レモンの種が点々と転がったフライを、宇原は不服そうに箸でつついた。

生焼けの豚肉を嚙むような感触のまま、合コンは終わった。

駅までの道すがら、「すみません」と幸代は矢田に謝った。

「なんだかいやなムードにしちゃって」

「いーって、いーって。べつに川田にムードづくりは期待してないから」

「どういう意味ですか、それ」

実際に期待されても困るが、はっきり言われると少し傷つく。

「ヤリチン先輩、かっこよかったー」

と、みっこちゃんは軽やかな足取りだ。その点については、幸代も同感だった。

「あー、俺、まえから宇原と遠藤はあんまり好きじゃないんだよね」

矢田は皮肉っぽく片頬を歪《ゆが》めた。「まあ、岩下の知りあいじゃ、あんなもんだろうけど」

「なんで、そんなひとたちとの合コンに呼ぶんですか」

「いいじゃん。川田は男いるんだし、みっこはまたいくらでも機会があるだろ？　俺の今日の最大の目的は、篠原と上野さんを引きあわせることにあったわけ」

「ああ、いい感じでしたよね、あの二人」

みっこちゃんはにこやかにうなずく。たしかに別れぎわ、篠原は上野と連絡先を交換することに成功していたようだった。篠原と上野に悪い印象はないから、幸代もよかったとは思うが、二人の出会いの場を作るために洋平と気まずくなったのかと考えると、複雑な気持ちだ。

「篠原さんの恋を取り持ってる場合なんですか」

と、幸代は矢田に当てこすった。「ずっと彼女いないくせに」

「俺？」

矢田は少し陰のある笑みを浮かべた。「俺はしばらくいーの。しんどいから」

じゃあな、おつかれ、と矢田は地下鉄の階段を下りていった。幸代はみっこちゃんと一緒にJRの改札をくぐる。

「ヤリチン先輩は、かっこいいです」

みっこちゃんはまた言った。ホームに入ってくる電車の音にかき消されそうなほど、小さな声だった。

おや？と幸代は思った。

「おやおや？」

と声にも出し、みっこちゃんの顔を覗きこんだ。

「やあだぁ、なんですか先輩、もう！」

頬が少し赤くなっている。

今夜の矢田の言動には、幸代もたしかに胸のすく思いがしたが、なるほど、そうなのか。みっこちゃんが矢田をねえ。

幸代はにやつきそうな顔の筋肉を引き締めた。しばらくは知らないふりをしておこう。

みっこちゃんが電車を降りたあと、幸代はふと矢田の噂を思い出した。矢田が専務の愛人に手を出したという噂だ。もしかしたら、あれは本当なのかもしれない。ただ単に、相手を一人に絞るのが面倒なだけの気もするが。矢田はひとに言えない失った恋の痛手から、未《いま》だ立ち直りきれずにいるのかもしれない。だとしたら、みっこちゃんの思いはどこへ行くんだろう。

洋平は風呂掃除をして、幸代の帰りを待っていた。仲直りをしたいという意思表示らしい。幸代にももちろん否やはなかった。

一緒に風呂に入った。バスタブは窮屈だったが、後頭部を幸代の肩に預けた洋平を抱えて座っていると、幸せだった。幸代は湯のなかで洋平の胸をなで、それから指を這いあがらせて洋平の肉の薄い頰をたどった。洋平が身じろぎし、幸代を見上げてくる。

「退屈だったよ、合コン」

と幸代は報告した。

「そう」

と洋平はうなずく。星が出てるよ、と言われてうなずく、子どもみたいに邪気のない表情だった。幸代は洋平の唇に軽くキスした。

「あー！」

と、洋平が突然立ちあがった。

「どうしたの」

びっくりして幸代が問うと、洋平は水滴を飛ばしながらバスタブから出て、振り返った。

「布団敷いとく」

洋平はあっというまに風呂場から出ていった。幸代は顎まで湯につかる。もうちょっと、言いようというものはないんだろうか。これでは、居間兼寝室へ行くタイミングが難しい。あんまり早いと、待ちわびていたようで恥ずかしいし、ぐずぐずしていると、洋平が呼びにきてなおさら恥ずかしいことになりそうだ。

幸代は二十まで数えてバスタブから出た。迷ったすえにパジャマを着る。洋平は六畳間に敷いた布団に正座して待っていた。率直にうれしそうだ。パジャマを着る必要がなかったことは、すぐに証明された。

「なんか濃い……」

幸代のつぶやきを、洋平は耳ざとく聞きつけた。幸代の腹に付着した精液を、ティッシュペーパーで手早く拭いながら、

「そりゃそうだ」

と答える。「喧嘩のあとのセックスっていいもんだろ？　だからマスもかかず、ずっと我慢してた」

なにが「だから」だ。言いようというものを知れ。腹がきれいになり、身動きできる

ようになった幸代は、かたわらにしゃがんでいた洋平を無言で蹴り飛ばした。

洋平は転がり、しかしめげずにすぐ身を起こすと、幸代に覆《おお》いかぶさってくる。

「もう一回しよう」

どうしてこの男と別れられないのかな、と考えながら、幸代も満更ではなく、洋平の腰に腕をまわした。

翌日、気力が充満した状態で幸代は出社した。みっこちゃんに、「先輩、なんだか肌がつやつやですよ」と指摘され、「そう？」と微笑む。

今日で一週間も終わりだし、明日は洋平も早めに帰れるというし、がんばって仕事しよう。楽しい週末を過ごせそうだ。実咲《みさき》と英里子《えりこ》に連絡して、原稿の進み具合も聞いておかなければ。

頭のなかであれこれと予定を組み立てながら、幸代は社史編纂《へんさん》室に届いた郵便物を仕分けした。なかに一通、幸代宛の官製ハガキがあった。会社にダイレクトメールじゃないハガキが届くなんて、めずらしい。だれからだろう。

ハガキを裏返した幸代は、心臓が激しく一回鼓動したのを感じた。

白い紙の中央には、筆文字でただ一行。

「これ以上、嗅ぎまわるのはやめておけ」

雨雲と同じ色をした薄墨が、禍々《まがまが》しくうねっていた。

幸代はすぐに緊急会議の開催を宣言し、みっこちゃんと矢田を招集した。

「ちょっと、これについてどう思う？」

みっこちゃんは、資料室から持ってきた本に付箋を貼りまくっているところだったが、作業の手を止め、「なんですかぁ？」と幸代の持つハガキを覗きこんだ。

しかし矢田の机からは、なにも反応がない。さては寝てるな、と幸代は察し、一番大きなクリップを本の山越しに投げつけた。「んがっ」と声がし、矢田が身を起こす気配があった。

「川田、てめぇはなんの権利があって俺の眠りを妨げるんだよ。ヒーヒー言わせちまうぞごるぁ」

「セクハラ相談室に訴えますよ。いいから、ちょっとこっち来てください」

矢田はなおも小声で文句を言っていたが、キャスター付きの事務用椅子に座ったまま、机の端をまわってゴロゴロと現れた。右の頬に、枕にしていた紙束の跡が赤い筋となって残っている。

「なに」

「こういうハガキが送られてきたんですけど」

幸代を両側から挟む形になったみっこちゃんと矢田は、そろって腕組みした。

「墨のすりがたりないみたいですね」

と、みっこちゃんは見たままを言った。

「ばぁか、おまえこれはどう見ても、脅迫ってやつだろ」

と、矢田が鼻を鳴らした。

「ええっ？」

みっこちゃんが身を乗りだす。「たしかに変な文面ではありますけど、なんで脅迫ってわかるんですか？」

幸代は指先で眉間を揉んだ。せっかく気持ちのいい金曜の朝だったのに、だいなしだ。

「あのね、みっこちゃん。薄墨を使うのは不祝儀のときでしょ。ほら、香典袋に名前を書くときとか」

「えー、そうなんだー」

みっこちゃんは、ちょっと肩をすくめて笑った。「私、フツーの筆ペンで黒々と書いちゃってましたよ」

だれよ、新人時代のこの子を教育したの。と幸代は思った。営業部でも、さぞかし危うい働きぶりだったことだろう。

「で、なんか心当たりは？」

矢田はハガキを手に取り、かざしたり消印をたしかめたりした。幸代も消印は確認ずみだった。「丸ノ内中央」とあったから、会社の近くだ。社内の人間が投函したという線も消しがたいが、このハガキだけで差出人を特定するのは無理だ。

「先日、社史を編纂するために話を聞かせてほしい、と依頼状を送りました」

「何人に」

「十人ちょっとですかね」

「そんなに！」

と、みっこちゃんが自分の頬を両手で挟んだ。「だって先輩、手書きしてませんでしたか？」

「文面はだいたい決まってるんだし、それぐらいなんてことないわよ」

ひー、信じらんない。私ぜったい、そんな数の手紙を手で書けないですー。みっこちゃんが尊敬と驚愕《きょうがく》の眼差しを送ってきたが、放っておく。

「どうしていまさら？」

と、矢田が言った。「おまえ、なんたらいうじいさんに、話を聞いてただろ」

「熊井《くまい》さんですね。でも、肝心の部分をなかなか話してくれないので。課長と相談のうえ、熊井さんも含めてもう一度、当時を知るひとに手紙を出したんです」

「肝心な部分って？」

「『高度経済成長期の穴』です」

幸代がそう言うと、みっこちゃんが真剣な表情になった。なんのことかわからない矢田は、「ふうん」と受け流す。

「とにかく、今回の依頼状に対してだけ、脅迫ハガキが返ってきたわけだな。一度目の依頼状と、なにか内容を変えたのか？」

矢田に問われ、幸代は首をひねる。

「いえ、特には。丁寧なほうがいいと思って、手書きにしたぐらいですね」

「わかった。おまえの字が汚くて、怒らせたんだ」

「失礼な。子どものころ、ペン習字を習ってました」

「あー。そういう地味な習い事をしてそう」

と矢田が笑ったので、幸代は腕を振りあげた。みっこちゃんが、「まあまあ」と割って入る。

「熊井さんってひとは？　あやしくないですかぁ」

幸代は、飄々《ひょうひょう》ととぼけた熊井の風貌《ふうぼう》を思い浮かべた。

「どうだろ。薄墨であっても、すってる暇があったら、直接なにか言ってくるひとのような気がするけれど」

「まあ、この件は課長に報告したほうがいいな」

矢田は幸代の机にハガキを戻し、椅子ごと後退していった。「課長は？」

た。

「今日はまだ見てませんねぇ」

みっこちゃんが壁にかかった時計を見上げる。もう十時をまわったところだ。いつものことだ。

三人はため息をつき、脅迫状のことはひとまず置いて、それぞれの仕事に取りかかった。

なんとなく社外へ出る気にならず、幸代は社員食堂で昼をすませた。

本館の十二階にある社員食堂は、日射しを受けて清潔に輝いている。大きく取られた窓からは、オフィス街に密集するビル群が見える。

「福利厚生の充実」を謳《うた》う星間《ほしま》商事は、社員食堂のメニューにも手を抜いていない。日替わり定食だけで五種類あり、「低カロリー」や「野菜中心」や「ボリューム満点」やら、さまざまなニーズに応えるラインナップだ。定番のカレーやラーメンも安くて味がいい。観葉植物の鉢がそこここに置かれ、くつろげる空間である社員食堂は、社員に概《おおむ》ね好評だった。

だが、幸代にとっては居心地が悪い。同期の人間がテーブルに集まって、楽しそうに、しかしあわただしく食事している姿など見かけようものなら、身の置きどころがない気持ちになる。出世コースからはずれたことに悔いはないのに、おかしなものだ。

仕事に打ちこむ。あるいは、結婚して退社する。どちらでもないなら、堂々とひとに言える趣味に邁進《まいしん》する。

この三つ以外の道を進みつつ、会社という組織のなかで生きるのは、なかなか大変だ。大義名分がなにもないのに、会社に居座る給料泥棒。そう思われているのではないかと、びくびくしてしまう。

被害妄想だ。私だって、自分に課せられた仕事をちゃんとこなしているんだから、びくつくことはない。わかっていても、社史編纂室から一歩外へ出ると、どうしてもほかの社員の目が気になる。いつでもどこでも傍若無人《ぼうじゃくぶじん》に振る舞う課長や矢田やみっこちゃんは、つくづく大物だと思う。

ちょうど社員食堂にいた同期の女性たちの視線を避け、幸代は隅っこの席についた。声をかけられませんように、とあせったおかげで、カレーはものの五分で食べ終えてしまった。食器を下げる。昼休みはまだ残っている。

足早に社史編纂室へ戻り、ドアを閉めて黴《かび》くさい空気に触れるとほっとした。機能的で明るい社員食堂よりも、いつのまにかここが、私にとって一番落ち着ける場所になっている。幸代は一人で笑った。穴蔵で隠居生活だ。でも悪くない。

静かだ。課長は出社はしたようだが、あいかわらず席にはいない。みっこちゃんと矢田も、昼を食べに出払っている。

机には気味の悪いハガキが載ったままだ。幸代はファイルにハガキを収め、目に触れないところにしまうことにした。引き出しを開けると、課長から渡された同人誌の原稿が目に入った。読むように言われていたのに、すっかり忘れていた。ファイルをしまい、かわりに原稿を取りだす。

よくこんなに書いたもんだ。幸代は感心した。コピーなので枠線は黒いが、例の古い社用原稿用紙だ。上下が妙に押しつぶされたような癖のある文字で、課長は枡《ます》のひとつひとつを丁寧に埋めていた。同人誌発行にかける、なみなみならぬ熱意が感じられる。

私も、夏コミあわせの原稿をがんばらなきゃ。脅迫ハガキや、同期の動向にかかずらわっている場合ではない。自分に言い聞かせた幸代は、本間課長の原稿を読むともなしに読みだした。

★　★　★　★　★

「それじゃ、なにかい。チンペイ、おめえさんは、大の男がこぞって紙を集めてるって、こう言うのかい」

「へい」

「信じられないねえ。だって、紙だよ？　いったいなんのために」

本間が笑っていなしますと、チンペイはキッと顔を上げました。

「課長！」

「しっ。課長はよしてくれ。ここでのあたしは、遊び人の正《ただ》さんなんだから」

「へい。じゃ……、本間さん」

「うん」

「おいらはちゃんと調べたんですよ。まちがいありやせん。男どもが目の色変えるのは、決まって『月印《つきじるし》』の紙なんでごぜえやす」

「見る目はあるようだねえ」

本間は感心いたしました。月印の紙といえば、どんなに詩心がないものでも筆の運びがなめらかになる、ともてはやされる高級品だからです。

「それだけではございません」

忍び装束のサチが、厳《おごそ》かに口を開きました。サチは気配を消し、出番が来るまでチンペイの隣に控えていたのです。

「ご存じのとおり、月印の紙を扱っておりますのは、廻船問屋『月間屋《つきまや》』のみ。これに関して、どうやら月間屋から幕府に、多額の袖の下が渡っているようでございます」

「穏やかじゃないねえ。たしかか？」

本間の問いに、酌をしていた花魁《おいらん》のミツが、

「アイ」

とうなずきました。「この茶屋で先月、町人風の男からお武家さんに、黄金色の菓子がプレゼントされたでありんす。二人ともお忍びでおいででありんしたが、武家の男はまちがいなく、老中の浜辺《はまべ》どのとお見受けしたでありんす」

「ふうむ。そして町人風の男のほうは、月間屋の人間だったというわけだね」

本間は扇子《せんす》を開き、胸元を扇ぎはじめました。思わぬ悪事の尻尾をつかみ、さしもの本間も興奮を押し隠せぬ様子です。

「なにか証拠があるといいんだが」

「証拠なら、ミツ」

「アイ」

チンペイにうながされ、ミツは豪華な打掛《うちかけ》の袂《たもと》から、一枚の薄紙を取りだしました。

「これを、本間さま。浜辺どのが茶屋に残していった、黄金色の菓子の包み紙でありんす」

本間は薄紙を広げ、燭台《しょくだい》にかざしました。紙にはたしかに、月印の透かしが入っています。

「でかしたぞ、チンペイ、サチ、ミツ！」

音高く扇子を閉じ、本間は立ちあがりました。「月間屋について、調べを進めておくれ」

「へい」「はっ」「アイ」

本間の忠実な手のものたちは、深く頭《こうべ》を垂れたのでありました。

★　★　★　★　★　★

なんじゃこりゃ。笑えばいいのか怒ればいいのか判断しかね、幸代は肩を震わせた。課長は自伝を書くと言っていたはずなのに、いったいなんの話なんだ、これは。なんで私が忍者の恰好をしてんのよ。みっこちゃんは花魁で、矢田はお庭番か？　だいたい「月間屋」って、まさか課長は、私のやっているサークルの名前が「月間企画」だということを突き止めたんだろうか。どうやって？　あ、さては。同人誌製作がばれたときに、奥付《おくづけ》ページも見られていたんだな。まったく、油断も隙もない。

ぐるぐると考えていた幸代は、ふいに思い当たることがあって、「あっ」と声を上げた。

月印の透かし。透かし……？

コピーではわからない。急いで引き出しを開け、依頼状を書いた残りの原稿用紙を蛍光灯にかざす。

本間課長からもらった、星間商事の社用原稿用紙。いまは公に使われることもない黄ばんだ紙には、中央に三日月、四隅に星の透かしが、たしかに入っていた。

依頼状の内容は、なんの変哲もないものだった。手書きかどうかが問題だったのでもない。

一度目と二度目の依頼状の、ちがいは紙だ。使った紙が問題だったんだ。送られてきた古い社用原稿用紙を見て、なにものかが反応し、脅迫ハガキを書いた。

でも、なぜ?

だれもいない社史編纂室で、幸代は原稿用紙の藍色の枠線にしばし目を落とした。

本間課長はなにか知っているのだろうか。

原稿用紙をくれたのも、それを使って依頼状を書けと勧めたのも課長だ。疑いだすと、きりがない。課長が書いているおかしな「自伝」も、なにやらいわくありげな内容のように読めてくる。

課長は夕方近くになってやっと、社史編纂室に戻ってきた。

「いやいやいや、社外での打ち合わせがつづいてね。すっかり遅くなっちゃったよ」

だれもなにも言っていないのに、課長は声高に今日一日の行動を説明し、鞄から出した数枚の板チョコを机に置いた。

「みんな、自由に食べていいからね」

パチンコだ。こいつ、パチンコに行ってやがった。幸代はこめかみの血管が脈打つのを感じた。給料泥棒だなんて、私がうしろめたく思う必要はまったくなかった。本当の給料泥棒がここにいる。ああどうか、課長を早くクビにしてください。社長、人事部長、監査役に祈りを捧げてから、幸代は席を立った。

「課長」

本間課長は、売店で買いこんできたらしい夕刊紙を急いで畳み、

「なんだい」

と威儀を正して幸代を見上げた。

「原稿、読みましたよ」

「え、そう」

課長はうれしそうに、上目遣いで幸代の表情をうかがってくる。そわそわと机のうえで組みかえた両の手は、恥じらいと期待を表している。

「どうだった？」

「おもしろかったです。月間屋と幕府の癒着《ゆちゃく》の真相が気になりますね」

「そうかそうか」

課長は椅子の背もたれに身を預け、胸を張った。「まあね、ちゃんとした文章を書くのは学生時代以来だけど、やっぱり何年経とうと才能は錆《さ》びつかないっていうのかな。

どんどん展開が浮かんでくるんだよ」

会社の書類もちゃんとした文章で書いてよ、と幸代は思ったが、

「つづきが楽しみです」

と微笑んでみせた。「なぜ、男たちは月印の紙を手に入れようとしてるんですか」

「それはまだ秘密だ」

本間課長の目が光ったような気もしたが、さきの展開をなにも考えていないだけかもしれない。課長の顔つきは、いつもどおりヌボーッとしたものだ。

「手書きでは大変じゃありませんか？　どうせデータで入稿しますから、パソコンで書いてくださってもいいんですよ」

「わたしなんかの世代は、手書きのほうがはかどるぐらいでね」

課長はキーボードを打つ真似をした。「これは川田くん、ひとつ頼むよ」

余計な作業がまた増える。幸代はため息を腹に押し戻し、

「はい」

とうなずいた。「ところで課長。あの古い社用原稿用紙、よく見るとデザインがしゃれてますよね。使い勝手もいいですし」

「気に入った？」

課長は「ぐふ」と笑った。「でも、もうあげないよ。思ったより大作になりそうなん

だ。大事に使わないと」

「どこにあったんですか」

「んー？　別館の資料室で、埃をかぶってたんだよ。おっと、いま行っても手遅れだよ川田くん。在庫は全部、わたしが持ってきちゃったから」

課長は胸を張ったまま椅子ごと揺れた。独り占めできたのが誇らしいようだ。幸代は課長の表情を慎重に探ったが、手柄を自慢する子どもじみた感情しか読みとれない。

「それは残念です」

と答え、席に戻った。

終業時間が来ると、夕刊紙を小脇にした本間課長は、浮き立つ足取りで部屋を出ていった。またろくに仕事をしないまま、課長の一週間が終わる。どんな集団でも、それを構成するメンバーの一割はただただ怠けているだけだという統計を、なにかで読んだことがある。幸代は諦めの境地で、課長の背中を見送った。

みっこちゃんは資料室に行ったまま帰ってこない。幸代は自分の机のうえを片づけ、向かいの矢田に、「おさきに失礼します」と声をかけた。矢田は携帯電話をいじるのに夢中のようだった。

このメンバーは、いくらなんでも怠けすぎだ。会社の正面玄関を出た幸代は、日が残る空を見上げた。取引先との接待に赴《おもむ》く営業部員や、夕飯のコンビニ弁当を提げて戻ってくる企画部の社員が、幸代のかたわらをあわただしく通りすぎる。こんな時間に仕事を終える私も、怠けものの一員か。

地下鉄の駅に向かって歩きだす。足音が迫ってきたので振り返ると、矢田だった。

「帰るんですか?」

「うん」

会社で合コンまでの時間つぶしをするのだろうと思っていた。矢田は幸代の隣に立ち、歩調を合わせた。

「ハガキのこと、課長に言わないのか?」

「言っても無駄そうですから。出かたをうかがいたい気もして」

「出かた? なんの?」

「依頼状に使ったのは、課長がくれた原稿用紙なんですよ」

「ああ、あれか」

「課長の自伝にも紙が出てくるし。なにか知ってるのに、しらばっくれてるんじゃないかと思って」

「まあ、あのひとはなあ」

矢田は苦笑した。「いろいろと謎だから」

「謎って?」

「なに考えて仕事してんだか、未だによくわかんねえよ」

「どうしてクビにならないのかが、わからないですよ」

「そうとも言う」

　矢田の頰が、また笑いを刻む。あらら？　と幸代は思った。なんだか愛を感じる笑顔だ。会社でもついつい、仲のいい男二人を眺めてしまうのは幸代の悪い習慣だが、そういえば本間課長と矢田は、上司と部下としてうまくやっているほうだろう。矢田は適当に課長の話し相手になってあげているし、課長は課長で、「ねえねえ矢田くん、どれがいいかなあ」などと、馬券購入の相談を持ちかけている。つかず離れずの距離を保ちつつも、互いに気心の知れた雰囲気がある。社史編纂室に引っ張ってくれた本間課長に、矢田は恩義を感じているのかもしれない。

　地下鉄の改札のまえで、矢田は立ち止まった。

「乗らないんですか？」

「おまえ彼氏は？　また旅に出てんのか」

　会話が嚙みあわない。

「いえ、いまは家にいますけど」

「じゃあ、駅に着いたら電話して迎えにきてもらえ」

　そんじゃ、と矢田は地下通路を歩いていった。幸代はそこではじめて、矢田の真意に気づいた。脅迫ハガキが届いた幸代を心配し、矢田はわざわざ地下鉄の駅まで送ってくれたらしい。

ま、いいひとだよね。幸代は内心につぶやいた。矢田は歩きながら携帯を取りだし、

「あ、リサちゃん？　俺だけど。うん、仕事終わってさあ。早めに出てこらんない？」

と話しはじめている。

あのチャラさがなければ。

五.

土曜日の昼下がり、幸代《さちよ》と実咲《みさき》は英里子《えりこ》の家に集まった。リビングのテーブルには白い薔薇が飾られ、すがすがしい初夏の香りを漂わせている。英里子の夫は休日出勤していて不在だった。

まとわりついてくるナツとユウをあしらいながら、英里子の原稿にトーンを貼ったりベタを塗ったりするのは、なかなか難しい。

「服を着てるページをちょうだいよ」

「もうないわよ、そんなの。だって八割が、ベッドのなかのやりとりなんだもの」

「なんで股間のトーン処理ばっかり、私たちにやらせんのさ」

小声で罵《のの》りあいつつ、三人はトーンを削りつづけた。ナッとユウが、「あー、裸だ」「はだかだー」と興味津々《きょうみしんしん》で手もとを覗きこんでくるのを、「はいはい、そうだね、裸だね」「テレビを見てなよ、ね？」などと、必死で受け流す。

「教育上、きわめてよろしくない環境じゃない？」

子どもたちの「それなあに？」攻撃に疲れ、幸代は言った。実咲もぐったりしている。だが英里子は開き直ったようで、

「どうせ無菌培養なんてできないんだから、べつにかまわないわよ。それより、ちゃんと集中してやってちょうだい」

と、にわかアシスタントにハッパをかけた。

三時間ほど原稿の仕上げ作業をつづけ、やっと休憩を取った。幸代は腕についたトーンかすを摘《つま》み取り、のびをする。

「いつもの印刷所でいいかな」

英里子のいれてくれたお茶を飲みながら、印刷所のパンフレットを広げた。入稿の締め切りを確認し、表紙の紙や遊び紙をどれにするか、ああでもないこうでもないと相談する。

「幸代はどう？」

「私、原稿が全然進んでないんだよね」

仕事が忙しい実咲は、少しお疲れ気味のようだ。

「まだ半分ぐらい」

五月に出した幸代のコピー本は、読者に好評だった。「月間《つきま》企画」のサイトには、同好の士から感想のメールがちらほら届いている。気をよくした幸代は、松永《まつなが》と野宮《のみや》の話の続編を鋭意執筆中だ。

「そういえば、なんでか会社でも同人誌を作ろうってことになってる」

「なにそれ」

実咲と英里子に問われるまま、幸代はいきさつを語った。

「あなたの部署の課長って、ほんとにおもしろいわねえ」

英里子は愉快そうだったが、実咲は顔をしかめた。

「気楽でいいね」

気まずい沈黙が落ちる。英里子が心配そうに、幸代と実咲を見比べる。

実咲からしたら、幸代など会社で遊んでいるように見えるのだろう。強く否定もしかねるし、実咲とぎくしゃくしたくない。

「いやほんと、今年度じゅうに社史を完成させなきゃまずいのに、まいっちゃうよ」

と笑ってみせた。

どうにも情けない気持ちをごまかそうと、印刷所のパンフレットを意味もなくめくる。そうだ、あの原稿用紙も、どこかの印刷会社に発注して作ったもののはずだ。星間《ほしま》商事でいつごろ、特製の社用原稿用紙を使っていたのか、調べてみる価値はあるかもしれない。だいたい、なぜ便箋じゃなく原稿用紙なんだ？

夕飯前に、英里子の家を辞した。ナツとユウは、見送りに立つ英里子の背後から顔を出し、「ばいばい」と少し恥ずかしそうに手を振った。

新しいマンションが建ち並ぶ街は、小さな子どものいる家族の気配でいっぱいだ。マンションの外廊下のあちこちに、カラフルな三輪車が置いてある。駅まで向かう道の途中で、おなかの大きな母親とすれちがった。片手で幼児と手をつなぎ、もう片方の手にレジ袋を提げて歩いている。

私と、そう年もちがわない。もしかしたら、若いぐらいかもしれない。夕方の湿った空気のなかで、幸代はぼんやり考える。自分だけ時間が止まっているような気がした。

「これでいいのかなあ」と思いながら、流れ去る眼前の景色をただ眺めるばかりだ。

どうすれば結婚して子どもができて家庭生活を営めるのか、具体的な方策が浮かばない。自分がそれを求めているのかどうかも、よくわからない。ためしに、洋平《ようへい》とのあいだに子どもが生まれることを想像してみたが、うまくいかなかった。ふらふらと旅ばかりしている父親。そんなの、あまり聞いたことがない。

なにもかもが遠い、と幸代は思った。もしかしたら私は洋平と、どこか遠くへ歩みつづけているのかもしれない。気がついたら洋平は隣におらず、いつか私だけ一人で荒野に取り残されることになるのかもしれない。

実咲は添田《そえだ》さんとどうなったのかな。結局、別れたのかしら。幸代は実咲の横顔をうかがったが、尋ねることはしなかった。

まあ、悲観するのはやめておこう。定職に就き、夫や子どもがいても、荒野で生きるひともいる。だれの声も聞こえず、だれにも声が届かない場所で、凍えるように生きるひともいる。自分の足が踏みしめる大地を、荒野に変えるか否かは、いつだって本人の意思にかかっている。いろいろなひとを見て、幸代にもそれぐらいはわかるようになった。

言葉少ななまま実咲と別れ、洋平と暮らす部屋に帰った。

「おかえり」

と洋平は言い、すぐにテレビに顔を向けた。画面には、南の国の鬱蒼《うっそう》と繁った森が映しだされている。

ああ、もうすぐ旅に出るんだな、と幸代は気づいた。バッグを床に置き、しゃがんで洋平の背中に頬を寄せる。ノミを取る猿みたいな恰好だ。

「どうしたの」

洋平が振り返ろうとするのを、両腕をまわして抱きしめることで制した。さびしくても、選んだものを後悔するのだけはやめようと思った。

洋平は身じろぎをやめ、幸代の手にそっと手を重ねると、また画面に視線を戻した。

ここにいるのに、洋平が遠い。でも愛している。幸代は自分でも驚いたが、その瞬間
感じた気持ちを表すのに、「あい」という二文字以外を思いつけなかった。

二人はそのまましばらくじっとしていた。

やがて洋平が、腹にまわされていた幸代の腕をつかみ、隣に座るよううながした。幸代は洋平の背中から離れ、尻の位置をずらした。立てた両膝を抱え、並んでテレビを見る。

「おどろき地球紀行」という、洋平のお気に入りの番組だ。画面に映しだされる風景をまえに、洋平がかつて行った場所、これから行きたい場所について聞くのが、幸代は好きだ。でもその夜は、テレビを見る洋平の穏やかな目がつらかった。

「これが終わったら、夕飯を食べにいこう」

「うん」

「打ち合わせはどうだった？」

「英里子の原稿を手伝わされた」

「ああ、だから」

と洋平は言って、幸代の髪についていたトーンの小さな切れっ端を取ってくれた。トーンをくっつけて帰ってくる彼女って、どうなんだろう。幸代は居たたまれない思いがした。色気というものがないじゃないか。

だが洋平は、滴《したた》る色気などというものを、いまさら幸代に求めてはいないらしい。休日に同人誌製作に勤《いそ》しむ幸代を責めるでもなく、床に手をついて身をのばし、トーンの欠片《かけら》をゴミ箱に捨てた。幸代は、ジーンズを穿いた洋平の腰から尻にかけてを見やった。

「あいかわらず、いいケツしてんなあ」とオヤジめいたことを思った。

旅と宅配会社でのアルバイト生活を繰り返している洋平には、無駄な肉がいっさいついていない。私も鍛えないとまずいかしら。幸代は脇腹の肉を揉みながら、テレビに視線を戻した。画面は、町の風景に切り替わっていた。アスファルトで舗装されていない、南国の茶色く乾いた道。ガジュマルらしき大木が木陰を作り、縁台やら木製の椅子やらを持ちだした人々が、店先で笑いあいながら涼んでいる。

「あー!」

思わず声が出た。雑貨屋らしき小さな店の看板の隅《すみ》に、見覚えのある意匠が描かれていたからだ。ペンキが色あせてはいたが、中央に三日月、四方にひとつずつ星のある、横長の長方形だ。それはたしかに、例の原稿用紙の透かし模様と同じだった。ちがいと言えば、看板に描かれた長方形は、地が藍色で月と星が白抜きになっているところだ。

「ちょっとちょっと、洋平！」

幸代は洋平の尻に手をかけた。

「なんだよ急に。つかむなって、おい」

中腰の体勢だった洋平は、幸代の手を払って座り直した。幸代はおかまいなしに、洋平のシャツを引っ張る。

「あのマーク！　ていうか、国旗？　ねえ、これどこの国？」

画面からはすでに、店の看板は消えていた。洋平は「わけがわからない」という表情で、

「サリメニ共和国」

と答えた。

「サリメニの国旗って、どんなの？」

「上が白で下が青。真ん中に黄色い月があったな。白は争いのない天上の世界を、青は豊かな海を表してる。月は、サリメニのひとたちが信仰する『サルマ教』の中心となる神、月の神『サルマ』だ」

世界中を旅しているだけあって詳しい。

「さっき、こういうマークが映ってたの」

幸代はバッグから出した手帳に図形を描いた。真ん中に月、四隅に星が配置された長

方形だ。

「国旗だと思ったんだけど。どこの国のものかわかる?」

「それもサリメニのものだよ」

と洋平は言い、立って本棚から古い世界地図帳を持ってきた。「ほら」広げたのは、「世界の国旗一覧」のページだ。洋平が指し示した旗は、さきほど画面に映っていた店の看板、そして、星間商事株式会社の社用原稿用紙の透かしと、同じデザインだった。

謎に近づきつつある手応えを感じ、幸代はサリメニの地図が載っているページを眺めた。

サリメニは、フィリピンの東南、赤道近くにある四つの島からなる小さな国だった。すぐ南にあるインドネシアの島々に紛れてしまいそうだが、巻末の説明によると、文化も宗教も異なっている。インドネシアは国民の大半がイスラム教徒、一部がヒンズー教徒だが、サリメニはアニミズム的な自然崇拝――洋平の言っていた「サルマ教」だ。

「サリメニは民主的な共和制に移行したとき、国旗が変わったんだ」

「いつごろのこと?」

「六〇年代の後半だったはずだ」

洋平は目を伏せた。「第二次世界大戦が終わってからも、サリメニには王政が敷かれていた。ところが独立戦争の英雄が大統領になって、共和制とは名ばかりの軍事独裁政権を作った。それを打破したサリメニの人々は、もう王政を選ばず、共和国の樹立を宣言した」

「それで国旗が変わった」

「そう。でも、宗教も国土の範囲も変わっていないからか、第二次世界大戦前、つまり日本軍の侵攻も独立戦争も独裁政権もなかったころの、王さまたちの時代を懐かしむ心情はいまも色濃い」

剝《は》げかけ日に焼けた看板に、昔の国旗が残されている理由がわかった。だが、なぜサリメニの国旗を、星間商事が原稿用紙の透かしに使ったのかは、依然としてわからないままだ。

「なんで？」

と洋平に問われ、考えこんでいた幸代は顔を上げた。

「え？」

「なんで、昔のサリメニの国旗のことを言いだしたんだ？　俺たちが生まれるまえの話だよ」

そうだ、洋平も私も、この世界に存在の欠片もなかったころの話だ。にもかかわらず、過去は会社の薄暗い資料室から身をもたげ、静かに幸代を手招いている。知らずにすませるつもりなのかと、低くささやきかけてくる。

「ううん、なんでもない」

幸代は笑顔を作った。「ちょっと気になっただけ」

みっこちゃんはインスタントコーヒーにマシュマロを五個投じ、

「そうですねえ」

と、つやつやした唇を舐《な》めた。プラスチックのスプーンで、浮かんだマシュマロをつついて沈め、溶けきるのを待たずに一口飲む。

「備品の発注については、総務に聞けば記録が残ってるかもしれませんけど。でも先輩、ちょっとやばくないですかぁ」

「なにが?」

コーヒーを吹き冷ますのをやめ、幸代は隣の席のみっこちゃんを見る。体脂肪を少しでも減少させるべく、幸代のカップにはミルクも砂糖も入っていない。

社史編纂《へんさん》室で始業前のコーヒーを楽しんでいるのは、幸代とみっこちゃんだけだ。矢《や》田《だ》は週末の遊びにこそ本腰を入れる男だから、月曜はいつも遅刻する。本間《ほんま》課長には曜日の概念そのものが備わっていない。

朝のニュースで、関東地方も梅雨入りしたと言っていた。窓のない部屋にいても、細く降る雨の気配が感じられるのは不思議なことだ。

「だって、脅迫状も届いたわけですし」

みっこちゃんは、マシュマロ入りのコーヒーを少しずつ飲んだ。「『高度経済成長期の穴』を調べるのは、もうやめたほうがいいのかもしれません」

「みっこちゃん、なにかつかんだの？」

みっこちゃんは力なく、「いいえ」と首を振った。その眉間に、めずらしく皺《しわ》が寄っていた。

「ただ、サリメニっていうのが引っかかるんです。営業時代にマレーシアやフィリピンの支店にいましたけど、サリメニについてはいい評判を聞かなかったです」

「なにか問題がある国なの？　政情不安とか」

「いえ、サリメニでの、うちの会社の評判って意味です。私はサリメニには行ったことないんで、あくまで噂ですけど。あんまり深入りしないほうがいいのかもしれません」

「そっか。でもとにかく、総務に行ってくる」

ラジオ体操の放送が終わると同時に、幸代は席を立った。ドアに手をかけたところで、

「ねえ先輩」

とみっこちゃんが言った。「脅迫状が来ても調べを進めようとするのは、会社のためですか？」

「正確な社史を作るためよ」

「それが会社のためにならなくても？」

幸代は振り向き、はっきりと答えた。

「もちろん」

「わかりました」

みっこちゃんはようやく眉間から力を抜き、いつもどおりのほがらかさを取り戻した。

「私も心当たりを探ってみます。だから、一人で無茶しちゃいやですよ？」

幸代はみっこちゃんに歩み寄り、ガッキと握手した。それから今度こそ、社史編纂室を出た。

総務部には窓があり、すべての机がちゃんと社員で埋まっていた。

やっぱり本来はこうあるべきよね。昼でも暗く、ろくに出社しない社員ばかりの社史編纂室を思い、幸代はため息をつく。

「社用原稿用紙？」

幸代の同期である総務部の宮内《みやうち》は、美しく整えた眉を上げた。マスカラを丁寧に塗った睫毛《まつげ》が、重そうに上下する。

「そんなものないわよ。便箋とレポート用紙ならあるけど」

「ううん、以前は作っていたはずなの」

「以前って、いつ」

「たぶん、一九六〇年前後。原稿用紙を作ったいきさつと、できれば発注先の印刷会社も知りたい。調べてくれない？」

「川田《かわだ》さんって、社編だったよね」

宮内はパソコンに向かっていた椅子を回転させ、薄笑いとともに幸代を見上げた。

「原稿用紙が、社史を作るのになにか関係あるの？」

幸代はあわてて言い訳した。

「ほら、会社で使ってた備品についても、知っておいたほうがいいかなって」

「暇でいいね」

実咲にも最近、似たようなことを言われたなと思う。「待ってて」

宮内は立ちあがり、総務部のつづき部屋へ消えた。幸代は待った。小さな水滴が窓ガラスに当たり、細い線を一面に描くのを眺めていた。

つづき部屋から戻ってきた宮内は、一枚の書類のコピーを差しだした。

「たぶん、これだと思うけど」

渡された書類には、「発注書　原稿用紙　枠色・藍」と書かれている。一九六四年四月十日の日付だった。たしかこの年には、東京オリンピックがあったはずだ。

「ありがとう。あの、どの部署で使ってたかは……」

またパソコンに向かった宮内は、

「そこまではわかんない」

と手を振った。忙しいんだから邪魔しないで、と言いたげだ。社史編纂室へと廊下を戻りながら、書類に目を走らせた。原稿用紙を印刷したのは、株式会社興和《こうわ》印刷。

インターネットで検索してみたが、ヒットしない。電話をかけても呼びだし音がつづくだけだ。廃業か移転したのかもしれない。直接訪ねてみよう、と幸代は胸に決めた。

社史編纂に関しては、「格調高い文章と豊富な図版で、星間商事のあゆみをわかりやすく」と、社長が直々《じきじき》に号令をかけたらしい。

伝聞体なのは、直々に号令されたのが幽霊部長で、幸代たちは本間課長から、

「社長も社史の完成を楽しみにしておられる、と思う」

と聞かされただけだからだ。「社長の肝《きも》いりではじまった社史編纂事業」というのは、少々あやしいのではないかと、このごろ幸代は思っている。

社史の巻頭を飾る「ごあいさつ」を、社長に書いてもらわなければならない。原稿枚数や締め切りを、幸代は社長秘書宛にメールで送った。社史編纂室課長の本間が、追って説明と挨拶にうかがいたいと申しておりますが、社長のご都合はいかがでしょうか、

とも書いた。返信は三日後に来た。丁重な文言で、「暇を見つけて書いておく。本間くんには来てもらわなくていいよ。と社長が言ってます」という旨がしたためられていた。

明らかに、社長は社史の編纂を「どーでもいい」と思っている。六十年間も放ってお いた社史を、六十一年目という中途半端な時期に完成させようとするところからして、星間商事株式会社が自社の歴史にいかに無頓着《むとんちゃく》であるかがうかがわれる。

だいたい、「部長が、社長から聞いた」という本間課長の言《げん》からして疑わしい。幸代も矢田もみっこちゃんも、部長の姿を見たことがない。課長の脳内だけに存在する、幻の部長なのではないかとささやかれている。幻の部長が社長から聞いて、課長に伝えたという言葉。それはつまり、課長の幻聴ではないか。

そう考えると、社長が社史を「どーでもいい」と思っているらしいこと、社史編纂室がどう遠慮がちに言っても「左遷先」以外のなにものでもない扱いを受けていることに、納得がいく。本当に社長の肝いりのプロジェクトなら、窓もふさがれた埃っぽい部屋で、たった四人の社員（実在が疑われる幽霊部長を除く）で、六十年ぶんの歴史をまとめる羽目《はめ》にはならないはずだ。

課長の狂気だかのんきな夢想だかに振りまわされて、だれも望んでも注目してもいない社史編纂に一心に取り組むだなんて、ばかげている。だが、ばかげていると思っても、生来の真面目な性根が災いして、幸代は一度着手した仕事をいいかげんにすませることができない。

菓子ばかり食べているみっこちゃんも、女遊びばかりしている矢田も、もともとは花形部署に配属されていたぐらいだから、基本的には有能だ。ただ、エンジンのかかりが遅いのが問題で、たぶん二人とも、教師の追及をのらりくらりとかわし、夏休みの宿題をついに提出せず冬休みに突入したタイプだろうと、幸代はにらんでいる。性能を眠らせているエンジンは、蹴り起こすにかぎる。

「ほらほらほら、しゃんとしてください」

「はいはいはい、お菓子はしまって」

幸代は矢田とみっこちゃんをどやしつけ、当面の仕事をなんとか割り振った。みっこちゃんはデザイナーとの打ち合わせを、矢田は写真や図版作成の発注と監督を、幸代は外部のライターへの依頼を、それぞれ担当することになった。

なにをするか決まれば、行動は速い面々だ。

幸代はまず、原稿用紙で取材を依頼した元社員に、電話してみることにした。全部で十一人。すでに幸代が取材したことのあるものは、熊井《くまい》を入れて五人だ。

「先日、取材のお願いの手紙を差しあげましたが、いかがでしょうか。お引き受けいただけますか」

承諾してくれたのは四人。「忙しいので」と断ったのが三人。明らかな居留守を使ったのが二人。不在でつかまらなかったのが二人。熊井は映画を見にいっていて留守だった。

取材拒否や居留守を使ったものに、はっきりした共通点はなかった。再度の取材が面倒だから、というのでもない（はじめて依頼したのに断ったひとが三人いる）。退職時の部署もばらばらだ。ただ、取材に応じたひとは営業・企画・開発系の部署なのに対し、断ったひとは総務・経理・人事系の部署だという、ゆるやかな傾向はあった。これは心に留《と》めておいてもいいことかもしれない、と幸代は思った。

とにかく、再度の取材の目処《めど》は立った。幸代は次に、ショッピングモール開発のときに世話になった、経済誌や情報誌のライターと連絡を取った。これまで聞き集めた、星間商事の元社員の思い出話を原稿にするためだ。テープ起こしからしなければならず、面倒くさい仕事だが、快く引き受けてもらえた。締め切りまでは間があったし、

「正確性が損なわれては困るんですが、でも第一に、読んでおもしろい社史にしたいんです。社内で全然期待されていないのが癪《しゃく》だから、思いきった内容にしたくて」

という幸代の言葉が効いたのかもしれない。その人物を活写したインタビューページにすると、全員が請けあってくれた。必要なら、直接取材できる場も設けるようにするからと約し、人物評伝に関しては順調に進みだした。

会社の沿革や詳しい事業内容については、社内の聞き取り調査と資料をもとに、社史

編纂室の社員が筆を執る。幸代が分担やページ割に頭を悩ませていると、矢田から内線が入った。

「あのさー、いま社食で写真撮ってるんだけど、ちょっと来てくんねえ？」

午後三時の社員食堂は、ひともまばらだった。窓際のテーブルに黒い布がかけられ、周囲には三本のライトが立っている。即席のスタジオといった趣《おもむき》だ。矢田と困り顔のカメラマンが、テーブルを見ながらなにか話しあっている。

「どうしたんですか？」

幸代が声をかけると、二人は振り向いた。

「いまさあ、物撮《ぶつど》りしてんだけど」

と矢田が言った。たしかにテーブルのうえには、万年筆やらトロフィーやら小さな胸像やらが載っている。社長賞として優秀な社員に贈られる万年筆、環境に配慮しているだかなんだかを表彰されて、会社がもらったトロフィー、定年退職時にもらえる創業者の胸像（材質不明、軽量、社員にきわめて不評）だ。星間商事に関連する品を、写真ページで紹介するらしい。

「俺はキラキラした誌面にしたいわけ。でもカメラマンさんが、『それは社史にふさわしくないんじゃ』って、尻込みしちゃってさ」

「だってですね」

と、口ひげを生やした中年カメラマンは言った。「星が散ってるみたいなライティングをして、やや俯瞰《ふかん》ぎみで胸像を撮れと、矢田さんはおっしゃるんですよ」

「イメージ的には、水着のかわいい女の子を撮る感じで」

矢田が申し添えた。話にならないと思ったのだろう。カメラマンは幸代に向かって、必死に哀訴した。

「おじさんの胸像相手に、それは変じゃないですか。万年筆にも、『美しさを引き立てるように、ボワーッと紗《しゃ》をかけろ』って言うし」

「ただフツーに撮ったんじゃ、絶対つまんねえって」

早くこのゴタゴタから退避したい。幸代は痛みだしたこめかみを揉み、無難な折衷案《せっちゅうあん》を提出した。

「通常バージョンとキラキラバージョン、両方撮ってみていただけますでしょうか」

「星間商事で使用した歴代文房具」として、例の原稿用紙も念のため写真に収めておいてもらうことにした。

試し撮りした二種類のポラロイド写真を、食堂のおばちゃんたちが興味津々で覗きこむ。

「あたしは、こっちのほうがいいと思うねえ」

「あたしも。韓流スターみたいじゃないの。おじさんの胸像だけど」

「よっしゃ！」

と矢田はガッツポーズし、カメラマンは力なく首を振った。

どんな社史になるのやら、大変不安だ。だれがどのページを担当したのか、責任の所在を奥付《おくづけ》に明記するようにしよう。

早々に社史編纂室へ戻ると、みっこちゃんがちょうどバッグを手にしたところだった。

「あ、先輩。これからデザイナーさんと、装幀の打ち合わせをするんですよー。先輩も同席してくれませんか」

みっこちゃんは、ファッション雑誌以外はほとんど読んだことがないという。いきなり社史の装幀を任されたことに、戸惑いを覚えているようだ。

初回の打ち合わせを、後輩に任せきりにするのも気が引ける。ホワイトボードに「直帰」と書いて、幸代はみっこちゃんとともに会社を出た。

表参道にあるデザイン事務所はガラス張りで、裏通りに並ぶしゃれた店のなかでもひときわ目立っていた。本当に、社史などという地味なものの装幀を引き受けてくれたのだろうか。幸代はたじろいだが、デザイナーは心安く幸代とみっこちゃんを迎え入れた。

吹き抜けの作業場（という言葉は似つかわしくなかったが、幸代はほかになんと言えばいいのかわからない）では、数人のアシスタントが最新型のマッキントッシュに向かっている。

作業場の片隅に応接スペースがあった。名刺を交換してから、ローテーブルを挟んで黒革のソファに座る。ソファの足は金属だった。アシスタントの一人が、冷たいハーブティーの入ったガラスのティーカップを、うやうやしく三人のまえに置いた。

「社史の装幀って、はじめてなんだけどね」

デザイナーは、ウェーブのかかった髪をうしろでひとつに束《たば》ね、優男風だ。みっこちゃんを見て、「ふふ」と笑う。

「引き受けてよかった。きみ、実物もかわいいね。みっこちゃんって呼んでいい？」

「はーい。よろしくお願いしまぁす」

みっこちゃんはハーブティーをすすり、小声で幸代に事情を説明した。「依頼書を送ったら、私の写真をメール添付してくれって言われたんですよぅ」

依頼主の顔で仕事を選ぶな。幸代は憤《いきどお》ったが、デザイナーは嬉々《きき》としてバインダーを開いた。幸代が使っているような事務用品然としたものとはちがい、いかにも「フランス製」という雰囲気漂う、しゃれた風合《ふうあ》いのバインダーだ。

けっ、と思っていると、デザイナーは数枚の紙を抜きだしてテーブルに並べた。

「いくつか、案を考えてみたんだけどね」

仕事は速いようだ。幸代は「拝見します」と紙を手に取った。シンプルな表紙だが、文字の配列に隙がなく美しい。アクセントとして、星間商事の社章（星印のなかに「間」の字が入っており、しかも「間」の字の「日」の部分も星印という、いかがなものかと思われる社章だ）が、タイトルの下にひとつ刻印されているところも抜かりない。

さすが、売れっ子（らしい）デザイナーだ。幸代が感心していると、みっこちゃんが横から覗きこんで、「あれぇ」と言った。

「函《はこ》はないんですか？　うちの資料室にあった同業他社の社史は、たいてい函に入ってましたけど」

「無理無理、この予算じゃあね」

と、デザイナーは手を振った。「俺は、言われた額にちゃんと収めるひとなの」

「そっかぁ。残念です」

みっこちゃんがしょんぼりすると、デザイナーは男心（なのか下心なのか）をくすぐられたようだ。

「なになに？　もっと派手にしたいの？」

「はいー。せっかくなら」

「んじゃさ、布張りにタイトル箔《はく》押しってのをやめて、厚紙で文字もマットにしようよ。角背《かくぜ》でさ。そんで、カバーをつける。カバーのほうに、ドンと写真かなんかを載せるわけ。派手なカバー、それをはずすと、キリッとしまった表紙。どうよどうよ？」

みっこちゃんは専門用語がまるでわかっていない様子だったが、

「やーん、すごくいいと思いますぅ」

と調子を合わせた。幸代が口を挟む隙もなく、話はどんどん進んでいく。

「写真の候補って、なんかある？」

「私、資料室ですっごい貴重なやつを見たことあるんですぅ。いまの本社ビルが建ってる場所が、焼け野原だったころの写真！」

「いいね、おもしろいじゃん！」

ちっともよくない。これまでの六十年を踏まえて明日《あす》に飛翔しよう、というのが社史の主旨なのに、カバーに焼け野原を持ってくる理由がわからない。

「いえあの、それはちょっと困ります」

幸代が異議を唱えると、みっこちゃんとデザイナーは「えー」と言った。

「すっごくいい写真なのにぃ」

「んじゃさ」

みっこちゃんの意を汲んで、デザイナーは提案する。「その写真は表紙に使おう。白黒なんでしょ？　引きのばして、表紙から裏表紙にかけて全面に印刷したらいいと思うんだよね。タイトル文字は血の赤で。カバーは現在の社屋の写真っつう、ありがちな感じにしておいて、カバーをはずすと『おおっ』とさ」

「やーん、サイコーです、それ！」

装幀案に最終的な判断を下すのは、本間課長の役目だ。課長なら、どんな装幀でもOKを出す。ここで幸代が気を揉んでもしょうがない。みっこちゃんとデザイナーのノリは合っているようだから、よしとしよう。

打ち合わせを終えても、梅雨明け間近の空はまだ明るかった。

「みっこちゃん、これからなにか予定ある？」

「どっかでご飯食べて、帰るだけですぅ」

「じゃあ、つきあわない？」

幸代は鞄を探り、ここ数日持ち歩いていた古い原稿用紙を取りだした。「これを印刷してた会社に、行ってみようと思うの」

表参道から半蔵門線に乗って、幸代とみっこちゃんは二子玉川の駅に降り立った。

「ニコタマって、はじめて来ましたぁ」

「私も」

勝手がよくわからないので、駅前でタクシーを拾うことにした。

「経費で落ちますかねぇ」

と、みっこちゃんは不安そうだ。幸いにも、車は予想よりも早く、幸代の告げた興和印刷の住所へ到着した。幹線道路から一本入った、用賀の住宅街のまっただなかだった。

タクシー代は幸代が払った。もちろん、経費では落とせないだろうけれど、いたしかたない。

会社自体がすでに存在していない可能性が高いと思っていたのだが、興和印刷は立派に営業しつづけているようだった。二階建てのこぢんまりした灰色の建物で、一階部分が工場、二階部分が事務所らしい。周囲は一戸建ての住宅ばかりだが、「俺のほうが昔から、ここで印刷工場やってるんだもんね」と言わんばかりに、堂々たる風格を宿している。つまり、地面から生えたみたいに古い。窓枠がちょっと歪《ゆが》んでいる気もする。

道に面した入口は、磨《す》りガラスのはまった引き戸だ。そこに剝げかけた金色の文字で、

「株式会社興和印刷
社用箋　封筒　名刺等印刷いたします」

と書いてある。夕闇があたりを覆《おお》いはじめたいまは、機械の音はしない。二階の窓に明かりが灯っている。

「どうします？」

「せっかく来たんだから、ちょっと覗いてみよう」

引き戸の隣にもうひとつドアがあった。どうやら二階へ通じる階段のようだ。ドアの横のインターフォンを押すと、しばしの間ののち、しわがれた男の声が応えた。

「今日はもう店じまいだよ」

「いえ、ちょっとお話をうかがいたくて」

「おたくさん、警察？」

「先輩、先輩」

と、みっこちゃんが幸代の鞄を引っ張った。「なんか、やばくないですか？　裏で偽札とか作ってる会社じゃありません？」

「まさか。そんなすごい機械があるようにも見えないし。大丈夫でしょ」

自信はなかったが、幸代は一応、みっこちゃんと自分にそう言い聞かせた。

「おーい、なにごちゃごちゃやってんの」

と、インターフォンが言った。

「失礼しました。警察ではありません。星間商事株式会社のものです」

今度の間は、ずいぶん長かった。もう一度インターフォンを押そうかと思うころ、

「上がって」

と男の声がそっけなく言った。

幸代とみっこちゃんはドアを開け、薄暗い階段を上った。上ったつきあたりと左手に、安っぽい合板のドアが二つあった。「節水　手洗いの水は二回に一回！」と、廊下の壁に手書きの貼り紙があるからには、どちらかがトイレなのだろう。幸代は少し迷ったすえに、左手のドアを開けた。当たりだった。

段ボールが山と積まれ、事務所というよりは倉庫に近い部屋の真ん中に、作業着を着た老人が座っていた。スチール製の古ぼけた事務机に向かい、新聞を読んでいる。

「突然お邪魔して申し訳ありません」

と言った幸代を、老眼鏡を額に上げてねめつける。いかにも頑固そうだ。

幸代とみっこちゃんは老人に名刺を渡し、こんなこともあろうかと表参道で買っておいた菓子の箱も差しだした。老人は「水間《みずま》だ」と名乗り、その場で包装紙を破って菓子箱を開けた。

「へえ、こんなのははじめて見るな。なんていう菓子だ」

「マカロンです」

「マカロニ⁉」

「いえ、あの……」

水間はマカロンをわしわしと食べ、「ふん、うまい」と言った。やや態度が軟化した気配がある。

「それで？　星間商事さんが、うちになんの用だ」

「これに見覚えはありませんか」

月と星の透かしが入った原稿用紙を、幸代は事務机に載せた。「ずっと以前に、御社に発注して印刷してもらっていたもののようなんです。なにかご存じのことがあったら、教えていただければと」

水間は表情を変えず、原稿用紙を手に取ろうともしなかった。

「ご存じのことって、たとえばどんな」

「たとえば」

幸代はためらったが、なにをどこまで調べたのかを試されているのだと感じ、思いきって手持ちの札を見せることにした。「なぜ、サリメニの昔の国旗が透かしで入っているのか、ということです」

「ふうん」

マカロンの箱の下敷きになっていた幸代の名刺を、水間は引っ張りだして眺める。名刺を顔からずいぶん離し、目を細めるが、文字が読みとれないらしい。老眼鏡を探して、右手が机のうえをさまよっている。

「おでこですよー」

みっこちゃんがほがらかに指摘した。「ああ、うむ」と水間はもにゃもにゃ言って、老眼鏡を額から下ろした。こんなベタなやりとりを、まさか目の当たりにできるとは。幸代はちょっと驚いたが、水間自身も照れくさそうにしていたので、黙っておくことにした。

「社史編纂室、ね」

水間は老眼鏡を再び額へ押しやり、椅子ごと向き直った。かたわらに立つ幸代とみっこちゃんを見上げてくる。

「会社に受けがいい社史を作りたいなら、この原稿用紙については放っておくことだな」

「会社での私たちの評価は、どんな社史を作ってもびくともしないぐらい、すでに最悪なんです」

幸代が言うと、水間は「ふぇっふぇっ」と笑った。

「頼もしいね。じゃ、教えてやろう。サリメニの女神さまとは、こいつを使ってしか」と、原稿用紙を指す。「意思の疎通ができなかったのさ」

女神ってなんだ。幸代は首をかしげた。なにかの比喩だろうか。

「なぜです？」

「変わりもんの女神だったんだろ。それで、おたくの会社は原稿用紙を作りつづけた。女神さまのためだけに、特別にな」

「その女神さまは、なんで原稿用紙が必要だったんですか」

「詳しいことは、俺にはわからん。もっと知りたきゃ、『せいか』という店を訪ねるんだな。『星』の『花』って字だ」

「どこにある店ですか？」

「さあ。十年ぐらいまえに、新橋から外苑前に移ったと聞いたのが最後だな。いまもあるのかどうか」

再び机に向かった水間は、犬を追い払うように手を振った。「とにかく俺はもう、あんたたちの会社とはかかわりたくない。かわいそうな人身御供《ひとみごくう》のお気に召す品を作るのなんざ、一生にいっぺんで充分だ」

興和印刷のビルを出ると、あたりはすっかり夜になっていた。タクシーはなかなか通らなかった。駅を目指し、幹線道路を歩く。

「先輩」

とみっこちゃんがつぶやいた。「私、人身御供の話を聞いたことがあります。営業部にいて、東南アジアをまわってたころ」

「人身御供なんて、穏やかじゃないわね」

「はい。サリメニじゃないですけど、ある国で商談がうまくいかなかったとき、私も人身御供にされそうになりました」

「ええっ?」

「支店長の命令でホテルのロビーに行ったら、その国の政府高官らしきひとが待ってて、そのまま部屋につれこまれそうになったんです」

「えええっ?」

「もちろん、エルボー食らわせて逃げましたけど」

車のヘッドライトに照らされたみっこちゃんの横顔が、怒りに青ざめて見える。「支店長に抗議したら、『どうして若い女性のきみを営業に配属したのか、理解してもらわなきゃ困る』って。猛烈に腹が立って、本社の営業部長に訴えたら、社編に左遷です」

「そんなことがあったの」

どちらかといえば、のんきな社風だと思っていたが、ずいぶん卑怯な手段を社員に強いるやつがいるじゃないか。幸代も怒りがこみあげてきた。

「『人身御供はうちの伝統だ』って、支店長は言ってました。うちの会社が昔、サリメニに女のひとを船で運んだって噂が、あっちではあるんです」

みっこちゃんは真剣な表情で言った。「思ったんですけど、それって本間課長の小説の設定に似てませんか？」

「小説って……」

幸代は記憶をたどった。「ああ、たしか、『美女が異国行きの船に乗る』とか書いてあったね」

「課長は小説で、星間の人身御供の秘密を暴《あば》こうとしてるんじゃないでしょうか」

本間課長にそんな深謀遠慮《しんぼうえんりょ》があるとは、にわかには信じがたいが、幸代はみっこちゃんとともに真相を究明することを誓った。「異国へ行った美女」の意味するところが、人身売買か人身御供か知らないが、みっこちゃんまで枕営業を強要されそうになったのだから、見過ごすわけにはいかない。

怒りにまかせて歩きつづけたせいで、いつのまにか駅に着いていた。駅ビルに入っている店で、夕飯を摂る。

「まずは近いうちに、『星花《せいか》』という店を探して訪ねてみよう」

「忙しくなりますね。これはもう、ご飯食べてる場合じゃありません！」

そう言いつつ、みっこちゃんは大きなハンバーグをがつがつ食べた。

六.

☆　☆　☆　☆　☆　☆

「じゃああなたは、不正に目をつぶれって言うんですか」

「しかたがないだろう」

息巻く松永《まつなが》を軽くいなし、野宮《のみや》はベッドから下りた。「サラリーマンなんて、いくらでも替えの利く部品だよ。無駄にことを荒立てて、交換対象になったらどうする。明日から飯を食えないじゃないか。見ないふりをするのが一番だ」

「そんな」

拳《こぶし》を握りしめ、松永はうつむいている。野宮は手早く服を身につけると、鞄を手にした。

「まだ電車はあるな。明日も早いから、これで失礼するよ」

「待ってください、野宮さん！」

ベッドから飛び下りた松永に、肩をつかまれる。「本心ですか？」

野宮はため息をつき、振り返って松永の顔をまっすぐに見た。

「もちろんだとも。告発なんて、馬鹿のすることだ。ああ、くれぐれもきみ一人で、おかしな真似はしないでくれよ？　うちの部署に出入りしている他社の社員が、コピー機リースに絡む贈収賄《ぞうしゅうわい》を告発したなんてことになったら、社内でのわたしのメンツがつぶれる」

じゃ、失敬。野宮は松永の手を振りほどき、もうあとを見ることもせずマンションを出た。

夜になっても、空気はまだ熱く湿っていた。足早に地下鉄の駅まで向かう道すがら、

「これでよかったのだ」と野宮は自分に言い聞かせた。

そうだ、若い松永が危険な橋を渡って、ちゃちな贈収賄を告発する必要なんてない。それは、定年間近のわたしの役目だ。

取締役と刺し違えることになっても、わたしが社内の不正を告発する。誤解されても、軽蔑されてもいい。松永を遠ざけよう。彼が巻きこまれるようなことは、あってはならない。

野宮は精一杯背筋をのばし、こみあげる思いを飲み下した。

暗い部分を知ることなく、松永には出世の道を歩んでほしい。それが、野宮の願いだった。

こんなふうにだれかの幸せを願うなんて、ずいぶんひさしぶりだと野宮は思い、松永の情熱に触れて、自分がどれだけみずみずしい心をよみがえらせていたかに、改めて気づいた。

ありがたい、と野宮は思った。松永が聞いたら、「じじむさいですよ、野宮さん」と、また笑われることだろう。だが、「ありがたい」という以外に、愛を呼び起こしてくれたものへの言葉を、野宮は知らなかった。

きみに感謝している。この気持ちをきみに伝える機会は、もう訪れないかもしれないが。

夏の夜空を野宮は見上げた。ぼやけた星が散らばっていた。

☆　☆　☆　☆　☆　☆

うーん、松永と野宮の関係も風雲急を告げている。幸代《さちよ》はパソコンのキーボードを叩く手を止め、かたわらのノートに記しておいたプロットを確認した。

月間《つきま》商事は長らく、松永の勤める「株式会社イコー」のコピー機をリースしていたが、近々、イコーとの契約を破棄し、ライバル社「ガノン」のコピー機に乗り換える、という噂がある。その裏で、ガノンから月間商事の取締役に接待や金銭の授受が行われたらしい。野宮は不正の証拠をつかみ、内部告発できるのか？　愛のために一人、社内で孤独な戦いに挑もうとする野宮を、年下の松永はちゃんと支えられるのか？　二人の恋に正念場が訪れる！

よしよし、予定どおりに話は展開している。幸代は満足し、今度は手帳を開いて締め切りまでの日にちを数えた。こちらは順調とは言えなかった。もっとペースアップしなければ、まにあわない。

関東地方の梅雨明け宣言はまだだが、天気は一足先に夏だった。朝、ベランダに干した二枚のシーツが、日射しを白く弾《はじ》いている。あいかわらず週末を同人誌の原稿に費やしていた幸代は、空腹を覚えて台所に立った。冷蔵庫の残り物を片端から刻み、フライパンに投入してチャーハンを作る。

ここ数日、洋平《ようへい》の姿を見かけない。旅立ちの日が近いのかもしれない。洋平は放浪の虫が騒ぎだすと、風に誘われるように、ほとんど家に寄りつかなくなる。そしてある日、行き先も告げないまま、完全に帰ってこなくなる。洋平はプライベートでは携帯電話を持たないから、連絡も取りようがない。必ずこの部屋に戻ってくる、うやむやのうちに関係を終わらせるほど不実な男ではない、とわかっていても、幸代にとっては不安な日々がはじまる。

予感に気づかないふりをして、幸代は勢いよくチャーハンをかきこんだ。

メールの着信を報《しら》せて、携帯が震えた。実咲《みさき》からだ。

「話があるんだけど、今日の夕方は空《あ》いてる？　五時に楽々亭《らくらくてい》で」

楽々亭か。いまチャーハンを食べたばかりだが、まあいいか。幸代は「了解」と返信した。

楽々亭には英里子《えりこ》も来ていた。実咲の話とはなんなのか。幸代が目で問うと、英里子は「わからない」とちょっと肩をすくめてみせた。

実咲は率先して料理を注文し、ビールが運ばれてくると「かんぱーい」と言った。いつになく、はしゃいでいるようだ。添田《そえだ》さんと結婚することに決めたのかな、と幸代は思った。のろけを聞きたい心境ではないが、友人の一生に一度の（と、初婚時には多くのひとが信じる）慶事なのだから、耳を傾けなければならないだろう。またもチャーハンを食べながら、実咲が話を切りだすのを待った。

幸代の予想は、半分当たりで半分はずれだった。実咲は、

「私、彼と結婚することにした」

と言った。「ついては、サークル『月間企画』から脱退します」

「えぇー！」

幸代は飯粒が口内から鼻へ入りそうになり、英里子はビールにむせて涙を浮かべた。

「どうして！」

「だから、結婚するから」

「結婚と同人誌製作は関係ないわよ。私だってほら、いまも作ってるし」

「私は無理だよ。彼に秘密でオタ活動なんてできない」

「いままでもやってたでしょーが！」

幸代と英里子がなんとか翻意《ほんい》させようとしても、実咲は頑としてうなずかない。

「私もう、フツーの女になりたいの」

「あんたはキャンディーズかっ」

幸代は思わず怒鳴《どな》り、気を鎮めようとビールを飲んで息を整えた。

「あのさあ、実咲。よーく考えてみな。人生の三分の二近くを、オタクとして過ごして

きたあんただよ? そのあんたから、同人誌を作ったり読んだりする趣味を取ったら、いったいなにが残ると思う」

「幸代、それはちょっとひどい」

英里子がたしなめたが、幸代はかまわずつづけた。

「いや、これまでの人生の過半数の年月がオタクなんだから、もはや同人誌は趣味なんかじゃない。人生そのものよ! つまり同人誌を捨てたあんたは、人生を捨てるということになる!」

「さ、幸代が悪徳占い師みたいな形相《ぎょうそう》になっている……!」

と英里子はたじろぎ、

「それでもいい!」

と実咲は反駁《はんばく》した。「むしろ捨てる! いままでの人生をリセットする! テレビで党首討論を見て、与野党の政治家のじいさん二人にすら萌《も》えを見いだすような自分を清算する! そんで女の幸せをつかむ!」

「女の幸せって?」

幸代は念のため聞いてみた。

「かわいいなってみんなに思われて、お姑《しゅうとめ》さんにも気に入られて、子どもを二人生んで、カルチャースクールでフランス語か手話を習って、それを活かして家事の合間に少々の収入を得て、週末にたまに夫と二人だけでカフェでランチしたりすることよ！」

実咲の答えに、幸代と英里子は「げっへっへ」「げっへっへ」と笑いあった。

「脳がどうかしたんじゃないの、あんた」

「そうしたいなら、やってみてもいいけれど。でも男のひとって、種付けしといて子育てはどっか他人事よ？　それに対するイライラで削られるエネルギーを、計算に入れておくべきかも」

「えー、でも、英里子のだんなは、子育てに協力的でしょ？」

と幸代は尋ねた。

「協力的というのが曲者《くせもの》よ」

英里子は「後学のために」と、幸代と実咲に懇々《こんこん》と説く。「本来なら、自分の子なんだから育児をしてあたりまえでしょ。『育児に協力的な奥さん』とは言わないのに、『育児に協力的なだんなさん』が褒められるのは変よ」

「それもそうだ」

「子どもを生んでみてわかったことがあるとすれば、そこね」

やれやれとばかりに、英里子は首を振る。「幸代のまわりには、働いてる母親も大勢いるでしょ？　彼女たちは、『子どもにさびしい思いをさせてるんじゃないかと思うと、つらい』って言わない？」

社員食堂での会話などを思い起こし、幸代はうなずいた。

「だけど男で、『俺が忙しく働いてるせいで、子どもにさびしい思いを』なんて言うひと、まあめったにいないはずよ。それぐらい、男のひとにとって子どもって他人事なのよねと、子育て真っ最中の身としては感じられるわけ」

「おお、なるほど」

英里子が糾弾《きゅうだん》する男と同じぐらい、子育てとは縁遠い幸代は、そういう見方もたしかにあるなと感心した。放っておかれた実咲はふくれっつらだ。

「わかってるよ、絵に描いた餅、愚にもつかない夢想だってことは。でもとにかく、私は同人界から足を洗うから」

「夏コミあわせの新刊はどうするの？」

「悪いけど、二人で出して」

実咲と別れ、幸代と英里子は帰りの電車のなかで、吊革にぶらさがってしきりにため息をついた。

「困ったねえ」

「いまはなにを言っても無駄でしょう。ちょっと間を置いて、また話しあってみようよ」

ずっと三人でやってきたから、実咲にやめると宣言されて、衝撃と虚脱感が襲いかかってくる。離婚を切りだされたり、バンドを解散したりするのは、こういう気分なんだろうか。幸代は結婚したこともバンドを結成したこともなかったが、そう思った。

「実咲の気持ちも変わるかもしれないし」

と、英里子は力づけるように言った。「私たちだけでも、原稿を進めておこう」

「そうだね」

幸代はなんとか気力を奮い立たせる。「そういえば、結婚式いつなんだろう。聞くの忘れてた」

「おめでとうって言うのも忘れてたわ」

ああ。自分たちの不甲斐なさに、幸代と英里子はやっぱりため息をつくしかなかったのだった。

その晩も洋平は帰ってこなかった。

ため息をつきすぎて二酸化炭素が充満した部屋で、幸代はなかなか寝つかれずにいた。

みっこちゃんは今日も元気に、ラジオ体操に勤《いそ》しむ。矢田《やだ》は朝からソファに寝転び、

「脅迫ハガキの主《ぬし》はわかったのかよ」

と声をかけてくる。

「はあ、いえ」

と気のない返事をしていると、幸代の顔を覗きこんできた。「なんか、しぼんじ
「どうしたんですかぁ、先輩」

みっこちゃんが腕を振るのをやめ、
やってますよぉ」

「川田《かわだ》、おまえそれ以上胸がしぼんだら……」

矢田の口は大型クリップを投げつけることでふさぐ。

「なんかねえ、いろいろあってねえ」

机に頬杖をついた幸代の頭を、みっこちゃんが「よしよし」となでた。

「いろいろあって、いいじゃないですかぁ。彼氏さんがいて、仕事があって、同人誌で
したっけ？　なんかそういう趣味もある。幸せなことですよー」

「そうかな？」

「そうです」

みっこちゃんは笑い、「ところで私、『星花《せいか》』を検索してみました」と言った。幸代は
頬杖をやめ、身を起こした。

「あったの？」

「ありました。外苑前の創作和食の店ですね。これです」

パソコン画面に、店のホームページが表示された。ちょっとした料亭風のつくりだが、メニューを見ると、手が出ないほど高くはない。

「食べにいってみよう」

「予約入れますか？　メールフォームがありますけど」

「星間《ほしま》商事の社員だって、ばれないほうがいいかもしれない。電話で予約しておいて」

「よっしゃ」

と答えたのは、いつのまにか背後に立っていた矢田だ。即座に携帯電話を取りだし、ホームページに書かれた店の番号を登録している。

「なにしてるんですか、矢田さん」

「なかなかよさそうな店じゃん。デートの下見を兼ねて、俺も行く」

「デートって？　ヤリチン先輩、つきあってるひといるんですか？」

みっこちゃんの声に、緊張がはらまれていることに幸代は気づいた。

「心配すんなよー、みっこ。俺の愛は、すべての女に等しく注がれている」

「きゃーん、そうなんだぁ。さすがヤリチン先輩」

「みっこのぶんは、俺がおごってやるからな。あ、川田は自分で払えよ」

等しく注いでないじゃないか。しかし、べつに矢田におごってほしくもなかったので、「はいはい」と受け流す。

幸代は横合いから手をのばし、みっこちゃんのパソコンのマウスを操作した。「板長おすすめの季節のお料理」や「女将《おかみ》のごあいさつ」をクリックする。女将は粋《いき》に着物を着こなした、華やかなひとだった。写真を見るかぎり、六十を過ぎているのはたしかだと思われるが、ちょっと年齢不詳な感じだ。

つづいて幸代は、「お客さまの声」のページを開いた。誕生日に店を利用したらしきカップルの写真、寄せられた手紙やメールの抜粋などが載っている。

そのうちのひとつに目がとまった。

「どの料理も大変美味でした。最近、少々血糖値が高いと言ったら、すぐに配慮した料理を出していただき、細やかな気づかいに感激いたしました。東京都・熊井昭介《くまいしようすけ》」

あ、あんのじーさん、やっぱり無関係じゃないじゃないか。「イケイケドンドン」の一言ですませて、しらばくれおってぇ！　脅迫状を送りつけてきたのが貴様だったら、ただではおかん！

血圧を上げた幸代は、先輩後輩の礼節を忘れ、傲然《ごうぜん》と指示した。

「矢田さん、なるべく近い日付で予約入れといてくださいね！」

八つ当たりされ、おとなしく「はい」と返事した矢田に、みっこちゃんがこれまでのあらましをのんびりと教えだした。

★　★　★　★　★　★

サチは隠密業のかたわら、世を忍ぶ仮の姿として小料理屋を営んでいます。

こぢんまりとした店内で、本間《ほんま》は冷や酒を傾けました。つまみは芋の煮っ転がしです。格子窓から、爪のように細い月が覗く夜であります。

「課長。そろそろ帰らないと、また奥方さまにしかられますよ」

「課長はやめてくれたまえ。それに妻《さい》は、今日は芝居見物に出かけてしまってね」

入り婿とは肩身の狭いものです。連れ添って何十年経とうとも、夫婦《めおと》なぞ所詮《しょせん》は他人。あの気の強い妻と、蓮《はちす》のうえでも再び夫婦にならねばならぬとは、つらい縁《えにし》を結んだものよ。それぐらいなら、いっそ来世が来ないよう、永遠に死にたくない、とまで本間は思います。しかし死なずにいるということは、今生《こんじょう》で妻とずっと夫婦でありつづけることを意味します。それも困る。ちなみに妻が本間よりさきに死ぬことは、絶対に、天と地がひっくり返ってもありえません。

生きてるあいだ妻地獄。生まれ変わっても妻地獄、か。

お猪口《ちょこ》の酒を飲み干し、本間が自嘲したそのとき、店の戸が開きチンペイが転がりこんできました。

「まあチンペイさん、どうしたの！」

ふだん無愛想なサチが、めずらしく切迫した声を上げます。右腕に刀傷をこしらえたチンペイは、

「しいっ、静かに」

痛みをこらえて言い、「入ってください」と表の暗闇に向かって声をかけました。

血を滴《したた》らせたチンペイのあとにつづき、小料理屋の敷居をまたいだのは、町人風の若い男です。

「いったいどうしたことだ、チンペイ」

本間は立ちあがり、チンペイを支えました。「こちらのおひとは？」

「隠密行動中に知りあいました。月間屋の奉公人、清助《せいすけ》さんです」

「本間さまとやら、どうかお助けください……！」

清助という名の若い男が、拝まんばかりに訴えたところによると、以下のとおりであります。

幼いころから月間屋に丁稚《でっち》奉公している清助は、同じく下働きの柚《ゆず》と、いつしか恋仲になりました。二人は、いずれ独立して所帯を持つことを励みに、日々仲むつまじく、支えあって月間屋に勤めていました。

ところが突然、柚が姿を消したのです。月間屋の主人は、出島《でじま》の支店の手がたりないので、しばらく柚に応援に行ってもらっただけだと言うばかり。

柚が自分になにも告げず、出島支店に行くはずがありません。清助は心配でたまらなくなりました。これまでも月間屋では、下働きの若い女が急にやめたり、出島支店に手伝いにやらされたりすることがあったのです。戻ってきた女はいません。そして、女が姿を消してしばらくすると必ず、「月印《つきじるし》の紙」の入荷量が増えるのでした。

変だ変だと思ってきたが、もしかして。清助はひそかに月間屋の帳簿を調べ、主人の日記も盗み読みしました。その結果、これまで姿を消した女全員が、月印の紙を買いつけにいく廻船に乗せられ、出島から異国へ出航していたことを突き止めたのです。

「まあ、なんてこと！」

チンペイを手当てしていたサチは、憤《いきどお》って包帯を締めあげました。「いてててっ」とチンペイがうめきます。

「では女の子たちは、月間屋が紙を融通してもらうために、袖の下として異国へ無理やり送りこまれているということですか」

「はい」

清助は悲痛な面《おも》もちです。「柚も出島支店に幽閉されていて、近々、船に乗せられてしまうようなのです」

「月間屋の追っ手をなんとかまいて、清助さんとともに、急ぎ報せにきた次第で」

とチンペイが言い添えました。「本間さん、我ら、柚どのを助けねばなりません！」

「むろんだ」

本間は力強くうなずきました。「江戸にはびこる悪を、野放しにしてはおけない。サチ、急ぎ、ミツに申し伝えよ。ミツの馴染み客である上《うえ》さまに、出島からの出航をしばしとどめてくださるよう、書状で頼め、とな」

「はい！」

「清助どの。我らがきっと、柚どのを無事に連れ帰るから、安心してここで待たれい」

「ありがとうございます！」

罪なき民草《たみくさ》が泣いている。隠密奉行、本間正《ただし》は眠らない。跋扈《ばつこ》する巨悪を討つまでは……！

★　★　★　★　★　★

「本間課長って、入り婿だったんですかぁ」

と、みっこちゃんは言った。

「『民草』って失敬だよな。課長だって、ドがつく庶民のくせに」

と、矢田は笑った。

幸代は黙ってこめかみを揉みながら、本間課長から新たに渡された原稿をそっと伏せ置いた。たしかにストーリーは、営業部員のはずなのに人身《ひとみ》御供《ごくう》として海外に送られた、みっこちゃんの境遇に似ていなくもない。東南アジアで噂されているという、星間商事の悪い評判とも無関係ではないかもしれない。それにしても、この「エセ時代劇調」はなんとかならないのだろうか。

「こらこら、きみたち。注目すべきは、そこじゃないだろ」

本間課長は、執筆が順調に進み上機嫌である。「なんとわたしは、隠密奉行だったんだねえ。どうだ、びっくりしたかい？　これからいよいよ、月間屋を成敗《せいばい》するからね。サチ、ミツ、チンペイ！　わたしの活躍に、しっかりついてこい」

断る。

終業を告げるチャイムの最初の一音が響くと同時に、幸代はさっさとパソコンの電源を落とした。

「それじゃ私、今日は失礼します」

「なんだ、川田くん。いつにも増して、逃げ足が速いじゃないか」

「逃げ足ってなんですか。単に帰るんですよ。本日のわたくしの業務は、きっちりきっぱり完璧に終わりましたので」

「あーん、先輩。待ってください。私も一緒に行きますぅ」

みっこちゃんがお菓子やら手鏡やらをバッグに詰めはじめた。「急がないと、予約の時間になっちゃいますもんね」

幸代は「しっ」と言ったのだが、もう遅い。本間課長は聞き逃さずに、

「なになになに、予約ってなんのこと？」

と、椅子から腰を浮かした。

「なんでもありません。お疲れさまでした」

幸代はみっこちゃんをうながし、社史編纂《へんさん》室を出ようとした。矢田も手ぶらで、「俺も失礼しまーす」と席を立つ。ええい、矢田め。気の利かない。時間差にせんかい、時間差に。内心でいらだちつつ、なにくわぬ顔を取りつくろう。

しかし本間課長は、こういうときだけは察しがいい。

「あーっ。きみたち、三人でなんか食べにいくんだろう。いいなあ、なぜわたしも誘ってくれないんだい？」

上司（しかも本間課長）と一緒に夕飯なんて、いやに決まっている。

「はいはい、今度行きましょうね。年末あたりに」

幸代は請けあい、社史編纂室のドアを閉めた。

「それって忘年会じゃないか。自分たちばっかり仲良くしちゃって、ずるいぞ！」

駄々をこねる声が、ドア越しに聞こえてくる。行き交う社員の視線が痛い。幸代とみっこちゃんと矢田は、足早に廊下を歩み去ったのだった。

外苑前の地下鉄の階段を上がり、大通りからはずれて南青山方面へ入ったところに、「星花」はひっそりとあった。

白木の格子門の向こうには、打ち水された石畳の小道が玄関まで通じている。都心の一等地だというのに、贅沢なつくりだ。星のまたたきはじめた夕暮れの空に、青々とした芭蕉《ばしよう》の葉が模様を描いている。足もとでは、オニユリが鮮やかに咲き誇っていた。

創作和食のはずなのに、なんだか南国風だわね。先頭に立った幸代は首をかしげ、玄関の引き戸に手をかける。戸にはまっている古いガラスは、わずかに表面を波打たせながら、オレンジ色の明かりを柔らかくこぼしていた。戸を開けるとかすかに香が燻《くゆ》り、若い男性店員が「いらっしゃいませ」と折り目正しく出迎えた。

カウンターでは三十代後半ぐらいの板前が、常連客らしき中年サラリーマンを相手にしながら、てきぱきと包丁をふるっている。板さんは目だけを幸代たちに向け、「らっしゃい」と言った。

「なんか、どのひとも恰好よくないですか?」

と、みっこちゃんが幸代のシャツの背をつんつん引っ張る。

「私もいま、そう思ってたとこ」

と、ささやき返した。

店員に案内されたのは、簡単な仕切りで半個室になったテーブル席だった。さきほど通ってきた石畳の小道が、窓越しに見える。芭蕉がうまく目隠しの役割を果たすおかげで、森のなかのレストランにいるようだ。

三人でメニューを検討し、一番安いコースを選んだ。それでも六千三百円だ。さらに三人とも、酒はかなり飲むほうだ。幸代は財布の中身を思い、涙目になった。

「この金で漫画や同人誌を何冊買えるだろう、とか考えてねえ？」

矢田に指摘され、

「いませんよ」

と急いで否定しておく。みっこちゃんは早くも、デザートメニューを眺めていた。コースにも果物と小さなお菓子がつくはずだが、それではたりないらしい。

よく冷えたビールで乾杯し、三人はしばし黙って料理を腹に収めた。先付《さきづけ》は、朱塗りの盆に小さな鉢がいくつか並び、それぞれに湯葉やら千切りパパイヤのおひたしやらが美しく盛りつけられていた。どれも薄味ながらメリハリの利いた味つけで、とてもおいしい。

新鮮な刺身が出るころには、ビールから焼酎に移行した。料理を出すタイミングがよく、食欲と飲酒欲の衰える間がない。

「危険です、これは危険な店ですよ」

「でも、もう止まらないー」

「おまえら、いつでもどこでも激しく飲み食いしてるじゃないか」

などと言いあいながら、水晶のような鯛に身もだえし、芋焼酎をロックで飲む。

脂《あぶら》の乗ったとろけるような小山牛を柚子胡椒で食べるころには、幸代はなにをしに「星花」に来たのか、半ば忘れていた。みっこちゃんが「ところで」と、デザートメニューを開いて差しだしてくるまでは。

「なんだよ、みっこ。まだ肉食ってるんだから」

矢田は、甘いものがあまり好きではないらしい。顔をしかめる。

「ちがいまふ」

と、みっこちゃんは口をもぐもぐさせた。「ここを見てください」

みっこちゃんが指し示したのは、デザートメニューの最終ページだった。コーヒー、紅茶、ハーブティー、抹茶セット（和菓子付き）、と飲み物が並んだページの隅《すみ》には、「これでおしまい」という印のつもりだろうか。サリメニの古い国旗と同じマークが、藍色のインクで描かれていた。

三日月と四つの星。

「ここにもサリメニ」

幸代はつぶやいた。

「どうも、すべての謎の中心にサリメニがあるみたいだな」

感じているであろう手応えとは裏腹に、矢田がなぜかため息をつく。

「どうしますかぁ?」

みっこちゃんにのんびり聞かれ、

「どうするって……」

幸代は逆に動悸がしてきた。「店のだれかに、聞いてみるのがいいんじゃない?」

「むしろさ」

と矢田が声をひそめる。「課長に問いただすのが早いと、俺は思うけどな」

「どうしてですか」

「だってあのおっさん、絶対なにか知ってるだろ。なんか俺たち、課長にうまく動かされてるような気がしてしょうがないんだよな」

「あ、それは私も思いますぅ」

「しかしですねえ」

幸代は腕組みした。店員が「失礼します」と仕切りの陰から姿を現し、からになった肉の皿を下げる。店員がいなくなったところで、幸代は話を再開した。

「あの課長に深い思惑があるとは、なんだか断言しづらいんですけど。矢田さんがそう考える理由は?」

「課長が書いてる小説だよ」

あれを小説と認定してあげるなんて、矢田もみっこちゃんもほんとに優しい。隠密の一員であるミツが、なぜか遊女として吉原に潜りこんでいることも謎だが、その馴染み客が将軍だという突然出てきた設定など、もう無茶苦茶だ。あれはさすがに、再考をうながしたほうがいいかもしれない。いやいや、そんな親切心を発揮する必要はないか。などと、幸代がついつい「よりよい同人誌作製」に対する熱情をたぎらせてしまっているうちに、矢田とみっこちゃんは話を進めていた。

「俺も読み返してみたけど、あの内容はたぶん、重要ななにかをほのめかしてる。だとしたら、俺は課長の真意に応えたい」

「どうしてですかぁ」

「みっこも聞いたことあんだろ。俺と専務の愛人がデキてた話」

「……はい」

おやおや、と思い、幸代はみっこちゃんと矢田の顔を見比べた。トイレへ行くふりをして席をはずすのもわざとらしいし、幸代も矢田の過去の恋愛には興味がある。ちょうど運ばれてきた、ガラスの器に載った完熟マンゴーをつつき、黙ってつづきを待った。

「その噂はさあ、ちょっと嘘なんだよな」

矢田は笑ったが、マンゴーに渋みがあったみたいな表情だった。「もともとは俺が、秘書室で同僚だった彼女とつきあってた。知らないうちに、彼女は専務の女になってた。俺はなんとか、彼女を取り戻そうとした」

「奉公人の清助みたいに?」

と、みっこちゃんが尋ねる。傷つきやすい果物をそっともぐような口調だ。

「そう。彼女もそれを望んでると思って。でも、ちがったんだな、これが」

ま、専務はわりとダンディーだし。そういう男とつきあえて、しかもお手当までもらえてラッキー、って女もいるわな。と幸代は思った。

「彼女さんにはなにか事情があったんですよ、きっと」

みっこちゃんが優しく言った。

「そうかもな」

矢田は微笑み、気を取り直したようだ。「俺はヤケになって、会社を辞めようと思った。そこへ本間課長が来て、言ったんだ。『きみの哀しみを、社編での仕事にぶつけないか』って」

かっこよすぎやしないか。幸代が疑いの目を向けると、

「まあ、『合コンする時間がたっぷりあって楽しいよ』とも言ったけど」

と矢田は鼻の頭を掻いた。「とにかく、課長には感謝してる。課長の好きなように、社史も同人誌も作らせてやりたいんだよ」

「失礼します」

と、仕切りの陰から女の声がした。「お料理はお口に合いましたでしょうか」

濃紺の粋な細縞の着物を着た女将が、湯飲みを載せた盆を手に立っていた。ホームページの写真で見るより、さらに年齢不詳だ。髪は自然な感じに染められているし、肌も皺《しわ》が多少あるとはいえ、抜けるように白い。化粧っけのない目もとは、穏やかに笑っている。ただ声だけは、加齢によるかすれと音域の低下が感じられた。

幸代は、しばらく会っていない自分の母親と脳内で比べ、女将のほうが母親よりも年上だと結論づけた。若く見えるだけで、もしかすると七十に近いのかもしれない。それでこの肌だとしたら、なかなかすごい。

「とってもおいしいですぅ」

と、みっこちゃんがほがらかに答え、幸代と矢田もうなずいた。

「ありがとうございます」

女将は顔と同じぐらい白い手で、熱い番茶の入った湯飲みをテーブルに置いた。洗い物などいっさいしたことのない指先をしている。

「どうぞごゆっくり」

会釈して立ち去ろうとした女将を、幸代は思いきって呼び止めた。

「あのう、メニューに描かれてるこのマークって、サリメニの昔の国旗ですよね」

女将は再びテーブルに向き直り、笑顔になった。「お若いのに、よくご存じですね」

「まあ」

「このお店は、サリメニとなにか関係があるんですか?」

「マンゴーがサリメニ産だとか」

と、矢田が横から口を挟む。

「沖縄産です」

女将は笑顔のままだ。「かわいいデザインだなと思って、ちょっと描いてみただけですよ」

店員がつぶあんのかかった白玉を運んできた。入れ違いに女将はカウンターのほうへ行ってしまい、話はそれきりになった。

「どう思うよ?」

と、矢田が言った。「一、女将の言ったとおりである。二、女将は国旗マニアである。三、女将はサリメニとなんらかのつながりがある」

「そりゃ、三でしょう」

「だよな」

「ですよぅ」

明日は朝一番に、課長を問いただす。同時に、なるべく早く熊井をつかまえ、知っていることを吐かせる。脅迫状について尋問するのはもちろんだ。

幸代は、みっこちゃんと矢田とそう方針を立てた。

会計のとき、レジに立ったのは店員だった。女将は奥に引っ込んだのか、店内に姿がない。店員に見送られて店を出た。

まだ夜遊びすると言って、矢田は表参道のほうへ歩いていった。幸代とみっこちゃんは、地下鉄の階段を下りる。

「もし、私だったら」

と、みっこちゃんは言った。「専務よりも、ヤリチン先輩のほうがいいです。ヤリチン先輩が定年まで社史編纂室勤めだとしても」

定年よりまえにリストラになるのでは、と幸代は危惧しなくもなかったが、

「そうだね。私もそう思うよ」

と心から同意した。

翌日、課長はなんと、少し早めの夏休みに突入していた。

ホワイトボードに、「本日より一週間、お休みをいただきます。困ったことがあったら部長に聞くように」と書いてある。

「だから社編の部長って、だれなんだよ。名前すら聞いたことねえよ」

「一週間って長いですよねぇ。もっと早く言っておいてくれればいいのに―」

矢田とみっこちゃんは怒り嘆いたが、幸代はもう、本間課長のことは諦めていた。課長が休んだところで、仕事の進捗《しんちょく》に影響はない。何日でも、何年でも休むがいい。

幸代は熊井に電話した。梅雨が明け、日々上昇する気温に比例するように、熊井はすこぶる元気だった。

「ややあ、川田さんか。このあいだも電話をくれたんだってね。なんだい、うちの孫と会ってみる気になったかい」

「いえ、手紙でお願いした件です。お手数ですがもう一度、お話をうかがわせていただけないかと思いまして」

「おう、いいよ。こっちは暇だからねえ」

能天気な熊井の様子に、「やっぱりこのひと、脅迫文とは関係なさそうだな」と、幸代はひそかにため息をついた。じゃあいったい、「高度経済成長期の穴」を探られたくないのは、だれなのか。それを知るためにも、熊井にぜひとも真実を語ってもらわねばならない。

幸代は受話器を片手に、「今夜、空いてる？」と素早く紙に書き、みっこちゃんと矢田に向けて掲げた。二人がOKサインを寄越すのを見て、

「では、今夜はいかがでしょう。酒席をもうけさせていただきます」

みっこちゃんは早くも、携帯メールで「星花」に予約を入れている。

「先輩。七時から四名、取れましたぁ」

「七時に、外苑前の『星花』でお待ちしております。まあ、熊井さん。暇だっておっしゃったじゃないですか。いらしてくださいね、ぜ・っ・た・い」

これは経費で落ちるのか否か。

二日連続の豪華な晩餐をまえに、幸代とみっこちゃんと矢田はおおいに揉めた。課長の名前で経費を申請する。もし落ちなかったら、熊井の食事代はなんとかして課長から巻きあげる。という結論に落ち着いたところで、「星花」に着いた。

完全な個室になった奥の座敷に通される。そこではすでに、熊井と女将が待っていた。

「あなたたち、星間の社員なんですってね。昨日はちっとも気づかなかった」

女将はすがすがしい笑顔を見せた。目尻に笑い皺が寄る。昨日の笑顔は業務用だったらしい。

「ね、熊ちゃん。こうやってちゃんと、細い糸をたどってくれる若いひとがいるのよ」

熊井は早くも焼酎のお湯割りを傾け、顔を赤くしている。女将に「熊ちゃん」と呼ばれ、だらしなくやにさがっている。

「ボーッとして、いかにも仕事できそうにない子だから、到底無理だと思ったんだがなあ。いや、お見それしました」

どういう意味だ。幸代は憤然として席につく。矢田は、

「たしかに川田は、仕事中も妙な想像してはぼんやりしてるな」

とにやにやし、みっこちゃんは、

「そんなことありませんよ。川田先輩は、社編で一番仕事ができます」

と反論した。ありがと、みっこちゃん。でもそれ、なんのフォローにもならないから。

料理が運ばれてくる。昨日とはちがい、野菜の煮物や焼き魚といった、自宅の食卓にも上るものばかりだ。

「今日は気の置けない料理のほうがいいでしょ」

女将はまた親しみのある笑みを浮かべ、店員には「しばらく放っておいて」と言った。

幸代とみっこちゃんと矢田は、大きな一枚板の座卓を挟み、熊井と女将に切りだした。

「教えていただけますか。高度経済成長期に、なにがあったのか。サリメニと星間商事のあいだに、どういうつながりがあるのかを」

「なにから話せばいいのかしらねえ」

女将は頰に手を当て、考えこむ。

「じゃあ、質問しますから、それに答えるという形で」

幸代は鞄から、星間商事株式会社の特製原稿用紙を出す。女将はさしたる反応を見せ

なかった。

「お、なつかしいなあ」

と言ったのは熊井だ。「あんたから、これに書かれた手紙が送られてきたときには、びっくりしたよ。よくこんなもんが残ってたもんだ」

「この原稿用紙でしか、サリメニの女神さまとはコンタクトが取れなかった、と聞いています。サリメニの女神って、なんのことですか？　あるいは、だれのこと？」

「私のことよ」

と、女将が言った。矢田とみっこちゃんは、驚きと納得が半々の表情で、年を取っても優美さを残す女将を見た。

「なのに、この原稿用紙のことはご存じじゃないんですか？」

幸代がなおも問うと、女将は軽く吐息した。

「とうとう、全部話すときが来たみたいよ、熊ちゃん」

「そうですねえ」

熊井はなぜだか、靴下を脱ぎだした。酔って火照《ほて》ったらしい。

「正確に言うと」

と、女将は幸代たちに向き直った。「サリメニの女神というのは、私と妹のことです。若かったころの話だけれど」

「えーと、でもぉ」

みっこちゃんがおずおずと言う。「女将はサリメニのかたじゃないですよね？」

「日本人だよ」

と熊井が答えた。「このひとはさ、サリメニのパロ大統領ってひとに見初《みそ》められて、宮殿で暮らしてたんだ」

「えーっ。大統領夫人だったんだぁ」

みっこちゃんの送る無邪気な憧れの視線を、女将は「ちがいますよ」とやんわりと否定した。

「見初められた、なんて言うと聞こえがいいけど、私は星間商事によって、大統領のところへ送りこまれたんです。サリメニでお城みたいな邸宅に住んでいたのは事実ですけど、まあ、愛人ね」

「星間がそんなことを」

幸代はつぶやいた。女将がサリメニに送りこまれたのはなぜなのか。考えるまでもなく答えは明白だ。

「会社になんらかの見返りがあったんですね」

と、矢田が皮肉っぽく言った。

「そのへんは、ご自分でお調べになってくださいな」

女将はちょっと首を振った。「私がサリメニへ旅立ったのは、一九五八年。まだ二十《はた》歳《ち》にもなっていない小娘で、詳しいことはなにも知らされていませんでしたから」

「妹さんも、一緒にサリメニへ行ったんですか？」

「いいえ。私は一年ほどで、体調を崩して帰国しました。日本とは気候もずいぶんちがったし、言葉もよくわからないし。それで妹がかわりに、大統領のおそばに上がったの。妹と私は、とてもよく似た双子でしたから」

「えーっ⁉」

幸代たちは非難の声を上げた。

「外見が似てれば、それでいいっていうことですかぁ」

「あんまりな話ですよ」

「そのペロだかポロだかいうのは、ひどいやつだな」

しかし女将は、毅然《きぜん》として言った。

「大統領のことを悪くおっしゃらないで」

個室の空気が張りつめる。さすが「女神」と称されただけあって、女将からは有無を言わさぬ気品のようなものが漂っていた。

「あのかたの政治的、歴史的評価がどういうものか、私は知らないし、知りたいとも思いません。私が知っているのは、個人としての彼です。パロは優しいひとでした。私を愛してくれたし、妹のことも愛したでしょう。そしてなによりたしかなのは、私たち姉妹がそれぞれに、パロを心から愛していたということです」

誇り高い輝きを宿す女将の目に、幸代は胸打たれる思いがした。

「妹さんは、いまどうしていらっしゃるんですか?」

「わかりません」

女将は力なく言った。「パロ政権は、クーデターによって一九六六年に崩壊しました。妹は病身のパロとともにカナダに亡命し、そこでパロを看取《みと》ったそうです。そのあとの足取りはまったくつかめないまま、もう四十年」

死んでしまったのか、どこかで幸せに暮らしているのか。高度経済成長の陰で、思いもよらない生きかたをすることになった一人の女性のことを、幸代は想像した。

「きっと妹は、日本に帰ってくるつもりはないんでしょう」

女将はため息をつき、しかし希望をこめた声で言った。「でも、私は待っています。このお店の名前、『せいか』というのはね。『セ・イカ』。サリメニ語で、『星の女神』という意味なんですよ」

幸代たちは店をあとにし、熊井とともに、表参道方面へ向かって夜の大通りを歩いた。

店の支払いは熊井が持ってくれた。

「サリメニ時代の女将も、女将の妹も、俺はよく知ってるよ」

熊井は夏の星を見上げて言った。空は排気ガスとネオンでけぶってはいたが、いくつかの輝きを数えることができる。

「営業部だったからねえ。サリメニで大きな取り引きを、いろいろしたもんだ」

「原稿用紙は、どういう役割を果たしたんですか？」

「花世《はなよ》さん――女将の妹の名前だけど――、花世さんからパロ大統領に、商売の話を取り次いでもらうときにはね。実弾も飛び交ったが……」

みっこちゃんが「実弾⁉」と驚き、「ばか、金のことだよ。賄賂《わいろ》のこと」と矢田が小声で説明する。二人のやりとりをよそに、熊井は照れくさそうに言った。

「なにより喜ばれたのが、『お話』なんだよ」

「お話？　どういう意味ですか」

「だから、おとぎ話とか小説とか、あんでしょ。そういうのだ」

「はあ。じゃ、日本の本を差し入れしたんですね」

「ちがうちがう。だったら、原稿用紙はいらないだろ。俺たち営業部員が自作して、原稿用紙に書いて、花世さんに渡すの」

「えーっ⁉」

この日最大の驚愕《きょうがく》が、幸代たちを襲った。

「熊井さんが、小説を、書いたんですか」

笑わないようにするのが困難だ。熊井は頬を赤くした。

「いけないいか。俺がサリメニ担当になったのは、営業部のなかじゃあ、文才があるほうだったからなんだぞ」

「でもまたどうして、花世さんは素人の書いた小説を読みたがったんでしょう」

「ちょっと変わった子だったんだよ」

熊井は少ししんみりした調子で言った。「書いたものを見れば、ひととなりがわかると言ってね」

花世さんは文学少女だったんだな、と幸代は思った。サリメニの宮殿に群がる商社の営業マンは、花世さんが主宰するサークルのメンバーということか。いまだったら同人誌を作って、サリメニの地から即売会に参加しているところだろう。

「だけど、女将や花世さんの存在が、星間商事の歴史から消されてるのはなぜですか?」

「そりゃ、あんた。外聞《がいぶん》が悪いからだよ」

熊井はやるせなさそうに首を振った。「あの姉妹は、星間の社員だったわけでもない。築地の小さな料亭の看板娘だよ。それが、大人のいろんな思惑で、まあ言葉は悪いけど、外国の大統領のところに売られたような形だったから」

「女将は大統領と仲がよかったみたいですよ?」

みっこちゃんが言うと、

「それだけが救いだね」

と、熊井はうなずいた。「とにかく、いまさらこんな話が明るみに出ると、企業イメージが悪くなる、と考えるひともいるだろう」

「熊井さんはちがうんですか」

幸代は聞いた。「高度経済成長期には、イケイケドンドンだったんでしょう。明るみに出ちゃまずいことも、したんじゃないですか?」

「意地悪言わんでくれよ」

苦笑する熊井に、これまた鞄に入れておいた脅迫状を見せる。

「こんなものが送られてきたんですけど」

「こりゃあ……」

熊井の表情が曇った。「穏やかじゃないな」

「お心当たりは?」

「ないこともない。サリメニでの受注合戦には、他社はもちろん、日本政府も嚙んでいたし」

「先輩、暗殺されちゃうんじゃないですか?」

みっこちゃんが心配そうに言った。

「まさか」

と笑いつつ、話の規模の大きさに幸代も不安になってくる。

「でもま、こんなことすんのは、元専務の一派だろうな」

熊井は風呂敷を広げたと思ったら、すぐ畳みはじめた。なんだ、ただの社内抗争か。急にスケールの小さくなった話に、幸代は内心でちょっとがっかりした。

「少し調べてみる」

熊井は請けあい、通りがかった空車のタクシーに手を上げた。

七・

実咲《みさき》はとうとう参加しないまま、サークル「月間企画《つきま》」は新刊の原稿を入稿した。

夏コミはすぐそこまで迫っている。本間《ほんま》課長は、「川田《かわだ》くんの活躍を、みんなで見学に行こう!」と張り切っている。早めの夏休みを葉山で過ごしたらしい課長は、日焼けし、気力が充満した状態で戻ってきた。社史編纂《へんさん》室の面々へのお土産は、アジの干物だった。

「今日、合コンなのに。生臭えよ」

矢田《やだ》は困った顔をしつつ、律儀に持って帰っていた。

気力が充満しているのは、本間課長ばかりではない。幸代《さちよ》もだ。なんといっても、夏コミは幸代にとって、一年で最大のイベントである。社史の編集作業の進み具合も、課長の自伝も、脅迫状も、サリメニのことも、もはや考えている余裕はない。

幸代は終業時間を迎えると同時に退社し、連日、夏コミの準備に追われた。

釣り銭を確保するため、お札を両替する。あいかわらず心ここにあらずな洋平《ようへい》をせっつき、フル回転でコピー本を作る。ネイルサロンに行って、爪の手入れをしてもらう。もちろん、美容院にも行かねばならないし、服も見つくろう必要がある。することはいっぱいあった。

みっこちゃんは、光沢のある青で塗られた幸代の爪を見て、

「うわあ、先輩。きれいですぅ」

と言った。矢田はあきれ気味だ。

「おまえ、合コンに行ったときの百倍、気合いが入ってるな」

「あたりまえじゃないですか。コミケはオタクの社交場なんですよ」

幸代はフンと鼻を鳴らす。同人誌製作が趣味だとばれてから、社史編纂室内では開き直ることにしている。

「せっかく私たちの本を買いにきてくださるお客さまに、みすぼらしい爪でお釣りを渡

したりできません」

「いい心がけだ、川田くん」

本間課長はうんうんうなずく。「わたしたちも視察に行くからね」

「来なくていいですってば」

「あのぉ、気になってたんですけどー」

と、みっこちゃんが挙手した。「『たち』っていうのはもしかして、私とかヤリチン先輩とかのことですかぁ」

「ほかにだれがいる?」

本間課長は、不思議そうに反問した。「あ、部長か? 部長は無理だ。多忙なかただからな」

「俺も忙しいんすけど」

矢田はぶすくれている。「夏コミって、今週末なんでしょ? お台場でデートの予定があるんで」

「ええっ」

と、みっこちゃんが哀しそうな顔をした。幸代は後輩のために、しかたなく助け船を出す。

「お台場なら、夏コミの会場のすぐ近くですね」

「だったら、矢田くん」

本間課長がポンと手を打った。「夏コミに行くついでに、お台場でデートすればいい」

「いやですよ！　万が一、夏コミ会場から出てくるところを相手に目撃されでもしたら、なんて言い訳すんですか」

「じゃあ、デートをキャンセルすればいいですよ」

みっこちゃんが明るく提案した。「もしどうしても、ヤリチン先輩がお台場にも行きたいなら、私、つきあいますから」

いいぞ、みっこちゃん。理屈が通ってないけど、いいがぶり寄りを見せている。幸代は視線でエールを送る。

夏コミの会場となる国際展示場は広大で、サークル数も参加者も膨大だ。初心者がふらりと来たところで、幸代を見つけられるわけがない。なにも得るものなく、すごすご帰っていく課長の姿が見えるようだ。

ふっふっふっ。幸代は腹黒く笑った。

みっこちゃん、私は夏コミで同人誌を思うぞんぶん売り買いするから。あなたもお台場で、特大の恋の花を咲かせてちょうだいよ！

接近が予測されていた大型台風は大幅に進路を変え、今日の日本列島はなにさえぎられることもなく、宇宙から丸見えだろう。

「オタクのみんな、おらに元気をわけてくれ！」

「台風をはね飛ばすぞー！」

「どかーん！　ということで、空は見事に晴れわたったわけだけど」

「そうね。私たまに、ほんとに『オタク力』ってあるんじゃないかと思う。夏冬のコミケが悪天候だったことって、ほとんど記憶にないわよ」

幸代は英里子《えりこ》との二人芝居に一段落つけ、サークル「月間企画」のスペースでため息をついた。

東京国際展示場の東西のホールをすべて使い、夏コミが開催されている。どの通路もひとでいっぱいだ。「月間企画」でも、昼を過ぎたいまも、ありがたいことにちらほらと新刊が売れていく。外気よりもホール内部のほうが、ひといきれで蒸し暑いぐらいだが、ちょうど搬入口に近い風通しのいい場所に配置されたことと、万全の暑さ対策（凍らせて持参したお茶、うちわ、塩せんべい。汗をかくときは、甘いものより塩分補給だ）によって、なんとか乗り越えられそうだ。

しかし、幸代と英里子の気勢は上がらない。実咲がいないからだ。

「なにかしら、この喪失感は」

「半世紀以上つれそった妻に先立たれた夫の心境っていうのかな」

「十年以上、三人で一緒に同人誌を作ってきたんだものね」

「その数、しめて五十冊近く。毎回毎回、それぞれの嗜好と哲学をぶつけあってさ。そんな密度と濃度で、五十人も子作りするカップルなんていない。ある意味、金婚式の夫婦よりもよっぽど充実した仲だった私たち……！」

「だからこそその、この喪失感なのねえ」

幸代と英里子は、また「はあ」とため息をついた。

サークル「月間企画」では、規模の大きい同人誌即売会や夏冬のコミケごとに、三人で合同誌を出してきた。だが今回の新刊には、実咲の原稿は載っていない。幸代は値札カードを書くときも、切なくてならなかった。

☆　夏コミ新刊！『出張バカンス』８００円　※Ｈ有り　☆
月間商事に入社すれば、出張先でもパラダイス……！

ホリエリカの漫画と河内《かわち》サチの小説が一作ずつ。尚、事情により、新刊には野原《のはら》きざみは書いてません。ごめんなさい！

常連客のなかには、

「えー。野原さん、どうしたんですか？」

「原稿落としちゃったとか？」

などと、残念そうに声をかけてくるものもあった。幸代はそのたびに、「ええ、まあ。すみません」と頭を下げた。

並べたパイプ椅子に座り、幸代と英里子は塩せんべいをかじる。

「やっぱり実咲は書かなきゃだめだと思うのよ、私は」と、幸代は言った。「こうして新刊を楽しみにしてくれるひとがいるんだから。仕事が忙しかろうと、徹夜で肌が荒れようと、男にふられようと、書く！　それが私たちの使命でしょう！」

「うーん、どうかしらねえ。『出張バカンス』を書くのが、使命？」

「たしかに、今回のタイトルはいまいちだった」

発案者である幸代は、素直に認めた。「こんなタイトルにした私が、バカンスならぬバカですって感じだわよ」

「べつに責めてないから」

英里子は微笑んだ。「同人誌を作るのは、あくまで趣味でしょう？　楽しく、無理なくやるのが一番よ。実咲もきっと、戻ってくると思う」

「そうかなあ。結婚式の招待状、来た？」

「ううん」

「私たちの友情ごと、オタクである事実を葬り去ろうとしてるんじゃないかしら」

「まさか」

スペースのまえに、ひとの立つ気配がした。幸代は営業スマイルを浮かべ、顔を上げた。

「どうぞ、見ていってくださ……、課長！」

「ややあやあ、川田くん。どう？　売れてる？」

本間課長が、にこにこと手を振った。水色のポロシャツの裾《すそ》をベージュのチノパンに押しこみ、茶色い革のベルトをしている。眼鏡のレンズは、熱気のためか皮脂のためか曇り気味だ。スーツ姿ではない課長をはじめて見たが、案外、コミケ会場には溶けこめているようだ。幸代はびっくりして立ちあがった。

「どどどうして、このサークルの出店場所がわかったんですか」

「それはね」

と言いながら、課長は長机に視線を注ぐ。幸代はあわてて、並べてあった同人誌を裏返した。表紙の絵（英里子画）の脱衣率が高かったからだ。

「なんだ、川田くん。隠さなくてもいいじゃないか」

ははは、と課長は笑い、「どうもどうも、川田くんのご友人ですか。いや、どうもどうも」と英里子に挨拶する。英里子もそつなく挨拶を返している。

通路の人波をかいくぐり、みっこちゃんと矢田も現れた。

「もう、課長ー。なんで勝手にさきに行っちゃうんですかぁ。迷子になっちゃいますよう」

「この人混みのなかをスタスタ歩けるって、すげえっすよ、課長」

みっこちゃんは幸代に、

「はい、先輩。差し入れです」

と高級カップアイスを三個くれた。ドライアイスを詰めた保冷バッグに入っている。ラズベリー味とミント味とレモン味だ。

「あれ？　三人でやってるんじゃなかったでしたっけ？」

「今日は事情により、二人だけなの」

幸代はやるせなく答え、アイスを受け取った。余計な水分の摂取はなるべく控えなければならないが（なにしろトイレも大行列だ）、アイスぐらいならいいだろう。早速、ラズベリーを選ぶ。英里子もみっこちゃんに礼を言い、レモン味を手に取った。

「じゃ、余った一個は、私が食べちゃってもいいですか？」

みっこちゃんは嬉々《きき》として、通路に立ったままミント味を食べはじめた。幸代もしばし黙って、甘酸っぱいアイスを味わった。

「それで」

容器をからにし、話をもとに戻す。「この膨大な数の参加サークルのなかから、どうやって『月間企画』のスペースを突き止めたんです」

「わたしにぬかりはないよ、川田くん」

課長は、うしろ手に持っていた分厚いコミケカタログを見せびらかした。確実に五センチは厚みがある冊子だ。三日間にわたる夏コミに参加する、すべてのサークルが載っている。五十音順にサークル名が並んだインデックスと、切り取り可能な配置図もついている。

コミケに行くものの多くは、事前にこの冊子を買う。贔屓《ひいき》のサークルの参加の有無と、会場内のどこにそのサークルが配置されているかを調べ、配置図に自分で情報を書きこむためだ。当日は切り取った配置図を持って、効率よく買い物をしてまわる。それぐらい会場は広大で、参加サークルは膨大だということだ。

「いらない知恵をつけおって」

幸代は小声で毒づいた。

「教えてくれたのは、先輩の彼氏さんですよ」

と、みっこちゃんはほがらかに言った。「昼前に先輩の携帯に電話したんですけど、つながらなくて（コミケ会場はあまりに人口過密なので、電波が不安定である）。困ったなあと思って家電《いえでん》のほうに電話してみたら、彼氏さんが出たんですぅ」

洋平は今朝、意気揚々《いきようよう》と夏コミに赴《おもむ》く幸代を、寝ぼけまなこで布団のなかから見送った。明け方まで、コピー本の製本を手伝わせていたせいだ。

「それで、『幸代のサークルの居場所？　さあ、俺もそこまでは。でも、会場の入口でカタログを買って、「月間企画」で調べれば、わかると思いますよ』って、教えてくれたんですぅ」

「いらない知恵をつけおって」

幸代はまたも毒づき、歯ぎしりした。幸代の手伝いをしつづけたせいで、洋平は一回もコミケに来たことがないにもかかわらず、仕組みに詳しくなっているようだ。

課長がチノパンのポケットから財布を出した。

「じゃ、ここに並んでる同人誌、全部一冊ずつください」

「はい、ありがとうございます」

と、英里子が笑顔で応じる。

「だめだって！」

幸代はあわてて割り入った。「なんで課長が、うちの同人誌を買うんですか」

「だって読みたいじゃないか。いいだろう、他人じゃあるまいし」

「他人です」

しかし英里子が、そんな幸代を小声でたしなめる。

「なんで意地悪を言うの」

「あたりまえでしょ。会社での私の立場を考えてよ」

「立場？」

英里子はめずらしく、眼光を鋭くした。「あなたはそんなくだらないもののために、求めるひとに同人誌を販売することを拒《こば》むっていうの。それは、飢えてパンを求めるひとを足蹴《あしげ》にするのと同じよ！」

「え、英里子……」

幸代が迫力に押されているうちに、英里子は課長に同人誌七冊を渡してしまった。

「全部で三千五百円です」

「むむ、けっこう高いんだね」

と言いつつ、課長は札を出した。英里子の横顔は、売り上げへの喜びを隠しきれていない。私の立場は友によって、三千五百円で売られた。と幸代は思った。

「あのさあ」

それまで黙っていた矢田が言った。「俺、ちょっと座りたいんだけど」

ひとに酔ったのか、気だるそうだ。アイスを食べ終えたみっこちゃんが、心配そうに矢田を見ている。

「会場内にある店は、どこも混んでるし。とりあえず、表に出て風に当たりますか？」

店番を英里子に託し、幸代はサークルスペースから出た。課長一行を引きつれ、搬入口へ案内する。

会場内部の壁際には、「月間企画」のような弱小サークルは見あたらない。「大手」と総称される人気サークルが配置されている。搬入口に居場所を占めるのは、そのなかでも特に人気のあるサークルだ。そこで売られる同人誌を求めて、大勢のひとが列を作る。列を建物の外にのばし、会場内の混雑を緩和するために、大人気のサークルは搬入口に配置されることが多いのだった。

搬入口から外へ出た。建物の外壁に沿ってのびる長い列を見て、本間課長とみっこちゃんと矢田は驚いたようだ。

「うわあ、すごいですぅ」

「なかだけじゃなく、外にもこんなにひとがいんのか」

「整然と並んでいるねえ」

植え込みの近くに腰を下ろした。吹く風は夏の香りだが、日陰になっているので、耐えきれないほどではない。矢田はシャツの襟元をゆるめた。

「で？　あとはどこを見ればいい」

「観覧車に乗りましょう！」

と、みっこちゃんが提案する。

「そうじゃねえよ。このオタク祭りの、どこを見ればいいのかって話だよ」

幸代は課長からパンフレットを借り受けた。

「冬コミに、どのジャンルで申し込むかによりますね。『評論』『創作・文芸』でいいと言ってから、幸代は本間課長の奇妙な自伝を思い浮かべた。「ではないですね。『創作・文芸』でいいかな。かな。いずれにしても、東ホールです」

「この建物のことじゃないのか?」

「ここは西ホールです。棟がちがうので、歩いて移動してください」

この人混みのなかを、と矢田はげっそりしたようだ。みっこちゃんと本間課長も黙りこくっている。どうしたのかと思って幸代がふと隣を見ると、なんと二人は、「月間企画」の同人誌を読みふけっていた。しかも、よりによって幸代の新刊であるコピー本を、だ。

☆　☆　☆　☆　☆　☆

「あんたはバカだ、野宮《のみや》さん」

月間商事のエントランスを出たところで、追いかけてきた松永《まつなが》につかまった。「どうして、一人で戦って一人で去ってしまうんですか!」

野宮は振り返り、松永を見て微笑んだ。

「一人じゃないよ。きみがいた。一緒にがんばってきた部下たちがいた。だからわたしは、戦う勇気を持てたんだ」

「でも、割を食ったのはあなただけだ」

「どうせ、もうすぐ定年だったんだ。関連会社にねじこんでもらえたおかげで、次の職場も決まったし、まあ御《おん》の字《じ》だと思う」

「俺は頼りないですか？　俺を信じられなかった？　だから野宮さんは、一人で内部告発を」

「ちがう」

と、野宮は穏やかにさえぎった。「わかってほしい。わたしが独断で告発に踏み切ったのは、単なるわがままだ」

「野宮さんが、わがままですか」

松永が自嘲を含んで問い返すと、野宮は少し照れくさそうにうつむいた。

「ああ。きみが何事もなく働きつづけられるなら、自分も他人もどうなったっていいと思ったんだ。この年になって、はじめて知ったよ。愛というのは、わがままなものなんだね」

「野宮さん、あなたってひとは……！」

松永は感極まり、人目もはばからず、野宮のだぼついた背広の肩を抱きしめた。

☆　☆　☆　☆　☆　☆

「ぶ、ぐふっ」

みっこちゃんは笑いをこらえようとして、子豚の鳴き声みたいな音を喉《のど》から漏らした。

「読まないでくださーい！」

幸代は本間課長の手からコピー本をむしり取り、かわりにコミケカタログを押しつける。「はい、東ホールに行った行った！」

せきたてられ、本間課長とみっこちゃんと矢田は木陰から立ちあがった。

「そのう、本を返してくれないか」

課長は遠慮がちに、幸代の持つコピー本を指す。「わたしが買ったんだから」

幸代が憮然《ぶぜん》としてコピー本を突き返すと、課長は意気揚々と歩きだした。

「いやあ、名言満載の傑作だな、川田くん。『愛というのは、わがままなもの』か。なるほどなるほど、ふっふっふっ」

本間正《ただし》、殺す。と幸代は思った。

「ぶ、ぐふっ。ほら、行きましょう、ヤリチン先輩」

「うぃーす」

「じゃ、先輩、ひきつづきがんばってくださいねー」

例年よりも大幅に疲労して、幸代の夏コミは終わった。楽々亭《らくらくてい》で英里子と二人だけの打ち上げをする。

「これがドラマとかだとさ」

幸代は紹興酒の入った小さなグラスを傾けた。「最後の最後に実咲が現れて、『私やっぱり、同人誌を捨てられなかった』『わかってる、なにも言わないで』『おかえり、実咲』、流れる主題歌。ってことになるんだけどねえ」

「現実はそううまくいかないわよ」

英里子は玉子スープを飲んだ。「それにね、実咲がやめるって言いだしたのには、理由があると思う」

「だから、結婚でしょ？」

「それもあるけど、それだけじゃない。『月間企画』は幸代と実咲の小説と、私の漫画で、ずっとやってきた。幸代と実咲だったら、幸代のほうが本数を書いてるし、読者の人気もある。たぶん実咲は悔しかったんだよ」

読者からの人気度など考えたこともなかったので、幸代は英里子の指摘に、なんと言っていいかわからなかった。いや、嘘だ。幸代は知っていた。実咲のコピー本と幸代のコピー本だったら、幸代のもののほうが売れることを。実咲が参加していなくても、今日の合同誌の売り上げはいつもとさして変化がなかったことを。

知っていて、一度もいい気にならなかったと言えば嘘になる。しかし、実咲が自身の作品の人気や売り上げを気にしているとは、考えていなかった。実咲がそんなそぶりを見せたためしはない。

幸代は、自分の作品に自負を持ち、実咲の作品より人気があることにいい気になると同時に、心のどこかで思っていた。「とはいえ、これは趣味だから。楽しみで書いているものだから」と。昼には「使命」などと、えらそうなことを英里子に言ったが、実際は「趣味」を口実に逃げていた。

実咲のプライドから。書く楽しさの裏にひそむ、表現する行為自体が引き起こす、なにかどろどろしたものから。

「じゃあ、どうすればよかったの？」

幸代は尋ね、声がかすれていたので紹興酒を飲んだ。

「どうしようもないし、どうする必要もない」

ザーサイをぽりぽり食べ、英里子はちょっと笑った。「ただ、実咲を待つだけよ」

幸代の携帯がメールの着信を告げる。

(先輩、いまどこですか?)

みっこちゃんは、新橋のガード下の焼鳥屋で飲んだくれていた。

「せんぱーい、私、ヤリチン先輩にふられました!」

「えっ、告白したの」

「しましたー。お台場の大観覧車で」

「またベタな場所で」

「そしたら、『ごめんな、みっこ』って」

幸代は、みっこちゃんの隣の椅子に腰かけた。思うぞんぶん中華を食べたあとだったので、カウンターのなかにいる大将に、ホッピーと枝豆だけ注文する。

「なんでかなあ」

と、みっこちゃんはつっぷした。「ヤリチン先輩は、まだ昔の彼女さんを忘れられないんでしょうか」

「そうかもね」

「なんでかなあ」

カウンターに頰をこすりつけたまま、みっこちゃんはまた言った。「私は永遠に、ヤリチン先輩を裏切ったりしないのに」

「いや、永遠っていうのはどうかな」

と幸代が口を挟んでも、聞いていない。

「私、ヤリチン先輩を絶対、振り向かせてみせます。諦めませんから！」

「あんまりしつこくしても……」

「愛とは、わがままなものなんですよぅ」

　酔いつぶれたみっこちゃんを、家まで送るのは大変だった。みっこちゃんはタクシーの運転手に住所を伝えると、あとはずっといびきをかいて眠っていた。

　みっこちゃんのマンションのまえでは、幸代に呼びだされ、さきまわりした洋平が待ち受けていた。幸代と洋平は二人がかりで、三階の部屋までみっこちゃんを運びあげた。みっこちゃんの住む五階建てのマンションは古いため、エレベーターがついていなかった。

　ドアを開けた瞬間から、甘いにおいが漂いだした。部屋には、ありとあらゆる種類のお菓子が備蓄されているらしかった。ゴミ箱には、カラフルな包装紙が溜《た》まっていた。

　虫対策は大丈夫なのかしら。幸代はおっかなびっくり、ベッドに載ったクマのぬいぐるみをどけ、みっこちゃんを横たえた。しばらく様子を見て、みっこちゃんの寝息が安らかなのを確認すると、幸代と洋平は部屋をあとにした。施錠し、鍵はドアの郵便受けに落としておいた。

　なんとか終電にまにあった。

お盆のあいだ、東京の人口は少なくなる。空《あ》いた座席に、洋平と並んで座った。電車のリズムを感じるうち、夏コミの疲れが出て、幸代は眠りそうになった。洋平が静かに言った。

「そろそろ旅に出ようと思う」

窓には、ひとの住む家の明かりが流れていた。洋平が、はっきりと旅の予告をしたのははじめてだ。幸代は、かねて覚悟はしていたので驚かなかったが、動揺はした。

なぜ今回にかぎって、洋平は「旅に出る」と告げるのだろう。「行かないでほしい」と引き止めてもいい、ということか。「どこへ行くの」と質問してくれ、というアピールか。

向かいの座席には、だれも座っていない。電車の窓に、幸代と洋平の顔が映っている。

「帰ってきたら、話しあおう」

と、気づいたら口から出ていた。

「なにを?」

洋平はきょとんとして言った。窓のなかの洋平は、あまりにも邪気のない顔をしている。幸代は怒りの導火線に火がつくのを感じた。

「これから私たち、どうするべきなのかということを、よ」

「どうするって、たとえば」

小さな火花を散らし、導火線はどんどん短くなっていく。

「たとえば、結婚とかさ」

と、幸代はうなるように低く言った。

「結婚なんて、考えたことないなあ」

洋平はほがらかに言い、幸代の気配を察知したのか、あわてて補足した。「いや、幸代との結婚を、という意味じゃない。結婚ってもの自体を、考えたことがなかったんだよ」

「三十間際の女とつきあって、一緒に暮らしてるのに？」

「うん」

「『この女、もしかして結婚したいと思ってるかもしれないな』と、想像してみたこともなかった？」

上下の前歯の合間から、幸代は声を絞りだした。洋平のほがらかさは、無神経や鈍感と紙一重ではないかと思った。自由で身軽な生きかたは、残酷と想像力の欠如の裏返しではないかと思った。

怒りの爆弾本体に、いよいよ火が到達してしまいそうだ。

「幸代、俺と結婚したいのか」

「それは微妙なところだけど」

「うーん。もし、俺がきみと結婚せず、いまのようにフラフラしていたら、きみはほかのだれかを探して結婚する？」

幸代はちょっと考え、「それはない」としぶしぶ認めた。

「私が、ほかのだれかとつきあって結婚するとしたら、それは洋平が結婚してくれないからじゃない。洋平への気持ちがなくなって、ほかのだれかのことを好きになったときだよ」

「きみは、そういうひとだろうね」

洋平の微笑みひとつで、幸代の怒りの導火線は、爆弾ぎりぎりのところで踏み消されてしまう。幸代はそれが口惜《くちお》しくて、黙っていた。洋平はなにか考えごとをしているらしく、黙っていた。

駅に着き、電車を降りながら洋平は言った。

「俺たちが今後どうしたらいいのか、旅のあいだに考えてみる」

朝になって幸代が目を覚ますと、洋平の姿はどこにもなく、引き出しから洋平のパスポートが消えていた。

幸代は引き出しを閉め、部屋で一人、しばらく蟬の声を聞いていた。

「ご迷惑かけて、すみませんでしたぁ」

みっこちゃんは出社して一番に、小さなチョコの箱を差しだした。「彼氏さんと食べてください」

「ありがとう」

と、幸代は箱を受け取った。「でも、チョコに黴《かび》が生えるかも」

「まさか、先輩。彼氏さん、出ていっちゃったんですか？」

ラジオ体操の音楽が館内放送で流れはじめたが、その朝ばかりは、みっこちゃんは飛んだり跳ねたりしなかった。興味津々《きょうみしんしん》で、キャスター付きの事務用椅子を寄せてくる。

幸代はみっこちゃんに、顚末《てんまつ》を語り聞かせた。

「えー、じゃあ、彼氏さんが帰ってきたら、結婚について話しあうんですか」

「そうね」

「でも、彼氏さんがいつ帰ってくるかは、わからないんですか」

「そうね」

「三歩進んで二歩下がる、って感じですねえ」

みっこちゃんは、じれったそうに身をくねらせた。

洋平が本当に、幸代の部屋に帰ってくるかどうかもわからない。旅のあいだに考えをめぐらせ、「やっぱり面倒くさい」ということになるかもしれない。思わぬ事件や事故に巻きこまれ、帰りたくても帰れない状況に陥るかもしれない。

旅立つとわかっていたのだから、「気をつけて。いってらっしゃい」と笑顔を見せればよかった。幸代は、洋平を見送れなかったことを少し悔やんだ。

矢田が眠そうな顔で社史編纂室に入ってきた。

「うぃーっす」

「おはようございまーす」

みっこちゃんと矢田は、いつもどおりの挨拶を交わす。けなげだ、みっこちゃん。幸代は素知らぬ顔をしながらも、資料の山越しに矢田の表情をうかがった。パソコンの電源を入れた矢田は、起動が完了するまでに三回も大あくびをしている。

「やあ、みんなおはよう！」

ドアが勢いよく開き、本間課長が登場した。「小麦色の思い出を作ったかい」

めずらしく始業直後に出勤してきたかと思ったら、異様なテンションだ。

「川田くんの同人誌を読んで、わたしもおおいに触発されてね」

課長は大声でまくしたて、自分の席についた。課長が入ってきたドアは半開きのままだ。気を利かせたみっこちゃんが素早く立ち、ドアを完全に閉めた。これで、同人誌という不穏な単語が廊下に漏れる心配はない。幸代は安堵し、課長の動きを油断なく横目で追う。

「昨日はあのあと、わたしも原稿のつづきを執筆した。持ち帰っておいた原稿用紙がたりなくなるほど、筆が進んだよ」

課長は鼻歌まじりに、机の一番下の引き出しを開けた。「おや？」

一瞬動きを止めた課長は、今度はすべての引き出しを次々に開け、ついで机のうえに積み重なった競馬新聞やらパチンコ雑誌やらを、猛然と掘り返しはじめた。

「おやおや？」

課長の動きがあんまり目障りなので、ついに幸代は根負けして聞いた。

「どうしたんですか」

「予備の原稿用紙がないんだよ。おかしいなあ」

「使っちゃったんでしょう」

「いいや。まだ二十枚ぐらい残ってたのを、ここに入れておいたんだ。きみたちにもあげただろう。星間《ほしま》商事特製のやつだよ」

幸代とみっこちゃんと矢田は、視線を交わした。課長の机に集まり、探すのを手伝う。

「本当に、机にしまったんですね」

「残りがあったのは、たしかですかぁ」

「ほら課長。そっちのグラビア雑誌の下も調べてみてください」

ひとしきり引っかきまわしたが、特製原稿用紙は見つからなかった。そればかりか、幸代とみっこちゃんと矢田の机からも、しまいこんでいた原稿用紙（課長の「小説」のコピーも含む）が、忽然《こつぜん》と消え失せていることが判明した。

「どういうことかねえ」

と、本間課長はのんきに首をひねる。

「どういうって……」

矢田がつぶやく。「だれかが社史編纂室に忍びこんで、あの原稿用紙だけ盗んでいったんですよ」

「なんで？」

と、本間課長はのんきに首をひねる。

「社編のドアには、鍵なんてかけませんものねぇ」

みっこちゃんがため息をついた。

「ああ、しまったー！」

幸代は歯ぎしりした。「水間《みずま》さんと星花《せいか》の女将《おかみ》さんに見せるために、一枚だけ鞄に入れて持ち歩いてたでしょう？　あのあと、あれを四つに切って、買い物メモにしちゃったんですよ。しかも、すでに使用してしまいました」

「大根とかチクワとか書いて、捨てちゃったのか」

「はい」

幸代と矢田は、そろって肩を落とした。みっこちゃんが、ポンと手を叩く。

「たしか、社史のために写真を撮りましたよね」

「そうだ！」

矢田が顔を上げる。「それに、川田がじいさんたちに送った手紙も、捨てられずに残ってるかもしれない。まだ、物的証拠を全部奪われたわけじゃないぞ」

「課長の小説の原稿は、どこにあるんですか？」

みっこちゃんの発言によって、全員の視線が本間課長に集まった。

「家だが？」

と、ちっとも事態を察していない表情で課長が答える。

「最大の物的証拠が残ってたな」

「あの『小説』こそを、盗みだしてくれればよかったのに」

「だめですよぅ、そんなこと言っちゃ」

幸代たちは、安堵とも落胆ともつかぬ思いを抱え、ささやきあった。

「それにしても、社史編纂室に忍びこんだのは、いったいだれなんでしょう」

どうやら、敵は単なるパフォーマンスとして、原稿用紙を盗んだだけのようだ。首をつっこむなと言いたいのだろう。こそこそと机を探られたかと思うと、気味が悪い。

「お盆休みのあいだに出社したひとが怪しいですぅ」

「開発部は盆休みも関係なく働いてるし、ほかにも、ちょっと出社したやつなんて百人単位でいるはずだ」

矢田が眉を寄せる。「社員証があれば、いちいち守衛室に寄ったりしないし、特定するのは難しいな」

「ねえねえ、きみたち。いったいなんの話をしてるの？」

一人取り残された本間課長が、興奮を抑えきれぬ様子で口を出した。「いよいよサチ、ミツ、チンペイが出動するような事態かい？」

課長の好奇心に邪魔されると、話がややこしくなりそうなので、「なんでもないです」と幸代は手を振った。

「課長は新しい原稿用紙でも買いにいってください」

社史編纂室の電話が鳴った。みないっせいに肩を揺らし、みっこちゃんが息を整えつつ受話器を取る。

「はい、社史編纂室です。あ、こんにちは。はーい、ちょっとお待ちくださいー」

みっこちゃんは電話を保留にし、「熊井《くまい》さんです」と幸代に言った。急いで受話器を取る。

「お電話かわりました。川田です」

「調べるまでもなく、黒幕のほうが動きを見せたぞ」

熊井はせきこんで言った。「やっぱり元専務一派だ。ゆうべ、現専務の柳沢《やなぎさわ》から電話があった。表向きは、星間のOBも参加するゴルフコンペが用件だったが、話すうちに、『社史編纂室から、手紙が送られてきたでしょう。どうなさいました』と言うじゃないか。『放っておいた』と答えたが、どうもほかのもんにも電話をかけて、取材に応じないよう、さりげなく言ってまわっているようだ」

会社の上層部は、脅迫状では効き目がないと判断したらしい。幸代たちが積極的に秘密を探っていると察し、さらなるプレッシャーをかけてきた。

電話を切った幸代は、本間課長に社内派閥について尋ねた。「元専務一派」とはなんなのか、いまいちわからなかったからだ。

「わたしは派閥などには属さぬ男だ」

と、課長は胸を張った。どの派閥からも、お呼びがかからなかっただけである。

みっこちゃんと矢田と相談した幸代は、その日のうちに、戦いの火蓋《ひぶた》を切って落とすことにした。

本館十三階の役員フロアは、廊下からしてちがう。絨毯《じゅうたん》はふかふかして、ゴミひとつ落ちていない。観葉植物の鉢や金縁の絵が、そこかしこに飾られている。

役員用のトイレ（このフロアには、男性用のトイレしかない）が見える廊下の隅《すみ》に、昼休み前に幸代は立った。待つことしばし、専務室のドアが開き、柳沢が姿を見せた。トイレに向かって廊下を歩いてくる。

この男に、矢田の彼女は乗り換えたのか。柳沢専務は、白髪頭をきっちり整え、仕立てのよさそうな紺の背広を着ていた。靴は磨きあげられている。これを靴というのなら、本間課長がいつも履いているのは茶色い紙袋みたいなものだ。

柳沢がトイレのドアに到達するのとほぼ同時に、幸代は背後から声をかけた。

「専務、ちょっとうかがいたいことがあります」

柳沢は、ゆっくり振り返った。

「なんだね、きみは」

「社史編纂室の川田と申します。星間商事を引退なさったかたに、先日、社史編纂に関してお願いの手紙を出したのですが、それについて、なにか苦情でもありましたでしょうか」

「そんなことは、わたしは知らんよ」

「専務のお耳には、なにも届いていない、と」

幸代は、さも安心したというように息をついてみせた。「でしたら、よかったです。専務から直々《じきじき》に、引退したみなさまにお電話があったと聞いたものですから。単なる噂だったんですね」

幸代と柳沢の視線が、鋭く交錯した。幸代は気迫負けしないように踏ん張り、笑みを作って頭を下げた。

「社史編纂室一同、これからも正確な社史を編むべく励みます」

「社史が完成したら、社史編纂室は当然、解散だ」

柳沢は穏やかに言った。「きみはどこへ行きたい？」

「会社が命じるのであれば、どこへでも参ります」

「きみの考える『正確な社史』とは、どういうものだ」

幸代は笑みを消し、柳沢の目を見た。

「小さな声を聞き逃さず、嘘偽りなく会社のあゆみを記したものです」

「よくわかった」

と柳沢は言い、トイレに入っていった。

こりゃ左遷だな。幸代はため息をつき、エレベーターに乗って下の階に戻った。社史編纂室以上の左遷場所って、どこだろう。クビか。幸代は声を出さずに笑った。

後悔はしなかった。


「さて、おさらいをしよう」

社史編纂室のホワイトボードに、矢田が「社内関係図」と書いた。幸代とみっこちゃんは椅子に座って、矢田を見上げる。本間課長は昼休みに出ていったきり、戻ってこない。どこまで原稿用紙を買いにいったのだろう。

矢田はしゃべりながら、水性ペンで着々と関係図を書きあげていく。

「元常務の熊井さんは、営業畑ひとすじのひとだ。現在の役員では、常務の小林《こばやし》と社長の稲田《いなだ》が営業出身。ただし、この二人は国内での営業経験が長いため、熊井さんが影響力を発揮できるかというと、そうでもない」

小林と稲田の名前から離して、ホワイトボードに小さく「熊井」と記される。

「うちの会社は基本的に、営業畑と総務・人事畑から、交互に社長になる傾向にある。いまの副社長の磯村《いそむら》は、企画からはじめて役員になったやつだけど、次期社長になれるかどうかは疑問だ。総務出身の柳沢専務の追いあげが激しい。柳沢は、熊井さんの言う元専務・秋山《あきやま》の直属の部下だった」

「ヤリチン先輩、どうしてそんなに社内情勢に詳しいんですかぁ」

みっこちゃんが目を潤《うる》ませた。

「元秘書をなめるなよ」

と、矢田は恰好つけて額に落ちた髪をかきあげた。「それに、これぐらい社員ならみんな知ってる。おまえらが派閥に疎《うと》すぎんだよ」

「疎いでしょうか、私たち」

みっこちゃんにささやかれ、

「そうかもね」

と幸代は肩をすくめた。「秋山さんには、たしかに例の社用原稿用紙で、協力をお願いする手紙を出しました。柳沢専務の反応からしても、社史編纂を妨害しようとしているのは、元専務の一派と考えてまちがいないと思います」

「調べてみたところ」

と、矢田がつづけた。「星花の女将がサリメニに渡ったころ、秋山は総務部の係長だった。ついでに言うと、当時の総務部長は秋山の義父だ。秋山は部長の娘と結婚することによって、順調に出世していった」

「うわあ、やな感じ」

と、幸代とみっこちゃんは声をそろえた。

「よくあることだ」

矢田は鼻で嗤《わら》う。「星間は縁故採用しないかわりに、入社後に閨閥《けいばつ》を作る傾向が強い。柳沢専務だって、奥さんは秋山の娘だ」

「二代つづけて、上司の娘と結婚。やな感じぃ」

みっこちゃんが身震いした。幸代はホワイトボードを眺める。

「サリメニ政府に食いこもうって方針は、会社全体の決定事項だったとしても、だれをサリメニに送りこむか、具体的な人選については総務が動いたんでしょうね」

「たぶんな。そりゃあ総務としては、いまさら星花の女将やその妹のことを、ほじくり返してほしくないって気持ちにもなるだろ」

「どうします？」

と、みっこちゃんが心細そうに言う。「社内で味方になってくれるひとは、いないっぽいですよ。星花の女将も、たぶん証言なんてしないでしょうし、花世《はなよ》さんは行方不明だし」

だけど、ここで引くわけにはいかない。みっこちゃんみたいに、会社の利益のために不当な目に遭う社員を、これ以上増やさないためにも。会社の繁栄の陰にあるものを、過去になにをして繁栄をつかんだのかを、ちゃんと見据えなければならない。そうしなければ、終わらない。

幸代は毅然《きぜん》として言った。

「絡んだ利害が真実を覆《おお》い隠そうとするのなら、対抗する手段は、ただひとつ。物語の合間から、真実を立ちのぼらせればいい」

たった一人で異国に送りこまれた、若い女性。利益を求めて国や企業が狂奔《きょうほん》する、その渦に投じられた彼女の胸のうちには、いったいどんな物語が宿っていたのだろう。

それを読みたい、と幸代は思った。

さびしく美しく輝く、サリメニの夜空に浮かぶ星に似た物語を。

八・

まずは熊井《くまい》の家に電話をかけ、当時サリメニで執筆した原稿が残っていないかどうかを尋ねてみた。

「ないないない」

と、熊井は言った。「俺が書いた原稿は、花世《はなよ》さんに渡しちゃったから」

「花世さんも、小説を書いたんですよね？　その原稿を見たり、もらったりってことはなかったんですか？」

幸代《さちよ》が食い下がっても、熊井はうなるばかりだ。

「たしかに、大統領宮殿で文学サロンは開かれてたよ」

「サロンというと……、オーストリア宮廷に幼いモーツァルトがやってきて、少女だったマリー・アントワネットのまえでピアノの演奏をしたみたいな」

『ベルサイユのばら』で得た知識を総動員して、幸代は「サロン」の正体に迫ろうとした。

「いやあ、生演奏されてたのは、テクミンだけども。あ、テクミンってのは、ガムランに似たサリメニの音楽でね。洗濯板みたいなもんを麺棒《めんぼう》状のもんでこすったり、ココナツの殻を二つに割ったもんを叩いたり、銅鐸《どうたく》っぽい小型の鐘を金串で打ち鳴らしたりする。単調なリズムなんだが、聴いているうちになんかこう、フワフワした気分になるんだなあ」

テクミンがいかなる音楽であるかは、どうでもいい。幸代は咳《せき》払いし、話をもとに戻した。

「文学サロンでは、どういうことが行われていたんですか?」

「そりゃもちろん、日本の商社の駐在員が集まって、それぞれの小説の講評をしあうんだよ。提出した小説を、花世さんが読みあげてさ」

「そんなやりかた、時間がかかりませんか」

「夕方にはじまって明け方まで、一晩じゅう飲んだり食べたりしながらダラダラつづくから、時間はいくらでもある。どの作品も、長くても十五枚程度のものだったしな」

南国に駐在するって、なんだか楽しそうだな、と幸代は思った。熊井はつづけた。

「最後には、花世さんが書いた小説が朗読される。これが、俺たち駐在員のうち、だれかが書いた作品のつづきになってるってわけだ。花世さんがつづきを書いてくれたら、その駐在員の『お願い』は、パロ大統領に取り次いでもらえるって寸法だ。つまり、商談は成立したも同然」

「すごいですね」

花世が主宰するサロンでの、あまりの小説至上主義に、幸代は感心するやらあきれるやらだった。「星間《ほしま》商事特製原稿用紙は、熊井さんと花世さんが使ったんですか?」

「うんにゃ。文学サロンに参加した全員だ」

と熊井は言った。「女将《おかみ》と花世さんを、相次いでパロ大統領のもとに送りこんだこともあって、サリメニにおける商戦をリードしていたのは星間だった。花世さんの依頼に応えて特製原稿用紙を作るのは、星間にとってステイタスだったんだなあ。花世さんが、星間の原稿用紙を使う。それすなわち、『サリメニの女神は星間商事とつながりの深い女だ』と、はっきりさせるってことだから」

「会社の所有欲と自己顕示欲がぷんぷん臭ってますね」

「なあに、会社だけがいい目を見たってほど、ことは単純じゃない。言葉は悪いが、花世さんは男心と会社心をくすぐるのがうまかったんだ」

熊井はちょっと笑った。「星間の顔を立てておいて、他社からも上手に金を受け取ってたよ。星間が花世さんにプレゼントした特製原稿用紙を、彼女は他社の駐在員にわけてやるんだ。わけると言っても、もちろんタダじゃない」

「いくらで?」

「一枚一万円ぐらいだろう。当時の一万っていったら、けっこうな価値がある」

「そんな馬鹿げた値段で、みんななぜ原稿用紙を買ったんです」

「星間の特製原稿用紙がなければ、サロンに参加できなかったからさ。原稿用紙を買うってことは、サロンに参加するための賄賂《わいろ》を花世さんに支払うってことだ」

「そのやりかたで、不満は出なかったんですか?」

「小説を書かなきゃならんってこと以外では、不満は聞かなかったと思う。花世さんはいつも、おもしろい作品、いい作品を読むのを喜び、それを選ぶという点で徹底していた」

なるほど。たとえば花世から、特製原稿用紙を百枚わけてもらう(その実、百万円で買い取る)。サロンが一回開かれるごとに、十枚の作品を提出するとして、駐在員には十回、自分の「お願い」が聞き入れられるチャンスがめぐってくる勘定だ。

これはたしかに、考えようによってはお得だろう。百万円の賄賂を持っていって「お願い」しても、大統領への取り次ぎを断られてしまったら、すべてが水泡に帰す。だが、百万で十回のチャンスを買うことができ、しかも小説の出来映え次第で、確実に取り次ぎが約束されるとしたら。

星間商事だけは原稿用紙を買わなくていいが、自社が送りこんだ花世のために、有形無形の便宜を図っていたはずだし、大統領に取り次がれるか否かは小説次第。条件はさほど不公平ではないから、ライバル会社も星間に文句は言わなかったはずだ。

「それは、各社がこぞって、小説を書ける人材をサリメニに送りこんだでしょうね」

平安時代の内裏《だいり》のようだ。女房が集い、和歌を詠《よ》んだり物語を作ったりして、女主人の無聊《ぶりよう》を慰める。ライバル心にあふれた、華やかでさびしい宮廷。

「俺みたいに、文才のあるものをな」

と、熊井はやや誇らしげだ。「とにかく、当時書いた傑作群は、みーんな花世さんに提出したきりだ。サリメニ革命のときに散逸したか、カナダに亡命する花世さんが持ちだしたか。原稿がどこへ行ってしまったかは、わからんね」

サロンが何回開かれたか知らないが、けっこうな量の原稿になったはずだ。小さな物語がぎっしり詰まったスーツケースを引いて、革命の混乱のなか、年老いた大統領と空港へ向かう花世の姿を想像してみる。幸代はなんだか、鼻の奥が痛くなった。取り巻きの駐在員は、革命の勃発と同時に日本へ帰っていった。燃えあがる宮殿。怒りに満ちた民衆の声。

若くして、姉のかわりにたった一人で海を渡った花世は、どんな気持ちでサリメニを去ったのだろう。日本に帰らず、大統領とともにカナダへ行くことを選んだ彼女は、いまどこでどうしているのだろう。

「どんな小説を書いたか、思い出してください」

「ええー、無理だ。もう五十年もまえの話なんだから」

「できるだけ早く。再現できたら、社史編纂《へんさん》室にファックスしてくださいね」

幸代は問答無用で受話器を下ろした。様子をうかがっていたみっこちゃんが、

「難しそうですねえ」

と眉をひそめる。「女将や花世さんの存在がなかったことにされちゃってるいま、社史にサリメニ時代の小説を載せられたら、スクープなんですけど」

週刊誌じゃないんだから、スクープを狙わなくてもいい気がするが、

「そうだね」

と幸代はうなずいておいた。

「おい、みっこ。そっちの調べは進んだのか」

資料に埋もれた矢田《やだ》に聞かれ、みっこちゃんはぎこちなく姿勢を正した。

「はいー。なぜ星間商事がサリメニに進出したのか、資料室に通ったおかげで、わかってきました」

これを見てくださーい、とみっこちゃんは要点をまとめた紙を配った。学生時代に戻ったみたいだ。幸代はレジュメを眺める。

「一九五五年ごろ、日本の商社は主に東南アジアで、激しい商戦を繰り広げていました。なぜかというと、戦後賠償がお金になったからでーす」

「戦後賠償？」

「日本が侵略した国、戦争に巻きこんだ国に対して、金銭でお詫びするってことです。韓国やインドネシア、サリメニも対象になってましたぁ」

「でも、日本政府から相手の国に、賠償金が支払われるってことでしょ？　どこに商社の絡む余地があるの？」

幸代の疑問に、みっこちゃんは「ちっちっちっ」と人差し指を振ることで答えた。

「現金がポンと支払われる形ばかりじゃなかったんですよー。たとえばサリメニの場合、日本からの賠償金によって、首都メニータに大規模なホテルが建設されたり、道路網が整備されたり、テレビ塔が建ったりしたそうです。もちろん、サリメニ側の要望があったから、という形を取ってはいますが、これらの建設などを請け負ったのは、日本の商社なんですねぇ」

「ほほーう」

資料の山の陰で、矢田が感嘆の声を上げた。「サリメニにはタダでインフラが整備され、日本政府の金、つまり税金で、日本の商社が潤《うるお》うってわけか。うまい仕組みを考えたもんだな」

「はーい。東京オリンピックからはじまる、本格的な高度経済成長を迎えられたのは、日本企業が賠償絡みの商売で資本を蓄えていたからだ、とも言われているそうですよ転んでもただでは起きない生命力だ。こういうずうずうしいまでの勢いは、いまの星間にはない。幸代は「ふうむ」と腕組みした。

「この仕組みは当然、日本政府も知ってたのよね」

「それはそうだろ」

と矢田が言い、

「こんなものを見つけましたぁ」

と、みっこちゃんが古い額に入った白黒写真を掲げる。豪華な応接室のようなところで、背広を着た壮年の男二人が、脂《あぶら》っこい満面の笑みを浮かべて握手している。

「向かって左は、星間商事の創立者。初代社長でーす」

「おお、あの、もらってうれしくない度ナンバーワンの胸像のおっさん」

「どっかで見たことあると思った」

「そして右の人物は、当時の内閣総理大臣、浜辺《はまべ》善一《ぜんいち》です。この二人は相当、仲がよかったみたいで、資料室には額に入ったこんな感じの写真が、まだまだしまわれてましたぁ」

「仲がいいっつうか」

「きな臭いですよね」

と、矢田と幸代は資料の山越しにささやきを交わす。本間《ほんま》課長の「小説」のなかで賄賂を受け取っていた老中も、たしか浜辺という名だった。これはやはり、偶然ではない。課長はヒントをちらつかせているらしい。幸代たちに、星間とサリメニの秘密を追わせるために。

「星間が日本政府の中枢にまで食いこんで、いろいろ融通をきかせてもらってたんだろう、ってことはわかった。それで、星間はサリメニでは、具体的にどんな仕事をしてたの？」

「主に携わったのは、首都メニータのホテル建設みたいですね」

みっこちゃんにうながされ、レジュメの二枚目を見る。取り引きの数字が細かく記載されている。過去の資料と首っ引きで調べあげたのだろう。しかし、この内訳は？

「項目が、カーテンとか家具とか皿とかばっかりなんだけど」

「星間には、ホテルみたいに大きなハコを建てる機材も人材もないですから。そこで、建設面では、ほかの大手商社と組んだ形跡があります。ただし、サリメニ側に企画を売りこみ、計画を主導したのは星間。つまり、熊井さんたちのチームでーす」

「あのじいさん、大きな仕事をしてたのね」

常務どころか、社長になったっておかしくない会社への貢献度だと思うが、サリメニの女神を喜ばせる小説執筆能力はあっても、社内政治を読む能力には欠けていたんだろうか。幸代は含み笑う。

「完成したホテルの備品や調度品は、星間が一手に扱いましたぁ。灰皿やリネン類から、エントランスホールの巨大な絵まで、すべてでーす。この売り上げが当時の金額で、ざっと一億円。ちなみに、ホテル建設にかかった総額は、二十一億二千万円でーす」

幸代はレジュメの隅《すみ》に目をとめた。みっこちゃんが経済白書で調べたらしい数値が書きとめてある。いわく、「大卒初任給：約一万円　はがき：五円　たばこ：だいたい四十円」だそうだ。

そんな時代に、二十一億円の仕事。そりゃあ、一枚一万円で原稿用紙を買ってでも、発注してもらいたいと念じるはずだ。サリメニを舞台に繰り広げられた激烈なる商売合戦を思い、幸代は頭がくらくらしてきた。

「サリメニ商戦に勝利したことで、いまの星間商事があるのは、よくわかった」

と、幸代は言った。「でも、いくら数値や資料を集めても、だれも証言してくれそうにないのよ。熊井さんが記憶を掘り返して原稿を再現したとしても、限界があるし、スクープとまではいかないでしょ？　どうする？」

「どうするって……」

みっこちゃんは、なにか言いたそうに幸代を見た。

「おまえが書けばいいんだよ」

山越しに顔を突きだした矢田が、きっぱり言った。

「書くって、なにをですか」

「サリメニの女神さまが書いた小説を、ですぅ」

みっこちゃんが、喉《のど》のつかえが取れたとばかりに晴れやかに告げ、

「そうそう」

と矢田がうなずく。「おまえのオタク能力を活かすのは、いまだ！　いましかない！」

「それって、捏造《ねつぞう》じゃないですか！」

驚きのあまり、幸代の声は裏返った。「社史に捏造したスクープ載せて、どうすんです！」

「嘘も場合によっては必要だぞ、川田《かわだ》くん」

と、矢田は本間課長のものまねをした。社史編纂室の旧式ファックスが、タイミングを見計らったかのように、「ぶぶぶ」と感熱紙を吐きだした。

「熊井さんから、再現小説が届きましたぁ」

みっこちゃんがうれしそうに報告する。幸代は偏頭痛に襲われ、こめかみを押さえた。

©　©　©　©　©　©

サソリの尾に光る赤い毒。あの毒がまわると、もう助からない。そう教えてくれたの

は、片目の海賊ルパンカ(注1)だ。

ルパンカのがっしりした顎《あご》は、ちくちくする髭《ひげ》にいつも覆《おお》われている。ひとつ残ったルパンカの目は夜と同じ色をして、ルパンカの唇からこぼれる言葉はヤシの葉を揺らす風みたいに静か。

そして、あたしの頭をなでるルパンカの手は、いつだって優しく力強く、あたしを安心させてくれる。

「ごらん、ウーナ(注2)。今宵《こよい》の月を。おまえの瞳のように金色に輝く満月を」

「満月なんて好きじゃない。雲のない夜空も、東からの風が吹く海も、だいきらい」

あたしはそう言って、あたしを抱えて浜辺に立つルパンカの首にしがみつく。

「だって、海が荒れず帆を膨らます風が吹いたら、ルパンカは行っちゃうでしょう? あたしを置いて、黒い旗を揚げて、水平線の向こうへ行ってしまう」

「俺は海賊だからなあ」

さざなみを寄せる夜の海を見るルパンカは、あたしのことなど、もう半ば忘れている。心は明日からの航海に奪われている。

「風が呼んだら、旅立つのが海賊だ」

だが、またこの浜に帰ってくるさ。ルパンカは笑うけど、あたしはさびしくてたまらない。ルパンカがお土産にくれる金貨も絹も桃色の貝殻も、あたしにはなんの意味もない。

ねえ、ルパンカ。そばにいて。

黄金が好きだと言うなら、あたしを見て。満月のように輝くあたしの瞳を。ルパンカが留守のあいだ、あたしはシングおばさん（注3）の家に預けられる。シングおばさんは親切だ。新鮮なココナッツジュースと焼きたてのスニ（注4）を、毎朝たっぷり食卓に準備してくれる。あたしの髪を梳《と》かし、耳もとにハイビスカスの花を差してくれる。

「あんたも不運だねえ。海賊なんぞに拾われて」

拾われたんじゃない。ルパンカはあたしを助けてくれた。空に大きなサソリが光る夜のことだ。ルパンカは燃えあがる商船に飛び移って、両親を目の前で失って泣いていたあたしを助けだした。奴隷商人に売り飛ばすこともできたのに、根城《ねじろ》にしている浜まで連れ帰って、今日まで大切に育ててくれた。

「それはあんた。器量よしの娘に育ったら、どっかのお大尽《だいじん》の妾《めかけ》にでもしちまうつもりだろうさ。用心しないとね」

シングおばさんは、海賊というだけでルパンカをきらっている。ルパンカが奪ってくる宝のおかげで、この浜辺の村は豊かになったのに。

ルパンカがセル・ド・ンシャク号（注5）に乗って海に出てしまうと、あたしの長くて退屈な日々がはじまる。夜空に散らばる星を全部数えきることができそうなぐらい、時間はゆっくりしか進まない。

今夜もまた、サソリの尾が赤く光る。耳も鼻も手も足も、たったひとつ残った黒い目も、なにも失うことなく早く帰ってきてほしい。姿を見せて。

ルパンカはいつも、あたしに大事なことを教えてくれる。サソリの毒の正体を、あたしはすでに体をめぐり、しびれさせ、動けなくするもの。知っている。

血の色をした、空と陸と海に存在するなかでもっとも危険な毒。サソリの尾には、恋という名の毒がひそむ。それに触れたものは、もう決して逃げのびることはできないのだ。

注1　ルパンカ：サリメニ語で「豹《ひょう》」の意
注2　ウーナ：「明星」の意
注3　シング：「穏やかな川」の意
注4　スニ：ナンのような食べ物。キャッサバの粉を捏《こ》ね、薄くのばして竈《かまど》で焼く。サリメニ人の主食にして好物。

注5　セル・ド・ンシャク：「黒い虹《にじ》」の意

©　©　©　©　©　©

「どうして小説を書くと、ひとは総じてロマンティストになるんですかねぇ」

と、みっこちゃんが肩を震わせる。

総じて、のなかには、私も含まれるのか。幸代は少し複雑な気分だったが、熊井がファックスしてきた「小説」については、みっこちゃんと同感だ。

サソリの尾には恋の毒。御年八十歳を越える熊井氏が、五十年まえにこういう話を大真面目に書いていたのかと思うと、横隔膜が妙な具合によじれそうになる。

「これを読んだ花世さんは、どんなつづきを書いたんでしょう」

みっこちゃんは感熱紙が黒くなりそうなほど、何度も熊井の作品を読み返している。

「さあ川田、出番だ。オタク能力MAXで行け！」

矢田がけしかける。

いやだってば。と幸代は思った。

「ぶふーっ」

と、矢田が笑った。

しかし繰り返し読むと、熊井がよく考えて書いた作品だということがわかってくる。サリメニらしき南の島。年が離れているのだろう、海賊と少女。宝をもらっても満たされない、少女のさびしい心。大海原を駆けめぐる海賊との純愛。これはまさに、異国の宮殿に一人でやってきた花世の境遇ではないか。パロ大統領とのあいだに愛はあるが、大統領は花世にばかりかまってもいられない。

花世は、特製原稿用紙を使った安定した集金システムを考えつき、海千山千の商社駐在員を掌握《しょうあく》していたぐらいだ。商才と政治力に長《た》けた女性にちがいない。にもかかわらず花世の立場は、「大統領の愛」という、もろく移ろいやすいものに支えられているだけだった。きっと、あせりや不安を感じることもあっただろう。

そんな花世の気持ちを、さりげなく象徴した小説だ。熊井もなかなかどうして、女心をくすぐるのがうまいではないか。

私だったら、熊井の小説にどんなつづきを書くだろう。頭の片隅で考えながら、幸代はその日の仕事を進めた。ライターに頼んでいた原稿が集まりつつある。どれも、取材相手の特徴をつかみ、肉声をちゃんと伝える内容になっている。校閲者を雇う余裕はないから、数字や年代が合っているかは、幸代が資料にあたって裏付けを取る。誤字脱字もチェックする。

数本の原稿についてライターとやりとりし、取材相手に最終確認してもらうところまで漕ぎつけた。再度取材したいという申し出も何件か来ていたので、星間のＯＢに連絡を取り、日時を設定する。

だいたいの目処《めど》が立つのと、五時半になるのがほぼ同時だった。よし、帰ろう。隣の席で時計ばかり見ていたみっこちゃんも、パソコンの電源を落とす。

ところが矢田が、

「帰るのか？　じゃ、俺も」

と鞄を手に取ったためか、みっこちゃんは急に、

「あー、私、もう少し残っていきますぅ」

と言いだした。

残ったって、やることないでしょ。幸代はそう思ったが、うつむきがちに座っているみっこちゃんがかわいそうで、帰ろうと無理には言えなくなった。

「そう。じゃあ、おさきに」

なにも気づいていないふりをして、できるだけさりげなく社史編纂室をあとにする。

矢田はいつもどおり、ちゃらちゃらと携帯電話をいじりながらついてきた。

会社を出たところで、思いきって言う。

「矢田さん。余計なお世話ですけど、みっこちゃんとつきあう可能性はまったくないん

ですか」

「んー？」

「社編の空気が固まってる感じなんですよ。二人が目を合わせないせいで、こう、酸素がカズノコみたいにしょっぱい固形物と化し、飲みこみにくいというか。いっそのこと、課長でもいいからいてくれたら、少しは雰囲気が緩むのになあと、うっかり思っちゃうほどというか」

「それは相当だ」

「みっこちゃん、いい子ですよ」

「知ってる」

「ほかに好きなひとがいるんですか？　まさか、私⁉」

矢田がきわめて冷たい視線を寄越す。

「そんなわけねえだろ」

「わかってますよ」

幸代はため息をつく。「専務に盗られたひとのこと、忘れられないんですね」

「そこまで未練がましくない」

と、矢田は建ち並ぶビルの窓を見上げた。「おまえはさ、好きだって言われたら、恋愛感情がなくても、とりあえずつきあってみるのか？」

幸代は少し迷ったすえに、

「そういうひとは多いと思いますよ」

と答えた。幸代自身は、わりといつでも自分の好悪の感情に正直なので、とりあえず
でつきあいだした経験はない。いい相手がいないときは、家で同人誌づくりに集中できるチャンスともいえるので、あまりあせった覚えもない。

少しあせったほうがいいのかもしれないけど。幸代は内心でつぶやく。好きだと思ってつきあったのが、洋平《ようへい》みたいにふらついた男だというのは、どうなのだ。

「みっこが真剣なのがわかるからこそ」

と矢田は言った。「とりあえずでつきあいたくない。それでもし、とうとう恋愛感情を抱けなかったら？　それなのに、休みの日にどっか出かけたり、クリスマスにプレゼント買ったり、定期的にセックスしたりしなきゃならないとしたら？　お互いに不幸だし、面倒くさいだろ」

あ、これはだめだ。と幸代は思った。「面倒くさい」は、恋愛というイベントを木《こ》っ端微塵《ぱみじん》にする魔法の剣だ。幸代にも、矢田の気持ちはよくわかる。しかし、「それを言っちゃあおしまいよ」だ。

「川田も、ひとのことより自分をなんとかしろよな。男、出てっちゃったんだろ」

じゃあな、と矢田は、地下鉄の階段を下りることなく、ビル街を歩み去っていった。

矢田は結婚するとなったら、案外うまくいくタイプかもしれない。幸代は電車に揺られながら考えた。二人の関係がイベントではなく生活になったら。

でも、燃えたぎる思いを抱えたみっこちゃんが、いますぐ生活を望むかどうかはわからなかった。

家に帰っても、洋平の姿はもちろんない。玄関を開け、電気をつけると、朝に出社したときのままの室内が白々と照らしだされる。昼間の熱気の余韻が籠《こ》もる部屋は、なんだかよそよそしい。洋平のにおいがどんどん薄らいでいく。

もう何度か体験したことなのに、今回の洋平の旅立ちは、ひとしおさびしく感じられた。

たぶん、生活になっていたからだ。洋平の存在、洋平との暮らしが。

結婚なんて言葉で、洋平に決断を迫らなければよかった。言葉などなくても、もうとっくに生活ははじまっていたのだと、いなくなってようやく実感するとはまぬけにもほどがある。

冷蔵庫にあったしなびた野菜で炒め物を作り、あたためたワカメのみそ汁とご飯で夕食にした。なんだか、妻子が出ていってしまった中年男の晩ご飯みたいだな、と思った。

一人だと、すぐに食べ終わってしまう。食器を洗い、部屋のパソコンを立ちあげた。

実咲《みさき》からメールが来ていた。

「元気？　十二月の最初の土曜に、挙式&披露宴をする予定です。また改めて招待状を送るけど、空《あ》けといてね。じゃっ」

幸代は両の目頭を揉み、携帯に手をのばした。「じゃっ」じゃないんだよ。いらだちをこらえ、コール音を数える。五回目で、「はい」と英里子《えりこ》の声がした。

「いま、いい？」

「うん。私も幸代に電話しようと思ってたところ」

英里子の背後で、子どもがなにか言っている。はいはいテレビ見てて、と追いやる気配がし、

「もしもし？」

と英里子は話をつづけた。「実咲のメールでしょ？」

「そう！　なんなの、あれは。『夏コミどうだった？』もなにもなく、結婚式のお知らせ。しかも十二月のはじめ。そのころは、冬コミあわせの原稿がまにあうかどうかの瀬戸際だっつうの！」

「夏コミと冬コミのあいだは、ただでさえ短いしねえ」

英里子は吐息した。「でも行くでしょ、結婚式」

「それはまあ、実咲の結婚式なんだから行くけども」

私はなぜ英里子に電話したんだろう。幸代は内心を点検しはじめた。友人の幸せを祝いに駆けつけるのは、幸代にしてみたら当然だ。公の場で、オタクではないふりをするのも慣れている。披露宴で新郎側の友人に話しかけられたとしても、そつなく笑顔で応対できる。

じゃあいったいどうして、実咲のメールを読んでいらいらしたんだろう。

英里子は見透かしたように、「幸代はさ」と言った。

「実咲が夏コミにも冬コミにも触れないから、心配してるんでしょう？　添田《そえだ》さんにオタク活動のことを隠して、実咲は本当に幸せになれるんだろうか、って」

「心配なんてしてないよ。怒ってるんだと思う」

「おんなじよ。心配すると、腹が立ってくるもの」

そうかもしれない。英里子の鋭さに感心した。

「冬コミの原稿は、早めに進めるようにしとくか」

幸代が提案すると、英里子は「うん」と言った。

「ねえ、幸代。たぶん実咲は大丈夫だよ。全部を正直に打ち明けなくても、どうせ生活してるうちに、オタク臭は漏れちゃうものだもん。小出しにして、だんなさんをちょっとずつ慣らしていく戦法を採ったんだ、と思えばいいんじゃない」

「小出し作戦が裏目に出て、離婚することになっちゃったら？」

「その程度で離婚するような夫婦は、もとから相性が悪い」

英里子は百発百中の託宣《たくせん》のように、力強く断言した。

通話を終え、部屋の真ん中に大の字で寝そべる。表では虫が鳴きはじめていたが、網戸にした窓からは少しも風が入ってこない。淀んだような残暑の空気が、とぐろを巻いているばかりだ。

幸代は南極のペンギンに内心で謝罪しつつ、リモコンでエアコンを作動させた。ずるずると這って、窓ガラスを閉める。

狭い部屋はすぐに涼しくなる。勢いをつけて起きあがり、実咲にメールの返事を出した。

「おめでとう！　楽しみにしてるね」

それから、冬コミ用の新刊の内容について考えた。パソコンに向かって、数行打ってみる。

書くという行為があってよかった、と思った。むなしさやるせなさを、いっとき忘れられる。

花世もきっと、こういう気持ちだったのだろう。

九・

翌日、幸代《さちよ》が出社すると、みっこちゃんが社史編纂《へんさん》室前の廊下でうろうろしていた。

「おはよう。どうしたの、なんで入らないの？」

「あっ、先輩先輩。ちょっと見てください」

みっこちゃんは声をひそめて、幸代を手招きする。なんだなんだ？　みっこちゃんが開けた社編のドアの隙間から、室内をそっと覗いた。

本間《ほんま》課長が、もう来ている。自分の机でスポーツ新聞を広げながらしゃべっている。

「いやあ、しかし部長。急におっしゃられても、困りますなあ。……ええ、ええ、わかりますよ。でもなあ、まいったですね、これは」

電話をしているみたいに、言葉に微妙な間が空《あ》く。だが課長は受話器を持っていない。会話の相手の姿は室内には見あたらないし、声も聞こえない。

「なんなの、あれ」

と幸代は、背後にぴったりくっついたみっこちゃんを見た。みっこちゃんは怯《おび》えている。

「部長と話してるみたいなんですよー。でも、どこにもいないじゃないですか。まさか幽霊部長って、本当に本間課長にだけ見える部長なんじゃ」

「そんな、ばかな」

幸代は社編のドアを大きく開けた。「おはようございます」

「おお、いいタイミングだぞ、川田《かわだ》くん」

課長は新聞を畳み、椅子から立った。「紹介しよう。こちらが、我らが社史編纂室の平山《ひらやま》部長だ」

どちらだ。課長は掌《てのひら》で自分の隣を指しているが、そこにはあいかわらずだれもいない。みっこちゃんが小声で「ひー」と言う。幸代もさすがに（課長の脳の具合が）心配になり、鞄を意味もなく左手から右手に持ち替えた。

「ええと、川田幸代です」

課長の隣の空間に向かって、とりあえず挨拶してみる。すると、机の陰でがさがさと音がし、日に焼けたハゲ頭がひょこりとのぞいた。どうやら幽霊部長、もとい、平山部長は、床にしゃがみこんでいただけだったらしい。

幽霊部長は直立しても、本間課長よりさらに背が小さかった。六十歳ぐらいだろうか。目もとに皺《しわ》を寄せてにこにこし、口を動かす。なにか言っているようだが、聞こえない。

「はい？」

幸代は幽霊部長に一歩近づいた。みっこちゃんはまだ警戒を解かない。「ひー、やめたほうがいいですよ先輩」とささやく。

「サッカーの応援に熱を入れるあまり、声が嗄《か》れてしまったそうだ」と本間課長が言った。「部長は今朝がた、赴任先のサンパウロから戻られたところなんだよ」

「はあ」

「部長」

と、課長は幽霊部長に向き直る。「川田くんのうしろにいるのが、みっこくんです。あともう一人、チンペイってのがいるんですが、あいつ今日も遅刻だな」

その部下の紹介のしかたでいいのか。あと、いつも大幅に遅刻しているのはあんただろ。幸代はいろいろつっこみたかったが、我慢しておいた。それよりも、最前、課長がしきりに「困った」と言っていたのが気になる。

「あの、部長が急に帰国し、社編に顔を出された理由は?」

「そうそう!一大事なんだよ、川田くん!」

ちょうど矢田《やだ》も出社してきたので、社史編纂室の全員で幽霊部長を取り囲んだ。はないちもんめの輪が、一番狭まったときぐらいの距離だった(そうしないと、幽霊部長の声は聞き取れなかった)。

「実はね」

と部長は小さな声で言った。「柳沢《やなぎさわ》専務から連絡が入ったんですよ。このままでは、社史の製作費は出せない、と」

「なんですって！」

「どうしていまさら」

「ひどいですよぅ」

おしくらまんじゅうぐらいに輪が狭まる。

「きみたち、サリメニについて調べているそうですね」

部長は穏やかに言った。「たぶん、専務はそれが気にくわないんでしょう」

「ななな、なんで、部長がサリメニのことを知ってるんですか！」

騒然とする幸代たちをまえに、幽霊部長と本間課長は落ち着いた態度だった。

「本間くんとわたしで社史編纂室を立ちあげたときから、星間《ほしま》のサリメニ時代について調べるというのが目的のひとつだったんです。ねえ、本間くん」

「そのとおりです、部長。しかし星間では、サリメニの話題に触れにくいムードができあがっていた」

本間課長は眼鏡を取り、目頭を拭った。「社史編纂作業は遅々として進まず、会社創立六十周年にまにあわなかった。そこでわたしは傑作自伝小説を使って、きみたちを巧妙にサリメニの秘密へと導くことにした。その間《かん》、平山部長はサンパウロで雌伏《しふく》しておられたのだ！」

要は責任を取らされて左遷されていたってことじゃないか。課長にいいように操られていたのかと思うと業腹《ごうはら》だが、幸代は気を取り直して言った。

「サリメニにまつわる出来事は、星間商事の歴史の一部です。それも、かなり重要な」

「はい」

と幽霊部長はうなずく。「わたしもそう思います。だがどうにも、上層部の姿勢は強硬です。サリメニ絡みの過去には極力触れずに社史を完成させるか、社史編纂室を即時解散するか、どちらがいいか、と迫ってきています」

幸代はみっこちゃんと矢田と顔を見合わせた。憤《いきどお》りがこみあげた。綺麗事だけで事業を拡大した会社などない。だが、だからこそ、隠蔽するのでも開き直るのでもなく、社史という形で事実をきっちり記録する必要があるはずだ。

「わかりました」

幸代は闘志に燃えて言った。「専務に伝えてください。『サリメニには触れません。ちゃんとした社史を作ります』と」

「おい！」

と矢田が声を上げ、

「そんなぁ」

とみっこちゃんが泣きそうになった。

「大丈夫。諦めたわけじゃないですから」

幸代は堂々と言い放った。「私たちには、同人誌があります！　本の形にすれば、ひとからひとへと渡って生き延びて、一冊ぐらいは後世まで伝わるかもしれない。幸い、冬コミにも申し込んでるし、サリメニに関するあれこれは、同人誌で発表しましょう！　冬コミで売れ残ったぶんは、社史が完成した暁に、勝手に付録にして社員や取引先に配布しちゃえばいいんです」

「おおー」

みっこちゃんと矢田が称賛の拍手をくれた。本間課長は、

「わたしの自伝も載るスペースある？　だったら、その案でいいよ」

とうなずいた。

「なーにも聞かなかった。わたしはなーんにも知りません」

幽霊部長はにこにこしたまま小声で歌い、専務と面会すべく、軽い足取りで社史編纂室を出ていった。

「で、あのおじさん、だれだ」

と、矢田が怪訝《けげん》そうに言った。

幸代は午前中、サリメニの女神になりきってパソコンに向かった。地球の影に隠されても、月は必ずまた姿を見せる。夜になれば星は、「ここにいる」と輝きだす。都合よく過去を葬ろうとする専務一派の言いなりにはならない。これまで数々の同人誌を発行してきたオタクをなめるな。気分はもう、戦時中にガリ版でアジビラを刷った地下活動家だった。

© © © © ©

セル・ド・ンシャク号に積まれたワイン樽から、ウーナは飛びだした。

「さあ、ルパンカ。これでもまだ、シングおばさんと待ってろ、って言う?」

「ウーナ、いったいどうして」

ルパンカはラムの瓶を取り落とし、乗組員はにやにや笑った。どちらを向いても水平線。雲がさまよう大海原だ。

「サソリの毒がまわったのよ。ルパンカじゃないと吸いだせないの」

言うやいなや、ウーナはルパンカの首に両腕を絡めてキスをした。掌帆長《しょうはんちょう》は口笛を吹き鳴らし、航海士はペットの猿の目をあわててふさぐ。

「せっかく吸いだしてもらっても、すぐに次の毒が注ぎこまれちゃうんだけど」

「驚いたな」

ルパンカはつぶやいた。「驚いたよ、ウーナ」

「つれていってくれるでしょう？」

「海は危険だ。嵐に遭うし、敵船が襲い来る」

「でも、ルパンカがいる。それだけでいいの。あたしをつれていって。置いていくなら、死んでやる……！」

海賊旗がメインマストで翻《ひるがえ》る。ルパンカに抱きしめられ、ウーナはささやいた。

「大好きよ、ルパンカ。はじめて会ったときから、ずっと」

風は今日も優しく帆を膨らます。昼は影を頼りに、夜は星の導くままに、波の音を歌にかえて進もう。

だれも待たない。どこにも帰らない。いつまでも、どこまでも、二人は一緒に行くのだから。

この星に海があるかぎり、黒い虹《にじ》よ、はてしなく走れ。

©　©　©　©　©　©

幽霊部長の取りなしのおかげで、社史編纂室は解散の憂《う》き目《め》を免《まぬが》れた。表面上はおとなしく、会社の意向どおりの社史を作るべく励む日々だ。

しかしその実、「裏社史」編纂のための打ち合わせが、社編内部では連日行われていた。

「ページ数を検討してみたんですが」

幸代はホワイトボードのまえに立ち、幽霊部長、本間課長、みっこちゃんに対して説明した。矢田は本日、裏社史編集会議を欠席するもようだ。どうせ社内で油を売っているのだろう。

「一、サリメニでの星間商事の活動。

二、サリメニの女神と特製原稿用紙。

三、サリメニのサロンで書かれた、当時の小説作品。これは、実際には熊井《くまい》さんと私が偽造するんですけど。

四、まとめ。

以上をすべて収めるとなると、最低でも五十二ページは必要だと思われます」

「はいはいはい！」と本間課長が挙手した。「わたしの自伝も、ページ数に含めてくれているのかい？」

「ダイジェスト版でよろしいなら、含めるようにします」

「えー。わたしの人生は、要約しては語れないんだけどなあ」

課長は不満そうだ。幸代は頭痛をこらえた。

「いいですか、課長。裏社史の印刷は、会社の予算外なんですよ。無駄なものにページを費やす余裕はないんです」

「無駄って、ずばりと言いすぎですよねぇ」

「そうだねえ」

みっこちゃんと幽霊部長が、ささやきを交わす。幽霊部長は幽霊ではなく、実体を持った男性であると、みっこちゃんはようやく納得したようだ。最近では、仲良くおやつを食べたりしている。

「ちなみに課長」

と、幸代は厳しい声で言った。「裏社史を何部ぐらい刷るおつもりですか」

「そうだなあ。冬コミでも売るし、星間の子会社と取引先には必ず一冊ずつ行き渡るようにしたいし、本社の社員で入手を希望するものには全員あげたいし。二千部ぐらいかな」

「そうなると」

ほうぼうの同人誌印刷会社から取り寄せた価格表を比較し、幸代は素早く計算した。

「一番ちゃっちい表紙にしたとしても、三十万円ほどかかります」

「三十万！」

みっこちゃんと本間課長と幽霊部長は、声を裏返らせた。

「高いですぅ。いっそのこと、一部五百円で売るのはどうですか？　そしたら、七十万の収益になりますよー」

「馬鹿言うな、みっこくん。いったいだれが、裏社史なんて地味な内容に五百円も払うんだ。わたしなら、五百円あったら馬券買うぞ」

「えー。じゃあ、どうやって印刷代金を捻出するんですかぁ」

「そこはほら、社史編纂室の責任者である平山部長が、ポケットマネーでだな」

「困りましたね」

と、幽霊部長はこめかみの汗をハンカチで拭いた。「うちの息子は、まだ大学生なんですよ。子どもができたのが遅かったのでね。学費もいるし、住宅ローンも残っているし、サッカーくじも買わなきゃならないし」

「サッカーくじは買わなくていいでしょー」

みっこちゃんが抗議する。

なんだか話題がどんどん逸《そ》れていきそうなので、幸代は咳《せき》払いした。

「裏社史を発行したいんですか、したくないんですか。どっちです」

「したいです」

と、居合わせた面々は力なく答えた。「じゃあ、ボーナスから一人三万円ずつ供出しましょう」

「そんなぁ」

みっこちゃんが哀れっぽく身をよじった。「レベッカテイラーのコートが買えなくなっちゃいますー」

「妻になんと説明すればいいのか」

部長もいよいよ汗を滴《したた》らせる。「それにですよ。社編のメンバーが三万ずつ出しても、十五万円にしかなりません。残りはどうするつもりです」

「簡単ですよ。寄付を募ればいいんです」

「いったい、だれに話を持ちかけるんだい」

課長は不安そうだ。

「もちろん、サリメニの女神さまに」

幸代は腹黒い笑みを浮かべた。悪代官になった気分だった。

社史編纂室のドアが開き、

「おーい、ニュースニュース」

と矢田が駆けこんできた。「いま、秘書室で聞きこみしてきたんだけど、社史を配布する日が決まったみたいだぞ」

「いつですか」

「来年の一月十一日。星間商事の創立記念日だ」

「さあ、いよいよ時間がありません」

幸代はホワイトボードに、「がんばれ社編！　十二月三十日(日)に冬コミデビュー！決戦は一月十一日(金)！」と大書した。

「表社史も裏社史も、きりきり進行してさっさと入稿しなくては！」

表社史は部数も多いし、なんといっても会社の公式な歴史書になるものだ。

幸代たちは何度も原稿をチェックし、レイアウトをデザイナーと詰め、使う写真を選定した。面倒くさいのは、総務・人事一派の親玉である柳沢専務に、いちいち決裁を仰がなければならない点だ。原稿の内容から表紙の紙に至るまで、どんな細かいことであってもだ。

社史編纂室は、柳沢専務に主導権を譲るのと引き替えに、社史発行にかかる予算を認めてもらったのだった。

「屈辱だわ」

神経をすり減らす作業に全精力を傾注しつつ、幸代は歯ぎしりした。一年間、星間商事の歴史を入念に調べてきたのに、最後の最後で柳沢専務の言いなりになるしかないとは。しかも、社史を完成させた手柄も、このままでは専務のものになってしまいそうだ。

「そのぶん、裏社史でぎゃふんと言わせてやる」

「まあまあ、手柄はどうでもいいじゃないですかー」

みっこちゃんは、幸代の呪詛《じゅそ》を軽くいなした。「それよりも、不思議なことがあるんですけど」

「あ、私も不思議だった。どうして柳沢専務が、ここまで必死になってサリメニ時代のことを封印しようとするのか、ってことでしょ？」

「いえ、そうじゃなくてぇ」

みっこちゃんは、星間商事特製原稿用紙の束を振ってみせた。幸代はキャスター付きの椅子をすべらせ、みっこちゃんの手もとを覗きこむ。みっこちゃんは猛然と、課長の手書き原稿をタイプしているところだった。

「課長はどうして、サリメニと星間の関係を知ってたんでしょう。やけにこだわってるみたいだし、本間課長って、いったいなにものなのかなー、と」

「課長、どうなんですか」

幸代は立って、課長の机を見た。なぜかそこには、幽霊部長がちんまり座っていた。

「本間くんなら、さっき散歩に出たきりですが、どうかしましたか」

仕事に熱中するあまり、課長の脱走に気づかなかった。就業時間内にもかかわらず、どうして部長は課長の散歩を許可するんだろう。だいたい、ひとつの机を部長と課長が一緒に使っているのも変だ。資料置き場と化した五個目の机を整頓し、本間課長をそちらへ移動させるべきではないのか。

いろいろ言葉があふれそうになったが、社史編纂室で言っても詮《せん》ないことだ。幸代はため息をつき、

「なんでもないです」

と椅子に腰を下ろした。

ソファで午後の惰眠を貪っていた矢田が、「もしかして」と身を起こした。

「あの噂、ほんとなんですか、部長」

幽霊部長は、黙ってにこにこするだけだ。かわりに幸代とみっこちゃんが、

「あの噂って？」

と首をかしげた。

「本間課長はコネ入社だ、って噂だよ。だから無能」

と言いかけて矢田は、「げほげほ」とわざとらしい咳で誤魔化した。「でもいったいどんなコネなのか、だれも知らないんだよな」

星間商事は、縁故採用が極端に少ない。「コネは入社後に自力で作れ」が、裸一貫からのしあがった初代社長の遺訓なのだそうだ。人脈や血脈がものを言う局面もあるから、商社としてはやや不利な方針だと幸代は思う。総務部の例を挙げるまでもなく、入社後

の閨閥《けいばつ》形成が過剰になりがちでもある。だが、実力重視の人材確保のおかげで、星間は今日まで生き延びられたとも言えた。

「本間くんは」

あいかわらずにこにこしたまま、幽霊部長が口を開いた。「サリメニの女神の甥っ子ですよ」

「えー！」

幸代とみっこちゃんは、驚きのあまり叫んだ。その事実をこれまで全然知らなかったからでもあるし、「女神の甥」という表現と本間課長とが、あまりにもかけ離れていたからでもある。

「やっぱり」

とつぶやいたのは矢田だ。「それで納得がいく。本間課長の思わせぶりな自伝も、あんなに無能なのになんで入社でき……、げほげほ」

「星花《せいか》の女将《おかみ》と花世《はなよ》さんには、年の離れた兄がいましてね」

幽霊部長は穏やかに語る。「本間くんは、そのお兄さんの息子なんだそうです。あんまり出来が悪いものだから、心配した女将が熊井さんに、星間にねじこんでくれるよう頼んだらしいですよ」

「なんで部長が、そんなことをご存じなんですか」

「ん？　本間くんが話してくれたから」

「ということは」

幸代は鈍く痛みだした額を揉んだ。「課長は最初っから、サリメニと深くつながってたんですね」

「そうです」

幽霊部長は目を伏せた。「社史編纂室を作ろうと、わたしに声をかけてきたのは本間くんです。本間くんの目標は、星間商事の過去を正確に後世に残すことでした。二人の女性が、商戦に無理やり巻きこまれたことを」

「それならそうと、なんで教えてくれなかったんですかぁ」

みっこちゃんが頰を膨らませる。もっともだ、と幸代もうなずく。

「高々と目標を掲げるなんて、野暮でしょう」

幽霊部長は照れている。どうやら奥ゆかしいひとのようだ。

「わたしは五年ほど、サリメニ支店に配属されていたんです。のんびりしたひとが多くて、ご飯もおいしくて、とてもいいところだった。星間の社史にサリメニの記述がないのは、納得がいきません。たとえ会社にとって都合が悪いことであっても、記さなければ」

「女将や花世さんと、サリメニで会ったんですか？」

みっこちゃんの問いに、「いえいえ」と幽霊部長は答えた。

「わたしがサリメニに赴任したときには、パロ大統領はとっくに追放されていましたよ。花世さんとは面識がないし、星花の女将と会ったのも、社編ができてからのことです」

「幽霊部長をいくつだと思ってんだよ」

矢田がみっこちゃんをたしなめた。幽霊部長の述懐はつづく。

「社編設立当初、サリメニについて調べていたら、柳沢専務ににらまれましてね。社史編纂事業は頓挫《とんざ》。本間くんが一人で踏ん張ってくれましたが、態勢を立て直すのに、いままで時間がかかってしまいました」

「裏社史なんて作ったら、部長の（ただでさえ冴えない）経歴に傷がつくと思いますけど、いいんですか」

幸代は心配になって聞いてみた。

「どうせすぐに定年ですし、最後ぐらい思うままに仕事をするのもいいでしょう」

幽霊部長はなんでもないことのように笑った。「本間くんと手を組んだときから、覚悟はできています」

幸代は矢田と視線で会話した。「定年まで間のある私たちの立場は、どうなるんでしょう」「幽霊部長と本間課長というお手本がいるじゃないか。彼らみたいになるんだよ」「えー、いやです！」「俺だっていやだよ。でも、諦めろ」。幸代と矢田は、悲愴な気分で首を振りあう。

「本間くんは優秀な人材が配属されるまで、じっと待っていたんです。見て見ぬふりをせず、上層部の圧力に負けない、強い意志を持った若い部下が社史編纂室に集《つど》うのを」

幽霊部長は感極まったように、幸代たちを順繰りに見た。「そう、きみたちのことです！」

「いえ、課長に優秀と認められたところで……」

幸代は言葉を濁した。

「自分は無能なくせに、部下に優秀さを求めるってどういうことだよ」

矢田が小声で毒づいた。みっこちゃんだけは無邪気に、

「わーい、褒められちゃいましたねぇ」

と喜んでいる。

のんきな鼻歌が廊下から聞こえ、どんどん近づいてきた。ドアが開き、夕刊紙を手にした本間課長が入ってくる。室内の面々は、いっせいに課長に注目した。

「あれ？　なにかあったのかい。表情が硬いよー。ほら、笑顔笑顔！」

だめだこりゃ。課長のまぬけ面を見て、幸代は文句を言うのをやめにした。社史編纂室に配属されてから、むなしさを極力やりすごす癖がついている。

「本間くん、もう帰ってきちゃったのか」

幽霊部長は机を奪われ、課長と入れ替わりに戸口へ向かった。「しょうがない。座る場所がないから、社食でお茶でもしてきます」

諦めてパソコンに向かう幸代の背後を通りすぎざま、幽霊部長はささやいた。

「なぜ、柳沢専務がサリメニ時代を封印しようとするのか、というきみの疑問ですがね。星花の女将に聞いてみるといいでしょう」

ボーナスが冬コミ新刊と裏社史の印刷代に消える運命なので、うかつにお金は使えない。

「星花」を訪れた幸代は、女将にその旨を正直に告げ、勝手口での立ち話を了承してもらった。

「あらま、サラリーマンは大変ねえ」

女将はさすがの「女神発言」で、給与所得者の悲哀を笑い飛ばした。幸代は、「いつ、寄付の話を切りだしてやろうか」と、内心で昏《くら》い炎を燃やす。

女将は優雅な仕草で頰に手を当て、しばし記憶を探っていたが、

「柳沢さんてかたのことは、存じあげないわ」

と言った。

「では、元専務の秋山《あきやま》はどうですか。柳沢専務は、秋山の娘婿なんだそうです」

「秋山さん。あのかたのことなら、よく知ってます」

女将はうなずいた。「それでわかった。総務系の派閥が、サリメニ時代のことを表に出したがらない理由はね」

女将が声をひそめたので、幸代も固唾《かたず》を飲んで身を乗りだす。皺の少ない女将の顔が、至近距離にある。赤い口紅を塗った唇が、サリメニの三日月みたいに笑みを象《かたど》る。

「横流ししてたのよ」

「なにをですか」

「原稿用紙。当時から疑惑はありました。妹からの手紙にも、『どうもおかしい』って書いてあったし」

「えーと、つまり」

幸代は脳みそを回転させた。「星間商事の特製原稿用紙を、総務部がライバル会社にこっそり売ってたってことですか?」

「そう。原稿用紙を発注するのは、総務部でしょ? 花世がサリメニで、一枚一万円で売ってた原稿用紙ですもの。たとえ半値であっても、それを横流ししたら、いい小遣い稼ぎになったでしょうね。たぶん秋山さんは、けっこう私腹を肥やしたと思いますよ」

だから秋山—柳沢ラインの総務派閥は、サリメニのことをつつかれるのをいやがっていたのか。

「花世さんは、横流し防止策を講じなかったんですか」

「しなかったようね。特製原稿用紙は、花世の生命線でもあったから。『星間の社員に、適度におこぼれをわけ与えることも必要だ』と思っていたんじゃないかしら」

激しい駆け引きの実態に、幸代は感心もしたし、怖くもなった。もし、当時のサリメニに送りこまれたとしても、とても花世のように、うまく荒波を越えることはできなかっただろう。

「でも、すべては推測ですからねえ」

女将はやるせなさそうに息を吐いた。「なんの証拠も残っていないから、その柳沢専務とやらを失脚させることはできないでしょう」

「失脚なんて」

幸代は急いで首を振った。そんなことは、もとから狙っていない。社内政治の渦中に身を投じるつもりはさらさらないし、不正を暴《あば》いて自分のちっぽけな正義感を満足させるつもりもない。

「ただ、事実を知りたかったし、社史に残して伝えたかっただけなんです」

「変わってるのね」

女将は微笑んだ。哀れんでいるようにも、うらやんでいるようにも受け取れる眼差しだった。

「あなたも、まえに一緒に店に来た同僚の子たちも。なんの得にもならないのに、熱心に調べたりして」

損得を度外視して熱中しちゃうのが、オタクの特徴ですから。幸代は声には出さずに、そう答えた。実際に言葉にしたのは、まったくべつのことだ。

「さっきも申しあげましたが、調べた成果を、なんとか形に残そうと思ってるんです。ただ、印刷代が二十万ほど不足していて」

ちょっと多めに申告しておいた。

女将は顔色ひとつ変えず、「いいですよ」とうなずいた。女将が手を叩くと、勝手口からすぐに店員が出てきた。いつも店にいる、若い男だ。男は女将に、持っていた茶封筒を渡した。

「さあ、どうぞ。領収書はいりません」

明らかに二十万が入っていると思《おぼ》しき封筒を、女将は幸代に差しだした。「かわりに、できあがったものを何冊かくださいな。店に置いておきたいから」

うーん、さすがだ。優美かつ生臭いという、難しい技を平然と繰りだして、お札で鼻でもかみそうな余裕を見せつけてくる。

若い男は女将の背後に控え、うさんくさそうに幸代を観察していた。いついかなるときも聞き耳を立て、主人を守る忠実な番犬といったところだろう。

幸代は女将に礼を言い、店から退散した。二十万という現金を持ち運んだことがなかったので、封筒の入った鞄を腹に抱えるようにして青山通りを歩いた。我ながらせせこましいなと思った。

マンションの部屋に帰り、どこにお金を隠すか考える。

銀行に預けるのが一番安心だが、口座に余計な金があると、クレジットカードでの個人的な買い物に流用したくなっていけない。これは裏社史のための大切な資金だ。生活費やら遊興費やらとごちゃまぜにならないよう、封筒ごとどこかに隔離しておいたほうがいい。

幸代はひとしきり、簞笥《たんす》の引き出しを開けたり、辞書の箱を本棚から取りだしたりした。いやいや、あまり凝りすぎるのもよくない。隠し場所を忘れてしまっては一大事だ。悩んだすえに、冷蔵庫の「チルド引き出し」にしまうことにした。

これでよし。

肩の荷が下りたところで、読みそこねていた朝刊を広げる。その拍子に、ハガキが一枚、畳に落ちた。

青い海の写真が印刷されている。とたんに、幸代の心臓は強く鼓動しはじめた。震える手でハガキを拾い、裏返す。

極彩色の鳥の切手が貼ってある。消印はかすれて判読できなかったが、幸代の住所氏名とともに、「Air Mail」と見慣れた文字でしたためてある。

洋平《ようへい》からのハガキだ。いったい、なにを書いて寄越したんだろう。

緊張で霞《かす》む目で、幸代はハガキを読んだ。文章は簡潔だった。

「タコの切れた糸になりたいと思います」

「意味がわからん！」

幸代は思わずハガキにつっこみを入れた。独り言にしては、ずいぶん大きな声を出してしまった。隣の部屋のひとに不審がられなかっただろうか。

息をひそめて気配を探ってから、落ち着いてもう一度ハガキを眺めた。やはり、「タコの切れた糸になりたいと思います」としか書かれていない。

「なにそれ」

逆さから読んだり、蛍光灯にかざしてみたりした。しまいには、ガスコンロでハガキを炙《あぶ》りそうになった。かろうじて思いとどまり、幸代は布団に入った。ハガキを枕元に置き、深くため息をつく。

リモコンで部屋の電気を消そうとして、壁にかかったカレンダーが目に入った。洋平が旅立ってから、すでに二カ月以上が経っている。

いまどこにいるんだろう。理解不能のハガキを書いてる暇があるなら、早く帰ってくればいいのに。

お金の隠し場所を考えているときは、洋平のことを忘れていられたのにな。幸代はそう思った。金儲《もう》けで頭をいっぱいにするひとの気持ちが、少しわかった気がした。

お金は、手っ取り早く忘れさせてくれるからだ。考えたくないこと、直面したくないことを。


十．

© ☆ © ☆ © ☆

「海賊め、野宮《のみや》さんを返せ！」

松永《まつなが》の叫びもむなしく、ルパンカの乗ったセル・ド・ンシャク号は波止場を離れていく。ルパンカに当て身を食らわされた野宮は、甲板で気を失っているようだ。

「ははは、一介のコピー機営業マンが、この大海賊ルパンカと対等に渡りあおうなど、片腹痛い」

ルパンカの高笑いが、波音に紛れて松永の耳に届いた。「取り引きしたくば、『ウーナの瞳』と呼ばれる南洋の黒真珠を持ってこい。それまで、おまえの大切な野宮は預かっておくぞ。はははは」

「くそぅ、卑怯だぞ海賊ルパンカ！」

歯ぎしりした松永は、手漕ぎボートに飛び乗った。「どうか無事で、野宮さん！　必ず追いつき、助けてみせます！」

©　☆　©　☆　©　☆

冬コミあわせの新刊の原稿と、裏社史の原稿を同時進行で書かねばならず、幸代《さちよ》の脳みそは混乱気味だった。

「大丈夫ですか、先輩。先輩！」

みっこちゃんに揺り起こされ、

「やだ、私ったら、なに書いてんのかしら」

と正気を取り戻すこともしばしばだ。松永とルパンカも、原稿上でいきなり対面することになって困惑気味である。

「しかしどうにも、眠くてたまらないのよね」

家でも会社でも原稿を書きつづけているものだから、肩は凝るし目は充血するしで、さんざんだ。

「明日は土曜日ですよ、先輩」

みっこちゃんが心配そうに、ポッキーを勧めてくれた。「おうちでゆっくり休んでください」

「そうだね。一日ぐらい休んでもいいか」

幸代はポッキーをかじった。その瞬間、糖分が脳に稲妻を走らせた。

「土曜日⁉ 十二月最初の土曜日⁉」

あまりの剣幕《けんまく》に、みっこちゃんが椅子ごとのけぞった。

「そうですよ、十二月一日、土曜日ですぅ」

「しまったー!」

幸代は両手で頭を抱え、机につっぷした。

「うるせえ。リアクションがいちいちおおげさなんだよ、川田《かわだ》は」

矢田《やだ》が資料越しに、消しゴムを投げてくる。だが幸代は、それに反応することもできなかった。

明日は実咲《みさき》の結婚式じゃない! すっかり忘れてた。どうしよう、徹夜つづきで肌は荒れ放題だし、美容院にも行ってないし、着ていく服も買ってない。さらに恐ろしいことに、

「ご祝儀が、ない」

幸代はつっぷしたまま、低くつぶやく。

祝儀代を計算に入れず、漫画を買ったり外食したりしてしまった。親しい友人へのお祝いって、いくら包むべき？　三十歳に近い社会人としては、一万円じゃまずいよね。でも三万も包んだら、今月はパンの耳を食べて暮らさなきゃならなくなる。二万か？「二」って数字は、二度あっちゃ困る結婚式ではタブーなのか？　待って、英里子《えりこ》はいくらにするんだろう。メールしてみよう。

幸代は机の下で携帯電話を操った。待つほどもなく、英里子から返信が来た。

「三万円がいいかなと思ってるけど、幸代は？」

「私もそう思う」

幸代は涙目になってメールを打つ。パンの耳決定か。

いや、諦めるのはまだ早い。幸代は勢いよく体を起こした。そうだ、冷蔵庫に二十万円があった。あそこから三万円を拝借すればいい。女将《おかみ》に多めに言っておいてよかった。もちろん、あとでちゃんと返す。女将はたぶん、お釣りが出ても受け取らないだろうから、印刷代を払った残りは、社史編纂《へんさん》室の打ち上げ費用にでもまわそうではないか。

「借りるだけ、借りるだけ」

帰宅した幸代は、念仏のように唱えながら、冷蔵庫から封筒を出した。冷えたお札を三枚抜き取り、祝儀袋に収める。

いまや公私にまたがるオタク活動のせいで、ひとの道を踏みはずしそうだ。こんなときに洋平《ようへい》がいてくれたら、と幸代は思った。洋平はぎりぎりのお金しか持っていないけれど、断固としてそれでよしとする清廉《せいれん》さがある。もしも、いまの幸代の行為を目撃したら、「ばか！」と手をはたいて、お札を封筒に戻させただろう。

「良心のたががゆるんでいます」

またも独り言をつぶやき、幸代は鼻をすすった。しかたがない。私の良心。私のなかの愛であり善であり美である洋平は、いつ帰ってくるとも知れないのだから。

「おっ、これはけっこう、いいフレーズかもしれない」

祝儀問題をひとまず乗り切った幸代は、パソコンの電源を入れた。松永と野宮の物語を、猛然と書きはじめる。

☆　☆　☆　☆　☆　☆

「きみがあんなにあくどくなるなんて、予想外だったな」

野宮は最前までの松永の態度を思い出し、静かに笑った。営業攻勢を仕掛けるライバル社に対し、松永は一歩も引かなかったばかりか、逆に相手の弱みを鋭く突くことまでしてみせた。このぶんだと、野宮の出向先である子会社でも、イコーとコピー機のリース契約をすることになりそうだ。ふだんの温厚な松永とのギャップに、プレゼンテーションに途中から参加した野宮は驚いたのだった。

「だって、しかたがないですよ」

松永はいつもどおり、忠実な大型犬のように、野宮のあとをついてくる。「野宮さんが二週間も出張だったせいで、ずっと会えてなかったんですから」

「わたしの出張と、きみの攻撃的な仕事ぶりと、いったいどんな関係があるって言うんだい」

「野宮さんは、俺の良心なんです」

そばにいられることが、うれしくてたまらない。そう言いたげに、松永は目を細めた。

「あなたは俺の愛そのもの。あなたがいなくなったら、俺はきっと獣同然の、残酷で哀れな生き物になってしまうと思います」

「そんなきみを見たくはないな」

「じゃあ」

松永は微笑んだ。「俺から離れないでいてください。できるだけ、ずっと」

☆　☆　☆　☆　☆　☆

「ちょっと幸代、どうしたの？」

英里子に会うなり、幸代は物陰に引っ張りこまれた。「壮絶な顔してるよ」

「そんなにひどい？」

「控えめに言っても、クマがパンダみたい」

熊がパンダ？　一瞬、言葉の意味がわからなかった。脳がまったくまわっていない。

「昨日、寝ずに原稿を書いてたから」

英里子と一緒にトイレに入り、洗面台に向かう。薄暗いうえに鏡張りの壁に光が乱反射し、顔色がよくわからない。英里子からゲランのパウダーを借り、パフで軽くはたいた。これで少しはましになると思いたい。

「実咲に会った？」

「ううん、まだ」

と英里子は首を振る。「すごい会場ねえ」

実咲の結婚式と披露宴は、東京タワーのすぐ近くにあるホテルで執り行われる。真新しい高層ビルは、エスカレーターとエレベーターと通路が内部で複雑に絡みあっている。

幸代はエントランスから地下の宴会場へ行くのに、ひとしきりさまよう羽目《はめ》になった。やっとたどりついたと思ったら、式場は地下ではなく庭園にあるという。

緑に囲まれたチャペル（デザインが現代的すぎて、新興宗教の施設みたいだ）のまえで英里子と行きあえたときには、貧血寸前だった。クマも濃くなろうというものだ。

「早くご飯を食べたい」

「式が終わって、宴会場に移って、挨拶やら乾杯やらがすんでからだから、料理が出てくるまでには、あと二時間近くかかるんじゃない？」

幸代は絶望的な気分でチャペル後方のベンチに座り、配られた歌詞カードを見ながら賛美歌を歌い、係員に指示されたとおりにバージンロードに花びらを投げ入れ、ウエディングドレスに身を包んだ実咲に拍手を送った。

「きれいね、実咲」

英里子が感極まったように、幸代にささやく。シンプルな白いウエディングドレスは光沢を帯びている。しかしそれ以上に、ヴェールをつけた実咲の表情のほうが、光り輝いていた。たしかに、今日の実咲はとてもきれいだ。実咲が誓いを交わすシーンをだいなしにしないよう、幸代は掌《てのひら》で腹を押さえつけ、虫が鳴くのを必死にこらえた。

幸せそうな友だちを見るのはうれしい。だけど同時に、なんだか失神しそうな気持ちになるのはなぜだろう。幸代は数年来、結婚や出産という言葉を耳にすると気が遠くなる病《やまい》にかかっている。

チャペルでの式を終えた実咲は、幸代と英里子に気づいて微笑んだ。手にしたブーケを投げる段取りらしい。係員が、「独身のご友人さま、ご親族さまは、どうぞまえのほうへいらしてください」とうながす。

まっぴらごめんだ。幸代は既婚者のふりをして、英里子の背後に隠れた。実咲の手からブーケが離れ、幸代の脳天に当たって、隣にいた制服姿の女の子の手に収まった。新郎のいとこかなにからしい。きゃーきゃーとはしゃいでいる。

ブーケをキャッチして喜ぶのも、いまのうち。幸代はため息を嚙み殺す。私なんて、これまで三回もキャッチしてきたけど、未《いま》だに結婚できてない。

エンタシス風の巨大な柱にもたれ、宴会場の準備ができるのを待った。ウエイティングルームのあちこちで挨拶が交わされ、会話の輪ができる。実咲の高校時代の友人で招待されたのは、幸代と英里子だけのようだ。おかげでだれにも邪魔されず、幸代は軽いつまみを食べ、ワイングラスを傾けることができた。

英里子は、幸代が今朝プリントアウトしたばかりの原稿を読んでいる。まるで、ちょっと空《あ》いた時間に書類に目を通しています、というような風情《ふぜい》だ。華やかな英里子を、さっきからちらちら見ている新郎の友人らしき一団がいるのだが、本人はまったく気づいていない。英里子は既婚だし、教えなくてもまあいいだろう。

幸代は少し引け目を感じた。このワンピース、英里子の結婚式のときも着たのよね。ものすごく奮発して買ったアン・ドゥムルメステールだし、ネックレスも英里子のときとはちがうのをつけてるけど、やっぱり新しい服を買うべきだったろうか。でも資金がない。ああ、裏社史が憎い。

幸代が三杯目のワインをあおったところで、

「うーん、どうかしら」

と英里子が言った。「悪くはないけれど、松永が野宮に依存しすぎのようにも読める」

「そう？」

原稿をざっと読み返したが、自分ではよくわからない。でも、長年の友人であり、幸代の小説の一番の読者である英里子が言うのだから、そのとおりなのだろう。

宴会場（このホテルではボールルームと呼称するようだ）の両開きの扉が開放され、

「大変ながらくお待たせしました」

と係員が案内をはじめた。

幸代は原稿を小さなパーティバッグに無理やり押しこみ、英里子と同じ丸テーブルについた。同席者は、実咲の大学時代の友人（女性）三人と、新郎の大学時代の友人（男性）二人だった。

実咲が気を利かせたのか、幸代の左隣には男性二人が並んで座っていたが、幸代を通り越してあからさまに英里子にばかり話題を振るので、ちょっとむっとした。

はいはい、英里子は美人で、私はフツーですよ。オタク臭がそこはかとなく漏れちゃってますよ。でも英里子だって本当は、これまで何百本ものペニスを描いてきた女なんだから。

幸代はひたすら料理を腹に収めることに専念した。英里子は幸代が怒っていることを感じ取ったようだ。

「あら、神戸のご出身なんですか。私の夫も、一時期神戸に住んでいたことがあるんですよ」

と、新郎の友人をさりげなく牽制した。

「へえ、そうなんですか。ご主人が」

と言ったあと、その男は小さく舌打ちした。「結婚してるなら、早くそう言えよな」

男のつぶやきを聞き、幸代は今度こそ脳に血液が逆流した。なんだこの無礼な男は。ビール瓶で頭をかち割ってやりたかったが、実咲に恥をかかせたくないし、英里子がテーブルクロスの下で幸代の足を踏んづけて制止したので、なんとかこらえた。

そのあいだも、披露宴の料理と祝辞はつづく。招待客は新郎側の人間が圧倒的に多いようで、実咲は少し居心地が悪そうに、雛壇で笑みを浮かべつづけている。新郎はテニスサークルの友人に飲まされ、早くも酔っぱらっている。幸代と同じテーブルの女性三人が、お祝いに歌を歌ったが、もはや聞くものはほとんどいなかった。

「この調子で、実咲は本当に幸せになれると思う？」

喧噪《けんそう》に紛れて、幸代は英里子に意見を求めた。「添田《そえだ》さんは悪いひとじゃなさそうだけど、よくいる『隠れ旧弊《きゅうへい》タイプ』に見える」

「本物の悪人なんて、めったにお目にかかれるもんじゃないわ」

英里子は赤ワインを飲み干した。「あとは、自分のプライドとメンツばかりを気にする男かどうかを見きわめるのが大事なのよ。見きわめに失敗したとしても、それは実咲自身の責任。私たちには、どうすることもできない」

突き放したような英里子の口調に、幸代は少したじろいだ。だが、すぐに納得もした。英里子が気の合う夫とめぐりあえたのは、幸運だったからではない。英里子が慎重に見きわめ、選び取ったからだ。夫に求めるのと同じぐらい、英里子自身も、「自分のプライドとメンツばかりを気にする」人間にはなるまいと努力しているからだ。

「ねえ、幸代」

英里子は柔らかい声音に戻って言った。「数回しか会ったことないけど、私はあなたの彼氏、とても好き。甲斐性はないかもしれないけれど、自由だもの。自分の気持ちも、あなたの気持ちも、自由に受け止められるひとに思える。そういうひとって、なかなかいないでしょ」

「うん」

「結婚とか、そんなのは流れに任せればいいんじゃない？」

「うん、そうだね」

幸代は心から言った。たしかに私は、洋平に求めすぎていた。自分を押しつけすぎていた。

あなたは私の愛。それはそのとおりだ。でも、洋平にとっての愛が私であり、旅でもあるのだと、ちっとも信じきれず、受け入れることができなかった。あなたは私の愛。だから決して離れないでいて。そう願い、洋平にすがるばかりで。

そんなのは、愛を担保にした脅迫だ。

お色直しをし、レモンイエローのドレスに着替えてきた実咲と、壇上で写真を撮った。幸代と英里子は口々に祝福の言葉を述べ、実咲は笑顔で「来てくれてありがとう」と言った。

「実咲、冬（コミ）はどうする？」

幸代が問いかけると、実咲は新郎をちらっと見やり、早口で答えた。

「無理だよ。年末年始は彼の実家に帰省する予定だから」

「そう。この冬（コミ）は私、がんばろうと思ってるんだ。仕事の集大成を発表するの」

「仕事？」

実咲は怪訝《けげん》そうだった。裏社史を冬コミで発行することを知らないのだから、当然だ。

「実咲にもぜひ見てほしかったけど……。じゃあ、新居に送るようにする」

「そんな、もし彼に見られたら」

見られても大丈夫なものだ。そう言おうとして、やめた。

「そっか、そうだね。今日は本当におめでとう」

物悲しい気持ちで席に戻った。英里子はなおも二、三、実咲と言葉を交わしているようだった。

帰りの電車のなかで、英里子は言った。

「戻ってくるのを待ってるって、言っておいたから」

「うん」

「元気だして、幸代。もうすぐ私たちにとっての祭典、冬コミの日が来るんだから」

「そうだね。同人誌をいっぱい売ったり買ったりしなきゃ」

幸代はあえて明るさを装った。「ボーナスで賄《まかな》えるかなあ。ちょっと借金もあってさ。定期預金解約しようかな」

「そこまで買うのは、やりすぎなんじゃない」

幸代は英里子と笑いあいながら、「いつまで待てばいいんだろう」と考えていた。

大切なひとが戻ってくる日が、はたして本当にあるんだろうか、と。

十一

「とうとうできたんだねえ」

本間《ほんま》課長は感に堪えない様子で、裏社史を手に取った。インクの香りも新しく、切れかけた蛍光灯の下でも輝いて見えた。

星間《ほしま》商事株式会社社史編纂《へんさん》室一同が作った同人誌は、予算の都合で、表紙は一番安い紙のうえに一色刷りだったが、かえってシンプルで端整だと取れなくもない。

表参道のにやけたデザイナーが、無償で裏社史のデザインまで引き受けてくれたおかげだ。

「なになになに、会社にハンギャクしちゃうわけ？」

とデザイナーは言った。

「いえ、そこまで大層なことではなく」

と幸代《さちよ》が説明するより早く、

「そうなんですよー」

みっこちゃんが身を震わせた。「でもお金ないから、かっこいい本を作れるかどうかわかりません。せっかくハンギャクしても、みっこ、会社の笑いものになっちゃうかも」

肩を落とし、上目遣いするみっこちゃんに、デザイナーはまたも男心（なのか下心なのか）をくすぐられたらしい。

「水臭いなあ、みっこちゃん。表紙デザインのひとつやふたつ、俺がロハで引き受けてやるって」

「えー、ほんとですかぁ。やさしい！　うれしい！」

みっこちゃんは二の腕で胸を寄せるようにして、谷間を強調しつつ身をよじった。もしかしたらみっこちゃんもデザイナーも、「かよわいふりをして頼みごとをするかわいい女の子」と「かわいい女の子に頼みごとをされると調子に乗って言うことを聞いてしまう男」の役割を、楽しく演じているだけなのかもしれない。端《はた》で見ていた幸代には、どうもそう思えてきた。みっこちゃんとデザイナーは、「ノリノリですね、デザイナーさん」「きみがそれだけ魅力的だってことさ」「またまたぁ」という感じで同志的視線を交わし、スポーツで対戦したあとみたいにすがすがしく笑いあっている。

みっこちゃんはデザイナーに、裏社史の表紙には、例の「焼け野原だった星間商事」の写真を使うよう依頼した。本当は正規の社史の表紙に使いたかったのだが、もちろんってていたらしい。

その案は柳沢《やなぎさわ》専務のチェックによって却下されていた。みっこちゃんは、それを根に持っていたらしい。

どうしてそんなに焼け野原写真にこだわるんだ、と幸代は思ったけれど、和気藹々《わきあいあい》と打ち合わせを進めるみっこちゃんとデザイナーを見て、口には出さずにおいた。

裏社史の製作は秘密裏に、順調に進んだ。デザイナーは沽券《こけん》（と、みっこちゃんに対する股間の期待）にかけて、限られた時間で最上のデザインをしてのけた。裏社史の印刷・製本は、興和《こうわ》印刷が請け負った。

幸代は当初、同人誌専門の印刷会社に依頼しようと考えていた。数社に打診し、見積もりも取った。その際にふと思いつき、興和印刷の水間《みずま》にも見積もり算出の依頼書を郵送した。裏社史の原稿も同封した。

水間のおかげで、「星花《せいか》」の女将《おかみ》を探し当てられたのだ。幸代たちが、サリメニの真実を裏社史という形で後世に残そうとしていることを、水間に知らせておきたい思いがあった。

「星間商事にはかかわりたくない」と言っていたし、原稿を読んでも水間はたぶん、「ふん」と鼻を鳴らすだけだろう。幸代はそう予想していたのだが、数日後に社史編纂室の電話が鳴った。

「ほかの印刷会社は、いくらだと言ってきてる」

水間は名乗りもせず、電話口でいきなりしゃべりだした。受話器を取った幸代はまだ、「はい、ほし」までしか言っていなかった。

「えーと、水間さんですか？　興和印刷の」

しわがれた老人の声から判断し、おそるおそる問いかける。

「そうだ。いくらだ」

「いまのところ、三十万を目安にしています」

「二十五万で、うちで引き受けよう」

破格の値段に、幸代は驚いた。

「でも、それじゃ水間さんの利益が」

「原稿を読んだ」

そっけなく聞こえるほど早口で、水間は言った。「あんたらは、なんかの利益が欲しくて裏社史を作るのか」

「いいえ」

「俺だって同じだ。金勘定を無視して刷りたい気分になることだって、たまにはある」

「ありがとうございます」

幸代は感激し、声を詰まらせた。

「今度、またマカロニを持ってこい」

照れたような水間の声音を最後に、通話はかかってきたときと同じく一方的に断ち切られた。

マカロンです。幸代はつぶやき、受話器をそっと置いた。

そしてとうとう冬コミ参加前々日、仕事納めの十二月二十八日に、裏社史は完成したのだった。

「おう、今日の昼過ぎ着で発送したから」

と、朝一番に水間から電話があった。興和印刷の古い機械に鞭《むち》打って、水間は大車輪で働いてくれたのだろう。ヤキモキしていた幸代は、報《しら》せを受けて思わず、「まにあった！」と叫んだが、すぐに現実に直面した。

電話の内容を察したのだろう。社史編纂室の面々は、「まにあった」「まにあった」と手を取りあって喜んでいる。幸代は彼らに向き直り、

「重大な問題に気づいてしまいました」

と重々しく告げた。

「なんですかぁ」

みっこちゃんが無邪気に首をかしげる。仕事納めの日は、半日かけて部署の大掃除をするならわしのため、三角巾で頭を包み、ピンクのエプロンという出で立ちだ。エプロンからじかに太ももが露出しているし、手にはハタキを持っている。なんのコスプレだ。

しかも、エプロンの胸当て部分はハート型という念の入りようで、本間課長や幽霊部長のみならず幸代まで、朝からみっこちゃんの爆裂ボディに目が釘付けだった。

矢田《やだ》だけはみっこちゃんの仮装(?)を見ても表情を変えず、黙々と床にモップをかけていた。幸代は、その無関心ぶりが逆にあやしいと感じていたのだが、しかしいまはそれどころではない。

「裏社史が完成し、昼過ぎにこちらへ届くそうなんです」

「うん。待ち遠しいねえ」

大掃除でも使いものにならない本間課長は、机のうえに追いやられ、正座して茶をすすっていた。「なにが問題なんだい」

「すっかり失念してたんですが、在庫をどこに置いたらいいでしょう」

「この部屋ではいけないですか」

幽霊部長が両腕を広げ、社史編纂室を示してみせる。「わたしの机を提供してもいいですよ」

大掃除に乗じて五つめの机を整理整頓し、幽霊部長はやっと自分の居場所を確保できたところだった。部長なのに一番下座《しもざ》だが、気にしていないようだ。

「とてもたりません」

幸代は首を振った。「二千部の同人誌といったら、たぶん大きな段ボールに二十箱はあるはずなんです」

「えーっ！」

社史編纂室の面々は悲鳴を上げた。

「たぶん、ってなんだよ。たぶん、って」

「二千部なんて未知の領域なんですよ。うちのサークルは多くても百部しか刷ったことないんで」

「もっとでかい商売しろよ！」

「百人も読んでくれるひとがいるだけで、十二分に満足なんです！」

「先輩のサークルの発行部数は、いまはどうでもいいんですよぅ」

ずれた論点で言い争う幸代と矢田のあいだに、みっこちゃんが割って入った。「どうするんですか、ただでさえちっちゃい部屋なのにー」

「とりあえず、床に積んだ資料を片づけましょう」

幽霊部長が本を拾い集め、

「机を隅《すみ》に寄せるんだ。急いで急いで」

と本間課長が床に飛び下りた。

全員で力を合わせ、不要になった本を別館の資料室へ運び、雷鳴のごとき音を響かせて机を移動した。昼を食べる暇もなく働き、なんとか部屋の片側に空間を作る。

「あーん、ストッキングが伝線しちゃいましたぁ」

予定外の労働に、みっこちゃんが嘆いた。

「大掃除の日だってわかってるんだから、ジャージかなんか持ってこいよ」

矢田が、応急処置用の瞬間接着剤を探してやりながら小言を言った。やっぱりみっこちゃんの恰好が気になってたんだな、と幸代はひそかににやついた。

「どっかでストッキング買わなきゃ。今日は夕方からデートなんです」

みっこちゃんは決然とした口調で言った。矢田に言うことで、気持ちにふんぎりをつけようとしているみたいだった。矢田を諦めるつもりなのか。幸代は驚き、しかし矢田の面前で詳しく問いただすこともできず、

「だれと!」

とだけ聞いた。

「青木《あおき》さんですぅ」

「だれそれ」

「デザイナーの青木さんですよー。表参道の」

「なんですって!」

幸代は思わず、運んでいた机から手を離した。おかげで、幸代と協力して机を移動させていた課長に一気に負荷がかかり、課長はよろめいた拍子に本棚に後頭部をぶつけて

うめいた。課長の心配をするものは、だれもいなかった。幽霊部長も、本間課長本人までもが、緊迫した空気をかもしだす幸代とみっこちゃんと矢田に注目している。

「あいつとデートって、なに考えてるの」

「なにってぇ」

「いい？　みっこちゃん。私たちは、あのにやけデザイナーに借りがあるのよ。そんな相手とデートなんかしたら、タダで裏社史のデザインをしてもらった見返りに、どんな要求されるかわかったもんじゃないでしょ」

「青木さんは、なにも要求なんてしませんよ」

みっこちゃんは少々なげやりに笑った。「それに、もしそうなったとしても、まあいっかなーとも思います」

ヤケになっちゃだめ！と叫びたかったが、矢田のまえでみっこちゃんのメンツをつぶすわけにもいかないので、ぐっと飲みこむ。矢田はといえば、黙ってモップを動かしている。

もう、はっきりしないんだから。

幸代は気を揉み、「とにかく、やめたほうがいいよ、そんなデート」とみっこちゃんに優しく言った。みっこちゃんが答えぬうちに、かねてよりの打ち合わせどおり、配送会社のドライバーから電話が入った。

「いま、おたくの会社の裏口にトラックをつけましたけど」

しかたがない。デートについては一時棚上げだ。みっこちゃんも大人なのだし、第一これはみっこちゃんと矢田のあいだの問題だ。口を出しすぎてはいけない。幸代は自分に言い聞かせ、

「すぐに行きます」

とドライバーに返した。

幸代とみっこちゃんはそれぞれ、からの台車を押して廊下を走った。社員だけが使うエレベーターに乗って、裏口へ向かう。矢田、本間課長、幽霊部長はポケットに軍手を忍ばせ、正面エントランスから建物の外をまわった。一団となって行動すると、裏社史の存在が発覚するおそれがある。

段ボールは案の定、二十箱だった。しかも、一箱がとても重い。幸代やみっこちゃんでも、なんとか持ちあげることはできるが、持ったとたんに腰が軋《きし》んだ。台車一台に四箱載せるのが限界で、重みのせいで小さな車輪がうまくまわらないほどだ。

ガリガリと地面を削りながら、幸代とみっこちゃんは台車を押した。二台ぶんで八箱。矢田と本間課長と幽霊部長が一箱ずつ抱えたので、合計で十一箱。もう一往復しなければ、すべてを運びきれない。

「目立ちますよ、これは」

なんとか人目に触れないまま、全員で業務用エレベーターに乗った。しかし、社史編纂室のある階に着いてからは、廊下に社員がいるだろう。どうしたものかと、幸代はエレベーター内で途方に暮れた。

「かといって、時間をかけてちまちま運んでたら、かえって目につく確率が上がりそうだしな」

苦労して肘《ひじ》で階数ボタンを押し、矢田がため息をつく。

「きみたち、頭が固いぞ」

課長がほがらかに笑い、箱をエレベーターの床に置いて、背広のポケットから油性マジックを取りだした。「こうすれば大丈夫」

課長は箱の目立つ位置に、「備品」とか「置物」などと猛然と書き殴った。引っ越しでもないのに、こんなに大量の備品や置物を移動させることがあるものだろうか。あまり「大丈夫」ではない気がしたが、ほかに方法も思いつかない。

エレベーターのドアが開く。大掃除でざわつくフロアの廊下を、幸代たちは「備品」や「置物」とともに、なるべく堂々と行進した。本間課長と幽霊部長は、二往復目の行進を免除された。人手はたりていたし、二人とも一往復しただけで腰痛を訴えたからだ。

こうして、裏社史の詰まった二十箱の段ボールを、なんとか社史編纂室に搬入し終えた。本間課長はいま、掲げ持った裏社史にうっとりと見入っている。

「『サリメニの女神』。うーん、いいタイトルだよねえ」

「これはだれでも、読みたくなりますよ」

幽霊部長も、うれしそうにページをめくっている。そうだろうか、と幸代は内心で疑問を呈した。たしかに、苦難のすえに完成した裏社史を手にすることができ、満足感が胸にこみあげる。だが、半世紀もまえに南の島で起きた商戦について、知りたがるひとがそんなにたくさんいるとは思えなかった。

はじめて作った本の仕上がりに、みっこちゃんと矢田も興奮を隠せないようだ。

「表紙の写真の選びかたに、センスが感じられますよねぇ」

「きれいに印刷できるもんなんだなあ。同人誌ってのは、ばかにしたもんじゃないな」

まあ、いま水を差さなくてもいいか。幸代も、素直に喜びに身を委ねることにした。

一同はしばし、裏社史の表紙をなでたり、目次を眺めたり、自分の担当したページに誤字がないかチェックしたりした。机を隅に寄せてしまったせいで、椅子に座れない。段ボールの山に埋もれるようにして、全員が床に腰を下ろしていた。横座りしたみっこちゃんのパンツが見えそうで、幸代ははらはらした。

「本来なら缶ビールでも買ってきて、ここで裏社史完成を祝うところだが」

と、やがて本間課長が言った。「我々には、明後日があるからね。そろそろ解散しよう。さあ、みんな。冬コミで売るぶんの裏社史を、手分けして持ち帰るんだ」

「ちょっと待ってください」

来るべきときが来た。幸代は覚悟を決め、段ボールを次々に開けようとする課長を止めた。

「参考までにうかがいますが、課長は冬コミで、裏社史が何冊ぐらいハケると予想してますか」

「五百冊ぐらい？」

と、課長は恥ずかしそうに答えた。どうやら課長的には、まだまだ謙遜して言った冊数らしい。

「無理です」

幸代は現実を告げることにした。「冬コミに参加するサークルは、膨大な数に上ります。運良くスペースは取れましたが、私たち社史編纂室には、サークルとしての実績がなにもない。しかも売り物は、『裏社史』なんていう地味な本です。はっきり言って、売れません」

「無料にすれば……」

「ほとんどだれも持っていかないと思います。みんなただでさえ、目当ての同人誌で荷物がいっぱいですから」

「じゃあ、二百冊ぐらいにしておこうか」

課長は肩を落とした。

五十冊でも余るだろう。幸代はそう思ったが、さすがに課長がかわいそうになり、

「百冊ぐらいがいいんじゃないですか」

と、やんわりと提案した。

結局、百冊の裏社史を五人でわけ、冬コミ会場まで持参することになった。幽霊部長には、コミケがいかなるものか、どこで開催されるのか、一からレクチャーした。

「じゃあ、おさきに失礼しまぁす。また冬コミで」

みっこちゃんが社史編纂室を出ていく。二十冊もの同人誌をバッグにしのばせ、デートに赴《おもむ》く女の子ってどうなんだろう。まあいいか。会うのはどうせ、その同人誌の表紙をデザインした男なんだし。幸代は眉間を揉んだ。いやいや、待てよ。にやけデザイナーとのデートは、やっぱり断固阻止するべきだったんじゃないか？

矢田は段ボールにもたれて突っ立っていたが、ぜんまいを巻かれた人形みたいに、ぎこちなく首をめぐらせた。

「川田」

「はい？」

「デザイナーの連絡先、わかるか」

幸代は急いで、手帳に書きとめてあったデザイン事務所の電話番号を読みあげた。矢

田は自分の携帯に番号を打ちこむ。

「星間商事社史編纂室の矢田と申します。お世話になってます。青木さんいらっしゃいますか？　……あ、どうも、青木さん？　今日のデートの約束、悪いけどキャンセルってことになりました。なんでって、みっこは俺とデートするからですよ。んじゃ、そういうことで。すみませんね」

幸代は呆気《あっけ》に取られ、通話を終えた矢田がコートを着こむのを見ていた。矢田は片手で鞄をつかみ、片手で再び携帯を操作して耳に当てた。

「みっこ、まだ電車乗ってないか？　そう。じゃ、すぐ行くからそこにいて」

悠然と携帯をコートのポケットにしまい、幸代に向かってちょっと微笑んでから、矢田は部屋を出ていった。

みっこちゃんはきっと、いつまでだって「そこにいる」だろう。矢田が行くまで。デザイナーから着信があろうと、裏社史の重みでバッグの底が抜けようと、矢田を待つだろう。期待と一抹《いちまつ》の不安を胸に宿して。

よかったね、みっこちゃん。矢田さんはとうとう、過去の恋愛の影から自由になったみたいだよ。みっこちゃんのひそかで執念深い情熱のおかげで。

幸代は裏社史が完成したこと以上の喜びを感じた。本間課長と幽霊部長が、矢田の背中に拍手を送った。

しかし私は、同僚の恋の進展を喜んでいる場合なのであろうか。

寒々としたマンションの自室に帰り着いた幸代は、盛大なため息をついた。今年も残すところあと三日だというのに、洋平《ようへい》が帰還する気配はない。洋平が日本にいるときは、マンションで一緒に新年を迎えるのだが、四日後に迫った今度の正月は、どうやら幸代一人で過ごすしかなさそうだ。

洋平の親に会ったことはない。川越に住んでいる、とは聞いたことがある。洋平は親と仲が悪いわけではないようだが、幸代の知るかぎりでは、帰省したのはつきあいだしてから二回だけだ。

「近くに兄一家も住んでるんだけど、兄貴の子が男ばっか三人いてさ。こいつらがもう、『おじさん遊んで、遊んで』ってうるさいんだよ」

閉口したふうに、洋平は言っていた。

あやしいものだ、と幸代はにらんでいる。洋平の性格からして、子どもの相手など苦にならないはずだ（なにしろ、子どもとほとんど同レベルの突拍子のなさだから）。あまり帰省したがらないのには、なにかべつの理由があるのではないか。たとえば、惚れてた女が兄貴の嫁さんになってしまったので、なんとなく居心地が悪い、とか。武士の真相はそのあたりだろうと幸代は思っているが、ずばりと尋ねたことはない。

情けだ。

あーあ。しょうがないから、正月は両親の家に行こうかな。冬コミに備え、千手観音のごときスピードで新刊コピー本を自家製本しながら、幸代は考える。でも、親と顔を合わせると絶対、遠まわしに結婚の展望について探りを入れられる。それが鬱陶《うっとう》しいのよね。

丸一日かけてコピー本を作り終え、お釣り用の小銭やら値札カードやらをそろえた幸代は、日付が変わるまえに布団を敷いた。裏社史とコピー本に誤字がないか、顔にパックをしながら最終確認しようと思っていたのに、いつのまにか眠ってしまった。

冬コミ当日、目を覚ました幸代の枕元には、パックの残骸が干からびたデスマスクみたいになって落ちていた。息苦しさに、夜中に無意識のうちに剝《は》ぎ取ったらしい。取るのが早すぎたのか、肌が潤《うるお》った感じはしなかった。

まったく水をやらないでいたら、いかなサボテンとて枯れるだろう。

「もう限界だ。これ以上帰ってこないつもりなら、別れる」

遠い空の下にいる洋平に、幸代は八つ当たり気味の呪詛《じゅそ》を吐き、デスマスク状パックをゴミ箱に叩き入れた。

十二・

その年の冬コミは幸代《さちよ》にとって、記録的にてんてこ舞いなものになった。

コミケに参加するサークルには、スペースひとつあたり三人ぶんの「サークルチケット」が発行される。サークル参加者は、チケットを提示して開場まえの国際展示場に入り、出店の準備をする。サークルチケットを持たない一般参加者は、開場を待って展示場の外に列を作る。昼過ぎにようやくスムーズに入場できるようになるほど、長い列だ。

幸代の手もとには、「月間《つきま》企画」のサークルチケット三枚と、「星間《ほしま》商事株式会社社史編纂《へんさん》室」のサークルチケット三枚とがあった。「月間」は「創作・JUNE」ジャンルなので西ホールに、「星間」は「評論」ジャンルなので東ホールに、サークルスペースがそれぞれ配置されている。

問題は、開場まえには西ホールと東ホールを結ぶ通路が封鎖され、行き来ができないことだった。コミケの場合、参加サークルは主催者に、当日販売する同人誌を一部ずつ提出する必要もある。初心者ばかりの社編の面々だけでサークル入場し、出店の準備をうまく進められるものか、はなはだ心もとない。

そこで幸代は、「月間」のほうの出店準備は、手慣れた英里子《えりこ》に任せてしまうことにした。幸代自身は「星間」のサークルチケットを使って、みっこちゃんと矢田《やだ》とともに東ホールで準備を進める。本間《ほんま》課長と幽霊部長には、「月間」のサークルチケットを渡しておいた。英里子には悪いが、戦力になりそうもない上司のお守《も》りを押しつけた形だ。

幸代の予想に反し、みっこちゃんと矢田はラブラブオーラを振りまくでもなく、いつもどおりの態度と距離感で作業にあたった。ものめずらしげに必要書類に記入したり、なるべく見目よく長机に『サリメニの女神』を陳列したりと、楽しそうではある。

「子どものころに、お店屋さんごっこをしたのを思い出しますねぇ」

みっこちゃんは、値札に「二百円」と書きながら笑った。あまり需要がなさそうな内容なので、相談のうえ思いきって、採算度外視の値段をつけることにしたのだ。

「自分が作ったものを、直接だれかに売ることなんてなかったから、なんだかわくわくします」

うん。真剣に創作したものを、じかに売り買いできるのが、コミケやイベントの醍醐《だいご》味《み》のひとつだからね。幸代はうなずきかけ、

「いやいや、それはまあいいとして」

と、みっこちゃんの袖口を引っ張った。「一昨日、矢田さんとは会えた？」

「えー？」

「なによ、教えてよ」

幸代は、照れるみっこちゃんを軽く揺すった。みっこちゃんはなおも言い渋っていたが、矢田が一心に『サリメニの女神』の売り文句をボードに書いているのを見て取るやいなや、

「やりました！」

と、幸代にささやいた。「もう、夢のような時間でしたぁ」

幸代が聞きたかったのは、セックスしたか否かというような即物的なことではないのだが、みっこちゃんは目を潤《うる》ませてなにやら反芻《はんすう》している。まあ、幸せそうなのはわかったので、よしとしよう。

開場とほぼ同時に、本間課長と幽霊部長が東ホールにやってきた。

「本がたりなくなってたらどうしようかと、あせっちゃったよ」

二人は持参した『サリメニの女神』を、机のうえに追加した。「どう？　何冊売れた？」

「まだ一冊も」

「おかしいなあ」

課長は首をかしげ、しかしすぐに気を取り直した。「開場したばかりだしね。さあ川《かわ》田《だ》くん、きみは自分のサークルに戻っていいよ。みっこくんとチンペイも、そこらを見物してきなさい」

幸代たちを体《てい》よく追い立て、本間課長と幽霊部長はパイプ椅子に腰かけた。幽霊部長は、釣り銭の入った缶を確認したり、『社史編纂室が突きとめた、五十年まえのサリメニ商戦の真相！』ですか。うーん、そそる惹句《じゃっく》ですね」とボードを眺めたり、店番する意欲を見せている。だが本間課長は、さっさと見覚えのあるコピー本を読みだした。

「それ、私の新刊じゃないですか！」

「夏コミ以来、つづきが気になってたまらなかったんだよ。松永《まつなが》と野宮《のみや》の話は、今回で完結だそうだね。残念だなあ」

☆　☆　☆　☆　☆　☆

そうだ、本当はわかっていた。

松永は苦い思いでビールを飲み干し、缶を握りつぶした。フローリングの床には、すでに十個ほどの空《あ》き缶が散らばっている。足で掻きのけ、トイレに立った。

松永の住むマンションのトイレには、窓がない。長い小便をするあいだ、棚に置かれた補充用のトイレットペーパーを見ているしかなかった。以前、野宮が部屋に遊びにきたとき、駅前のスーパーで買ったものだ。散歩と買い物を兼ねて、夕暮れの遊歩道を二人で歩いたのを覚えている。

あのときも、野宮は明確な答えを返さなかった。「紙が二重になってるのと、シングルの、野宮さんはどっちが好き?」と聞いたのに。「きみの部屋で使うトイレットペーパーなんだから、きみが好きなほうにすればいい」。そう言って、遠慮がちに微笑むだけだった。

いつでも逃げだせるように。

トイレのドアを乱暴に閉め、廊下に出た松永は小さく吐き捨てる。

「臆病者」

野宮は決して、必要以上に松永に近づこうとはしなかった。松永を近づけようともしなかった。一緒に仕事をし食事をし体温を感じひとつのベッドで眠っても、どこか距離があった。それが野宮の流儀なんだろうと思い、あせることはないと思ったから、松永もあえて踏みこまずにいた。

俺の心は、野宮さんに伝わっている。野宮さんも、俺を愛してくれている。

そう信じていたからだ。

それがどうだ。松永は一昨日、野宮から別れを告げられた。行きつけの居酒屋で、配属が変わると報告した直後のことだった。

「もちろん野宮さんのところも、いままでどおり俺が担当します。でも、これからは営業企画の仕事にもかかわるように、ってことで。内勤のほうが増えそうな感じなんです」

「そうか、よかった。きみは以前から、企画にも携わりたいと言っていたものな。顧客からの信頼も篤《あつ》いし、現場の要望もよく知っているところが買われたんだろう」

「いやあ、どうでしょうね」

野宮に褒められ、こそばゆくも誇らしい気持ちになった。松永はいつも、野宮に追いつきたいと願っていた。年齢の差が埋まることはなくても、野宮の隣に立つにふさわしい人間になりたくて、せめて仕事で成果をあげようと打ちこんできた。野宮に自分の働きぶりを評してもらえるのは、松永にとって、給料が上がるとか出世の足がかりをつかむといったこと以上に、大きな喜びだ。

松永は、照れ隠しに焼酎の入ったコップをあおった。正面から、野宮の視線を感じる。どうしたんだろう、とコップをテーブルに戻した松永に向かって、野宮はおもむろに言った。

「じゃあ、そろそろいいかな」

「え、はい」

店を出るのかと思い、松永は立ちあがりかけた。

「そうじゃなく」

野宮は首を振った。「そろそろ、こうして会ったりするのをやめないか、ということだ」

松永は再び椅子に座った。力が抜けて、とても中腰の体勢を維持できなかったためだ。

「なんで……」

呆然《ぼうぜん》とつぶやいた松永を見て、野宮は笑った。ふだんの遠慮がちな微笑はどこへ行ったんだろうと思うぐらい、ほがらかで残酷な笑顔だった。

「なんでって、意味がないからだよ。きみはいまより責任ある立場になるし、わたしだって暇ではない。忙しいのにわざわざ時間を捻出してまで、こういう関係をつづけるメリットはないじゃないか」

メリット？　コップのなかで、溶けた氷が音を立てて崩れる。真意を探ろうと、松永は野宮の顔を注意深く見つめた。すがるような目をしていたかもしれない。野宮は笑みをたたえたままだった。

「捻出なんて、俺は思ったことない」

松永は、かすれた声でなんとか言った。「ただ、会いたいから会ってるだけです。野宮さんはちがったんですか？」

「きみに流されて、その、なんだ、セックスもまあ、していたが」

野宮は「セックス」という単語を発するときに額と耳を赤くし、しかし決然とした様子で言いきった。「それにももう飽きたし、別れどきだと思うんだ」

「嘘だ」

「なぜ、嘘をつく必要がある？」

「だって」

愛してくれてるんじゃなかったんですか？　そう言いかけて、あまりの情けなさに松永は唇を噛んだ。愛に代わる言葉を、必死になって探す。

「そりゃ、最初は俺が強引に迫ったからかもしれません。でもあんたは、仕事でもプライベートでも、惰性でなにかをつづけるひとじゃないでしょう」

「買いかぶりだよ」

「じゃあ聞くけど、流されて、俺みたいな年下の男といままで寝てきたのには、どんなメリットがあったんです」

「はっきり言わないとだめか」

しょうがないなというように、野宮はため息をついた。「妻と別れて、長いものでね。金を払ってとまでは思わないが、かといって性欲が皆無というわけでもない。そこへきみがちょうど、その、なんだ、セックスしたいと言うから、まあ手軽でいいかと」

松永はテーブルに拳《こぶし》を叩きつけた。店内は騒がしく、その音に振り向くものはいなかった。野宮も表情は変えず、わずかに肩を揺らしただけだ。

「やめろよ」

松永は低く言った。「あんたはそういうひとじゃない」

「だから、それは買いかぶりだ」

「性欲処理のために、適当に男と寝る？　奥さんと別れてから十年以上も、女とも男ともつきあわないで仕事ばっかしてたあんたが？　ありえねえだろ」

「どう解釈してくれてもかまわないが」

野宮は伝票をつかみ、席を立った。「とにかくもう、きみとは個人的に会いたくないということだ」

ここの支払いは持つよ。そう言って、野宮は歩き去っていった。レジに立つ店員の威勢のいい声、引き戸が開き、閉まる音を、松永は背中で聞いていた。

座ったまま動こうとしない松永を、皿を片づけにきた店員が怪訝《けげん》そうにうかがった。

「お下げしてよろしいですかぁ」

黙って店を出た。車の行き交う大通りに、野宮の姿はすでになかった。

昨日今日と、松永は部屋で酒を飲んで過ごした。週末だったからよかったものの、さすがにもうやめないと、明日の仕事に響く。

リビングに戻った松永は、床の空き缶を拾い集め、ビン・缶用に使っているゴミ箱に捨てた。ばかみたいだ。こんな状態になってもまだ、会社やゴミの分別に気をまわしているなんて。

「だめだよ、松永くん。缶はちゃんとすすいでおかないと、虫が湧く」

シンクに向かい、几帳面にシーチキンの空き缶を洗う野宮の姿が脳裏に浮かんだ。妻と別れてからの時間が長い野宮は、家事もそれなりにこなした。松永の部屋で、何度も一緒に料理を作り、味わい、並んで食器を洗った。

単に寝るための相手と、フツーそんなことするか？

一人の台所で、松永は小さく笑う。

居酒屋で告げられた言葉は、野宮の本心ではない。野宮はきっと、松永の出世とか結婚とか将来とか、愚にもつかないことをあれこれ考えたにちがいない。「身を引く」なんて、演歌の世界でもいまどきあまりないが、真面目が羽織袴《はおりはかま》を着たような野宮なら、いかにも考えそうなことだ。

「昔かたぎのおっさんだよな」

そうだ、本当はわかっていた。

野宮はいつでも、逃げだせるように振る舞った。野宮が逃げだせるように、ではない。松永が野宮から逃げだせるように。なんの罪悪感も後腐れもなく自由に飛び立てるように、いつも一定の距離を置こうと決めているらしい節があった。

「臆病で、ばかなおっさん」

なんで、俺の心を信じようとしないんだろう。中年だからって、俺との年の差があるからって、どうして自分を、愛に値しない生き物のように思いこんでいるんだろう。

松永はまばたきし、視界が曇るのを防いだ。壁にかかった時計を見る。日曜の夜。八時半。

野宮はいつものとおり、大河ドラマを見ながら晩酌しているんだろうか。それとも、使われなくなった椅子の数を数えながら、家族向けのリビングのテーブルで新聞を広げているんだろうか。

たまらなくなって、松永は財布と携帯電話をつかんだ。

うじうじ思い惑うのはやめだ。

どう解釈してくれてもかまわない、と野宮は言った。じゃあ、そのとおりにしてやるよ。

戸締まりをするのももどかしく、マンションから飛びだした松永は、通りがかったタクシーに手を上げた。

「きみとはもう会わないと言った」

インターフォン越しに聞こえる野宮の声は、くぐもって小さかった。

「一方的にね」

松永は強気を装う。「最後に恨み言ぐらい、顔を見て言わせてくれてもいいんじゃない？」

しばらく待ったが、インターフォンは沈黙を守っている。だが、室内の野宮の気配が近づき、ドアの向こうでこちらをうかがっているのがわかる。

松永は少し声を大きくした。

「どうしても駄目なら、ここで言ってもいいんだけど」

なんでこんな、物わかりの悪いストーカーみたいな真似をしてるんだろう。そう思わなくもなかったが、とにかくいまは天《あま》の岩戸《いわと》を開けるのが先決だ。

ためらいを感じさせる速度でチェーンがはずれ、鍵のまわる音がした。松永が素早くドアを開けると、野宮が外廊下にのめってきた。抱えるようにして押し戻しながら、室内への侵入をはたす。

うしろ手にドアを閉めた。腕のなかから見上げてくる、野宮の目の縁が赤い。怯《おび》えさせないよう、松永は野宮の腰にまわしていた手をほどき、ドアにもたれて少し距離を取った。

「泣いてた？」

「まさか。どうしてわたしが」

「ふうん」

野宮の肩越しに、廊下の奥にあるリビングを見る。テレビはついていないようだ。新聞のほうだったかな。松永は靴を脱ぎ、野宮の腕を軽く引っ張って、リビングへ移動するよううながした。少し迷ったが、玄関の鍵はかけなかった。野宮がいやなら、逃げたいと思うのなら、いつでも逃げだせるのだと示すために。

松永の予想に反して、リビングのテーブルには新聞も広げられていなかった。ちらっと覗いた台所のシンクは乾いていた。もしかしてこのひと、金曜の夜からほとんどなにも食ってないのかな。テーブルの脇に立ちつくす野宮は、苦しそうに目を伏せている。

松永の胸に、喜びと「かわいそうに」という気持ちがこみあげた。

もしあんたが、俺と別れると言ったことで苦しんでいるのなら、俺はうれしい。俺が恨み言を言いにくるのも当然だと、諦めと哀しみのなかでそうやって身をすくませているのなら。そんなあんたを傲慢にも「かわいそうに」と思う俺は、でもうれしくてたまらないんだ。

「座って」

自分の家のように椅子を勧めた。野宮が手近な椅子を引くのを待って、松永は戸口から一番遠い椅子に腰を下ろす。

「いまから言うことが、もし俺の勘違いなら、『出てけ』って言って。あんたが席を立って、出てってもいい。そしたら俺はすぐに、おとなしく帰る。もうあんたを追いかけたり、煩《わずら》わせたりは絶対にしない。いい？」

松永が静かに言うと、野宮は戸惑いを見せながらも、うなずいた。

「野宮さんは俺のことを考えて、わざと別れるなんて言ったんじゃない？」

「ちがう」

「そっか。全部本心なんだね？　相手が自分に惚れてるのか性欲のために寝てるのかの判断もつかないような強引な男が、野宮さんの言葉で傷つこうがどうしようがかまわない。そう思って言ったんだね？」

今度の野宮の答えは、首をかすかに縦に揺らすことで返された。

「わかった。じゃあ俺も、もう野宮さんの気持ちをあれこれ考えるのはやめる。俺のしたいようにする」

野宮はうつむいている。肩を震わせ、押し黙っている。

「どうしたの？　出てけって、早く言ったほうがいいんじゃない？　逃げたっていいんだよ」

「きみの、気のすむように」

うつむいたまま、野宮は言った。「殴っても、罵倒してもいいから、別れてほしい」

テーブルに置いた野宮の手に、水滴が一粒落ちるのが見えた。野宮はさりげなく膝に手を下ろし、松永の視界からそれを隠した。

ああもう、このひとは。

松永は席を立ち、テーブルをまわって野宮との距離を詰めた。ぱさついた白髪混じりの頭を見下ろす。腕をのばすと、野宮は殴られると思ったのか、ぎゅっと目を閉じて身を強張《こわば》らせた。

ほんとにばかだなあ。松永はゆっくりと、野宮の体に腕をまわした。俺があなたを痛めつけられるわけがないのに。

「俺の気がすむまで、一緒にいてください」

野宮への思いやりをかなぐり捨て、松永は心からの願いを口にした。身じろぐ野宮を抱きとどめ、肩に顎《あご》を載せてなおも言いつのる。

「あなたは、俺と年が離れすぎてるとか、男同士だとか、そういうのを気にしているのかもしれないけど。はっきり言って、そんなのはどうでもいいことです」

「どうでもいいってことはないだろう」

腕を突っ張って松永を押しやろうとしつつ、野宮が反論した。

「どうでもいいですよ。平均寿命からいったら、野宮さんはあと二十年ちょっとしか生きないんだから。そのぐらいの時間、俺にくれたって屁でもないでしょう」

「へ、屁って」

暴言に驚いたのか、野宮はもがくのも忘れて松永を見ている。「ちょっと失礼だぞ、きみ」

「二十年なんて、きっとあっというまですよ」

松永は野宮と視線を合わせ、笑いかけた。「野宮さんがいなくなったあとの三十年、俺はまたべつのひとと恋をして過ごします。ね、そんな程度のことだって、気楽に考えてください」

「詭弁《きべん》だ」

「なんとでも。俺はもう、遠慮すんのやめた。ただでさえ、あんたは平均寿命の折り返し地点をとっくに過ぎちゃってるんだから。時間がもったいないでしょ」

腕のなかで野宮が震えだした。松永が顔を傾けて覗きこむと、野宮は笑っているのだった。

「決死の覚悟で、せっかく下手な芝居を打ったのに。きみはばかだな」

「それはこっちのセリフですよ」

背中をゆるゆるとなでる野宮の手のぬくもりを感じ、松永も笑った。「ねえ、野宮さん。俺はまえに、『あなたは俺の愛そのもの』って言いましたよね。『あなたがいなくなったら、獣同然になってしまう』って」

野宮は赤面し、「ああ」と小さくうなずいた。松永は野宮の体温が上がったのを感じたが、指摘はしなかった。かわりに、抱きしめる腕の力を強める。

「あれ、ちょっと嘘だったかもしれません。あなたが、俺の愛そのものなんじゃない。愛するってどういうことなのか、その気持ちがどこに眠っているのか、俺に教え、引きだしてくれたのが、あなたなんだ。だから、もしあなたを失ったとしても、俺のなかの愛までが失われることはないのかもしれない」

消えることのない愛情の光を、だれかの胸に灯せる人間が、いったいどれぐらいいるだろう。

「きみに愛の在処《ありか》を知らしめたのが、わたしなのだとしたら」

野宮は静かに、正直に、思いを言葉にした。「本当にうれしい」

口づけが深まり、フローリングの床にもつれあって転がったところで、

「ちょっと待って」

と松永は体を起こした。

「なんだ。なぜやめる」

「玄関の鍵が開いたままでした」

「きみは本当に、肝心なところがわかっていないな」

野宮はため息をつき、松永の肩から手を離す。「かけてこい」

そのままでいてくださいよ。絶対ですよ。念押ししながら玄関へ向かう松永を、野宮は笑って見守った。

妙に気をまわしたりせず、鍵なぞさっさと閉めておけばよかったのだ。部屋のなかにいたのは、きみから逃げたいなんてこれっぽっちも思いつくことができない男だったんだから。

☆　☆　☆　☆　☆　☆

夏に引きつづき、冬コミの新刊まで本間課長に読まれてしまうとは。こんな屈辱と羞《しゅう》恥《ち》プレイがあるだろうか。

ページをめくる課長の手が、ラストの濡れ場に差しかかりそうなのを見て取り、幸代は急いで西ホールへ逃げだした。

ふたつのホールを結ぶ通路とエスカレーターは、ひとで渋滞中だった。真夏の豊島園のプールより、過去最高の人出を記録した日の渋谷のスクランブル交差点より、ずっと混雑しているはずだ。人波を誘導する係員は、ボランティアでコミケの運営を手伝うひとたちだ。「走らないでください」「エスカレーターでは押しあわず、二列でゆっくりお進みください」と声を嗄《か》らしている。

幸代はエスカレーターに乗り、漏斗《ろうと》のさきから落ちる水滴の一粒のように、西ホールのフロアに降り立った。

「月間企画」のサークルスペースでは、英里子が接客に追われている。手早く挨拶して合流すると、あとはほとんどしゃべる暇もなく、昼過ぎまで立ちっぱなしで同人誌を売った。

客が途切れ、一息ついたところで、交替で買い物にも行った。幸代が戦果を抱えてスペースに戻ると、英里子はのんびりと店番をしながら、『サリメニの女神』を読んでいた。

「ちょっと、なんで英里子が裏社史を持ってんの」

「課長さんが、『記念に一冊どうぞ』って、わけてくれた」

「なんの記念よ」

幸代は英里子の隣のパイプ椅子に座り、長机の下に戦利品を押しこむ。「私のコピー本を、勝手に課長に売ってるし。おかげで朝からいやな汗かいた」

「いいじゃない。お互いの作品を読みあって交流を深められるのが、同人誌を作る楽しさのひとつなんだから」

腰かけているのがパイプ椅子だとは思えぬ優雅さで、英里子は裏社史をちょっとかざしてみせた。「おもしろいものを作ったわねえ。これ、幸代が書いたんでしょう」

英里子が広げたのは、

「独占入手！　これが、サリメニの女神が書いた小説だ！　註：ホンモノだよ☆」

のページだった。

「なんでわかった？」

「そりゃあ、わかるわよ。幸代の文章だもの」

英里子は笑った。「あと、わざわざ『ホンモノだよ☆』って添えてあるところが、あやしい」

「言っとくけど、その煽《あお》りは後輩のみっこちゃんが考えたんだからね」

はいはい、と幸代をいなし、英里子は再び裏社史を読みはじめた。

©　©　©　©　©　©

「ルパンカを放して！」

崖に立ったウーナはナイフを握り、村人たちに訴えた。ルパンカの海賊行為によって潤ってきた村は、押し寄せる政府軍を見ると掌《てのひら》を返したように、ルパンカの捕縛に乗りだした。ウーナには、それが許せない。

「政府軍の隊長は、あたしを欲しいと言ってるんでしょ？　この、金の瞳を持つウーナのことを！　だったらルパンカじゃなく、あたしを隊長のところまでつれていって」

村人のあいだに、戸惑いのざわめきが広がる。シングおばさんが、両手を絞るようにして推移を見守っている。

「ウーナ、やめろ」

縄で縛られ、打ちすえられていたルパンカが、うめくように言った。「俺のことはいいから、早く逃げるんだ」

ルパンカの言葉には耳を貸さず、ウーナはなおも言いつのった。

「ルパンカを解放しないなら、あたしはここで目をえぐる。隊長はきっと怒って、村に火をかけるわよ。さあ、どうする？」

シングおばさんが耐えかねたように、

「もういいじゃないか」

と叫んだ。肉切り包丁で、ルパンカを拘束していた縄を断つ。

「ウーナはこの村で、私たちが育てた子だよ。ルパンカだって、村にずいぶん富をもたらしてくれたじゃないか。ルパンカのことは見逃して、ウーナには政府軍のお偉いさんのところで、なに不自由なく暮らしてもらおう。それでいいだろ」

さあ、行きな。シングおばさんはルパンカを立ちあがらせた。村人は態度を決めかねるのか、ルパンカとウーナを油断なく見据えている。

ウーナは、ふらつきながら歩いてくるルパンカを抱きとめた。

「ルパンカ。あたしがそばにいなくなっても、お酒ばっかり飲んじゃだめだよ」

背後は崖。半円を描いて二人を取り囲む村人の壁。逃げ場はどこにもない。ルパンカを生かすために、ウーナは囚われの身になるしかない。でも、悔いはなかった。ルパンカの命以上に、ウーナにとって大切なものはない。セル・ド・ンシャク号に乗ったルパンカが、どこかの海を元気にひた走っているのだと思えば、別離のつらさも我慢できる。

「船のみんなによろしくね。航海中は、リンゴをたくさん食べるように言って。それから、それから……」

ウーナはしゃくりあげた。頭上高く、海鳥が鳴く。遠く汽笛が響いた気がした。なつかしいセル・ド・ンシャク号の汽笛。

「ウーナ」

ルパンカが低くささやく。「もう二度とこの村に帰れず、政府軍の隊長が申し出た贅沢な暮らしとやらができなくても、後悔しないか？」

「なにを言ってるの、ルパンカ」

ウーナはびっくりして顔を上げた。「あたりまえでしょう！　あたしだって本当は、死んでもルパンカと一緒にいたい。でも、それは無理だから。せめてルパンカには生きてほしいから」

「よし」

とルパンカは言った。「俺たちの頼もしい仲間が助けにきたぞ。うまく着水できれば、船へ拾いあげてもらえる。死ぬかもしれんが、ともに行こう！」

ウーナの手を引き、ルパンカは突然、崖を目がけて走りだした。動揺した村人が、半円を崩して追いすがってくる。

ルパンカは崖の縁で立ち止まり、村人を振り返った。

「海賊ルパンカとウーナは、ここで死ぬ！　政府軍には、波にさらわれた死体をせいぜい探せと伝えてくれ」

次の瞬間、ウーナの体はルパンカとともに崖から飛んだ。悲鳴を上げたシングおばさんを、青い空を、どんどん近くなる海面を、水平線の彼方からゆっくりとやってくるセル・ド・ンシャク号を、ウーナの金色の目は映した。

ルパンカは落下しながらもウーナを抱き寄せる。鼓動が耳もとで聞こえる。ウーナも、ルパンカの首に腕をまわした。

「いつまでも、どこまでも一緒に行こう、ルパンカ」

あたしたちを利用しようとするものも、海賊だからといって眉をひそめるものも、だれもいない。そんな場所を目指して。

ルパンカとウーナは微笑みあい、自由の海に向かって、永遠に近い一瞬を落ちていった。

© © © © © ©

国を追われ、海を渡るしかなかったパロ大統領と花世《はなよ》。二人のことを考えていたら、自然と湧きでてきた話だった。

「また、ロマンティック全開なものを書いたわねえ」

英里子が肩を震わせる。

「あー、私ちょっと、社編サークルのほうの様子を見てくる」

幸代は居たたまれず、「月間企画」のスペースをあとにした。

あっちでもこっちでも幸代の小説を読んでいるので、ちっとも落ち着けない。東ホールと西ホールを無駄にうろうろして冬コミを終えた。一日が終わったときには、肉体よりも精神の疲労が激しかった。

裏社史は十一冊売れた。本間課長が英里子にあげたぶんを入れると、十二冊だ。なんの宣伝もせず実績もないサークルが、いきなり冬コミに参加して発行した地味な同人誌。それが、十二人の目にとまって読んでもらえるというのは、けっこう健闘したほうではないかと幸代は思う。

だが、本間課長はがっかりしていた。

「たった十二冊しかハケなかった。いっそのこと、通路でじゃんじゃん配り歩くべきだったんじゃないかな」

「そういう行為は禁止されています」

幸代は偏頭痛がはじまり、こめかみを揉んだ。「はじめてにしては、上々の結果だと思いますよ。いずれにせよ、本番は来年の一月十一日です。その日に、社員や取引先に配りまくるんだからいいじゃないですか」

「今日の売り上げで、みんなでパーッと焼き肉でも食べようと思っていたんだが」

まだぶつぶつ言っている課長をなだめ、幸代たちは午後三時に撤収した。売れ残った裏社史を、また全員でわけて持って帰る。百冊のうち十二冊売れたところで、あまり荷物が減った感じがしないが、まあしかたない。

本間課長と幽霊部長はそれぞれ、寄り道せずに家に帰ると言った。「妻の実家に帰省しなければならなくてね」と、課長は気が重そうだった。幽霊部長は、奥さんに窓拭きをするよう申しつけられているそうだ。

矢田とみっこちゃんは、お台場をぶらつくつもりらしい。東ホールから出ていく二人が手をつないでいるのを、幸代は見逃さなかった。

「あーあ。変わり映えしないのは私だけか。お正月どうしよう」

有楽町の楽々亭《らくらくてい》で、幸代はぼやいた。棒ギョウザを食べていた英里子が、「変わらない毎日が一番じゃない。平和な証拠」

と慰めてくれた。

店を出ると、いつもよりビルの明かりも車の排気ガスも少ない夜空に、冬の星座が光っていた。

年末のあわただしくも澄んだ都会の空気が、幸代は好きだ。

「よいお年を！」

もしかしたら、洋平《ようへい》が帰ってきているかもしれない。紹興酒であたためられた体に、予感がくすぶりだす。

バッグの重さをものともせず、マンションへ帰る足を速めた。

「はー、疲れた疲れた」

最低限の着替えと、母親に無理やり持たされた餅の残りが入った旅行鞄を提げ、幸代は自分の住む街に戻ってきた。

正月三日の商店街は、まだシャッターの下りている店が多い。薄雲のかかる午後の空の下、少し閑散とした通りを歩き、マンションまでたどりついた。

予感なんて、たいていはずれる。

洋平が帰ってくるのではないかという期待を胸に、十二月三十一日の夕方まで幸代は待った。それから、たび重なる母親からの電話攻勢に負け、紅白歌合戦がはじまろうとする時間にようやく、横浜にある両親の家を目指し、電車に乗ったのだった。

両親とともに過ごす正月は、上げ膳据え膳で楽だが、気詰まりでもあった。初詣に行ったら、母親に「えんむすび」のお守りを買い与えられた。父親が干支《えと》の絵馬に、「幸代良縁」と書きこんでいるのを目撃してしまった。両親はどうやら、遠まわしに結婚をせっつくだけでは飽きたらなくなってきたみたいだ。

だからって、神頼みってどうなのよ。私の結婚は、もはや人力では実現不可能だとでも言いたいのか。そんなにあせるような年でもないし、絶対に結婚しなきゃいけないと決まってるものでもない。それに私には、洋平というれっきとした彼氏がちゃんといる。旅に出たまま、帰ってこないけど。

幸代は一人でうつろに笑い、マンションの階段をのろのろ上がった。鍵を開け、玄関のドアを入る。

室内はあたたかく、雑煮のにおいが充満していた。なぜか、すりこぎでゴマをするような音もした。

「おー、おかえりー」

居間の引き戸が開き、洋平がのんきな笑顔で幸代を出迎えた。彫刻のほどこされた、得体の知れぬ棒を手にしている。

「ただいま」

ふいを突かれた幸代は、部屋に洋平がいる、という事実をうまく飲みこめないまま、鞄を置いて畳に座った。座ったとたん、次々に疑問があふれた。

「ていうか、洋平のほうこそ『おかえり』でしょ」

「うん。ただいま」

「いつ帰ってきたの？　どこに行ってたの？　それ、なに？」

洋平のまえには、ぎざぎざに波打つ洗濯板に似たものが置いてあった。洋平はいままで、その板を棒でこすっていたようだった。

「あ、これはテクマ」

洋平は幸代に見えやすいよう、板を斜めに持ちあげてみせた。「テクミンていう音楽で使う楽器」

テクミン。どこかで聞いたことがある。幸代は記憶を探った。

「昨日、帰ってきたんだけど」

洋平は、テクマとやらいう板に高速で棒を走らせ、ゴリゴリと騒音を発しながら話をつづける。「幸代は帰省してるみたいだったから、じゃあまあ、一人で正月気分にひたろうかと思ってさ。雑煮だけ作った。まだ残ってるよ。食う？　腹減ってる？」

ゴリゴリ音が邪魔で、うまく思い出せない。幸代が鞄から餅を出して渡すと、洋平はテクミン演奏(うるさいだけに思えるが、本当に演奏なのだろうか)を中断し、台所に立った。

オーブントースターが「チーン」と鳴り、餅が焼けた。同時に幸代も、記憶の検索作業を終えた。

そうだ、たしか「テクミン」という言葉は、熊井《くまい》から聞いたのではなかったか?

「洋平!」

「なに?」

雑煮の入った丼《どんぶり》を二つ持ち、洋平が居間に戻ってくる。「中途半端な時間だから、餅は一個にしといた」

「いただきます」

幸代は雑煮をすすり、「いや、そうじゃなくて」と座り直した。

「サリメニに行ってたの?」

「インドネシアにも行ったけど、ほとんどはサリメニで過ごしたかな。そうだ、首都のメニータの古道具屋兼古本屋で、すごいもんを見つけたんだ」

居間の隅《すみ》に置いてあったザックを、洋平は引き寄せる。「幸代へのお土産にいいと思って、買ってきた」

もしかして。幸代は身を乗りだし、ザックをかきまわす洋平の手もとに注目した。もしかして、サリメニの女神の直筆原稿を売ってたとか、そういうことじゃないだろうか。ドラマだったらそろそろ、そんな偶然の展開があっていいころだ。

ところが期待に反して、洋平が「はい、これ」と差しだしたのは、茶色いお椀《わん》のようなものだった。落胆した幸代は、平板な口調で問う。

「なんですか、これは」

「それも、テクマ」

洋平はにこにこしている。「ココナツの殻でできてる」

受け取ったお椀は、見た目よりもずっと軽かった。お椀の内側一面に、細かく絵が描かれている。絡まった蔦《つた》、ヤシの葉、ハイビスカスに似た花など、彩色も鮮やかだ。

「ここに」

と、洋平が絵の中心を指した。「三日月と四つ星が描かれてるだろう。わりと古いし、細工も丁寧だし、大統領宮殿で使われていたテクマかもしれないなあと思うんだ」

ま、あくまで想像だけどね。洋平はそう言って笑った。

「幸代はサリメニの昔の国旗に、なんだか興味があるみたいだったから」

「ありがとう」

最前までの落胆を忘れ、幸代は素直に礼を言うことができた。旅のあいだ、洋平が幸代のことをまったく考えなかったわけではないのだと知って、うれしかった。

雑煮を食べ終えると、洋平はなんだかもぞもぞしはじめた。

「あのさ、ハガキ届いた？」

「届いたけど、どういう意味なの、あれ」

「えー、わかんなかったのかよ。俺の決意表明なのに」

わかるはずないでしょ。「タコの切れた糸になりたい」が、なんらかの決意表明なのだと察することのできるひとがいたら、お目にかかりたいものだ。

「つまりさ」

と、洋平は厳《おごそ》かに言った。「地面に落ちた糸を延々とたどっていけば、どのあたりで凧《たこ》から糸が切れたかわかるだろ」

「そうかもね」

話がどこへ向かっているのかわからず、幸代は曖昧にうなずく。

「俺はこれからもフラフラ、凧みたいに旅に出るけども、でもちゃんと、道しるべとして糸を残していくようにする。幸代が不安になったときに、すぐにたどれるような、そういう糸に俺はなるから！」

「えーと」

幸代は首をかしげた。「『これからはちゃんと、行き先を告げてから旅に出るよ』って意味？」

「そうそう」

洋平は、「俺の出した結論はいかがか」と言わんばかりに得意気だ。

「ばかじゃないの！」

幸代は怒鳴《どな》った。「糸をたどってもさあ、凧は切れたあとなんでしょ？　じゃあ、たどったさきに洋平がいる保証はないじゃない。糸が切れた凧は、思いもよらない場所まで風に飛ばされちゃってるかもしれないじゃない。その場合どうすんの」

「あー、そういえばそうかな」

「比喩が不完全なんだよ」

ポクポクポク。幸代は箸の尻でココナツの殻を叩いた。

「いいリズムだ、幸代」

洋平も棒を手に取り、洗濯板をこすりだす。ゴリゴリポクポクと、二人はしばらくテクミン演奏に勤《いそ》しんだ。

やがて、「わかったぞ」と洋平が言った。

「俺という凧は、糸が切れたら即座にその場に落下する。そうすることに決めた。だから、糸をたどってきてくれて大丈夫だ。たどったさきに、必ず俺はいる」

どう？と問われ、幸代は声には出さなかったが、「ばかじゃないの」とまた思った。結婚が遠のいた。洋平は旅をやめる気はないらしい。

でも、いいじゃないかそれで、とも思えた。洋平が地球のどこにいようと、私たちは凧糸でつながっている。糸の端を少し引っ張れば、波を越え砂漠を越え山脈を越えて、震えは相手に伝わるだろう。耳を澄ませば糸電話のように、相手の声が心に届くだろう。そしていつか、洋平は帰ってくる。糸をたどって、私のいるところに必ず帰ってくるのだ。

いままでと、なにも変わることなく。

それ以外に、いったいどんなつながりが必要だろう。

変わらない毎日が一番じゃない。英里子の言葉が胸に蘇《よみがえ》った。本当にそうだ。幸代は微笑む。

「サリメニでは、なにをしてたの？」

幸代が聞くと、洋平は楽しそうに話しだした。

「ジャングルを歩いたり、テクミンを習ったり、田舎の海岸でボーッとしたり。あと、カニの缶詰工場のおっちゃんと仲良くなって、手伝ったりもしたよ。もう、五十回転生しても食いきれない量のカニをほじったね、俺は」

「ほじっただけで、食べなかったんだ」

「残念ながら、商品だから」

階下の住人に、「木魚《もくぎょ》みたいな音、うるさいんですけど」と言いにこられるまで、幸代と洋平は各々のテクマを鳴らしながら、一緒にいなかった時間に起きた出来事をしゃべりつづけた。

十三

「えー、長年にわたって、我々社史編纂《へんさん》室が取り組んでまいりました社史を、あー、このようにみなさまの手に無事に届けることができましたことは、えー、まことにうれしく、うー、これもさまざまに協力してくださったかたがたのおかげと、あー、感謝する次第でございます」

星間《ほしま》商事株式会社本社大会議室で、居並ぶ取締役をまえに、本間《ほんま》課長が挨拶した。無闇やたらと車のブレーキを踏むドライバーみたいに、ぎくしゃくしたしゃべりかただ。

本来なら、社編の責任者である幽霊部長が挨拶するところだが、

「わたしはサンパウロでサッカー観戦をしていただけですし、本間くんがおやりなさ

い」

と辞退した。肩の凝る儀式を、体《てい》よく本間課長に押しつけ逃走した形だ。

課長のお目付け役には、幸代《さちよ》が任命された。「絶対にいやです」と言ったのだが、矢《や》田《だ》もみっこちゃんも、目を合わせてくれない。課長一人ではたしかに心もとないので、しかたなく大会議室まで同行することにした。

会社の創立記念日といえども、節目の年ではないので、式典などは特に行われない。取締役会に便乗して、できあがった社史をお披露目《ひろめ》するだけだ。幸代は内心で、「しっかりして」と課長を叱咤《しった》しつつ、笑みを絶やさず会社の重鎮《じゅうちん》たちに社史を手渡してまわった。

表の社史に関しても、幸代たちはもちろん、手を抜くことはしなかった。表紙に焼け野原写真を使う、というみっこちゃんの案は、柳沢《やなぎさわ》チェックによって幻に終わった。しかし青木《あおき》の尽力もあって、カバーに使われた社屋の写真は、実物よりも数段立派に見える出来だ。総じて、シャープだがぬくもりの感じられるデザインに仕上がった。

矢田の執念が実り、口絵ページも充実したものになった。矢田は、ダミーの写真で柳沢チェックをかいくぐる、という荒技に出た。実際に口絵として印刷所に入稿したのは、「韓流スターもどきの胸像」「なぜか本館トイレの洗面台に置き忘れられた社長賞の万年筆（やらせ）」「社食の『本日のメニュー』（食堂のおばちゃんの手書き。よく見ると、星間商事特製原稿用紙に書かれていることがわかる）」などなどの写真だった。

本文も負けてはいない。実力あるライターが結集してくれたおかげで、星間ＯＢへのインタビューページは、当時の息吹《いぶき》を感じさせる臨場感あふれるものになった。口惜《くちお》しいのは、「星間商事のあゆみ」のページで、「サリメニ」という単語を出せなかったことだ。しかし幸代も、柳沢チェックをすり抜けるため、一計を案じた。年表ページの字を、とびきり小さくしたのだ。いくらダンディーな柳沢専務といえど、老眼には勝てないだろう。作戦は成功し、「サリメニ支店ができる」「サリメニで同業他社の駐在員と、熾烈《しれつ》な受注競争」「サリメニの首都メニータでホテル建設に着手」といった文言を、年表にちりばめることができた。

社史編纂室が総力を挙げて作った社史は、いまとうとう、ひとの目に触れるところまでやってきた。幸代は感慨深く、役員室を見渡した。

「妙な噂を聞いたんだが」

柳沢専務が、社史をパラパラとめくりながら言った。「正規の社史とはべつのものが、出まわっているとかいないとか」

「あう」

うめいて汗を流しはじめた本間課長にかわり、幸代が応戦した。

「さあ、存じません。専務のおっしゃる『正規の社史とはべつのもの』には、いったいどんなことが書かれているんですか?」

「わたしは見ていないから、なんとも言えない」

「あら、なんだ」

　幸代は「うふふ」と笑ってみせる。みっこちゃん、あたしに女力《めぢから》をわけてちょうだい!

「じゃあやっぱり、単なる噂にすぎませんよ。もし仮に、べつの社史が存在するとしても、恐れることはありません。我々社史編纂室が作った社史だけが、星間商事株式会社の正式な社史なんですから」

「そのとおりだね」

熊井《くまい》の息がかかった小林《こばやし》常務が、口を開いた。「社史編纂室が作ったものが、星間の社史。当然のことだが、この認識でよろしいですね」

「いいよ」

軽い口調で請けあったのは、小林と同じ派閥に属する稲田《いなだ》社長だ。社長は、口絵の「胸像写真(キラキラバージョン)」を興味深そうに眺めている。のんきだ。

企画出身である副社長の磯村《いそむら》は、小林と柳沢の顔を見比べ、結局社長の稲田に追随してうなずいた。

よし。幸代はひそかに拳《こぶし》を握る。裏社史の奥付《おくづけ》には、ちゃんと「編集・発行　星間商事株式会社社史編纂室」と記してある。言質《げんち》は取った。これでもう、裏社史の存在が明らかになっても、文句は言わせない。

書記役の秘書よ、いまの発言をしっかり記録してくれたかね？

「社史編纂室が作製したものが、星間の社史であると承認いただけました。ありがとうございます」

声に出して念押しし、幸代は本間課長をうながして部屋を出ようとした。

「待ちたまえ」

柳沢に重々しく呼び止められた。うわあ、「たまえ」って本当に言うひとと、はじめて会った。噴きだしたいのをこらえ、振り返る。

「こうして社史も完成したからには、社史編纂室は解散だ。人事から、追って異動の通達が行くだろう。楽しみにしていなさい」

幸代はことさら丁寧に頭を下げ、ドアを閉めた。

仕事は人並にこなしている。打ちこみたい趣味もある。もとから出世とは隔絶していた。

そんな人間にとっては、いまさらどこへ飛ばされようと怖くなんかないのだと、たぶん柳沢にはわからないのだろう。結婚も上司に勧められるままで、そのくせ若い秘書に手を出し、いまもなお出世街道を驀進《ばくしん》中の柳沢専務には。

少しかわいそうな気がした。

「やっちゃったねえ」

廊下を歩きながら、課長は汗を拭いた。びくついているようでも、晴れやかな達成感を味わっているようでもあった。

社史編纂室に戻ると、机につっぷしたみっこちゃんと幽霊部長が出迎えた。矢田はソファでのびている。

無理もない。社史編纂室の面々は二日間徹夜して、正規の社史に裏社史を挟みこむ作業を行ったのだ。矢田が自分の車を出し、裏社史を積んで、まずは品川にある印刷会社の倉庫へ赴《おもむ》いた。社編総出で、刷りあがったばかりの正規の社史に、裏社史を一冊ずつ輪ゴムでとめる。

幸代とみっこちゃんは途中で倉庫から社編に戻り、宛名シールの作成とプリントアウトに励んだ。社外に発送するぶんだ。取引先、子会社、社史購入を希望した退職者、主立った図書館や大学など、発送先は千件弱ある。みっこちゃんは、名ピアニストもかくやの指さばきで、パソコンに住所を打ちこんだ。社史編纂室の古いプリンターは、死にそうな喘鳴《ぜいめい》とともに大量のシールを吐きだした。迎えにきた矢田の車にシールと封筒を載せ、倉庫に取って返す。待ちかまえていた本間課長と幽霊部長が、シールを封筒に貼った。

裏社史が挟まった正規の社史を、すべて封筒に入れて郵便局の時間外窓口に運びこんだときには、一月十一日の朝を迎えていた。指紋がすり減って、指の腹がつるつるになっていた。

「でもこれで、サリメニの真実は闇に葬られずにすむんですね」

みっこちゃんは机からちょっと顔を上げ、すがすがしい表情を見せた。

「いまさら全部を回収することはできないし、むきになって回収しようとしたら、うしろ暗いところがあるんだって、自分で言うようなもんだからな」

矢田もソファに横たわったまま、にやりと笑う。

「社内のあちこちに、裏社史入りの社史を忍ばせてきましたよ」

幽霊部長が、自分で自分の肩を叩きながら言った。「別館の資料室、応接室の本棚、エントランスの陳列コーナー（「星間商事のあゆみ」という展示スペースがある）、食堂のおばちゃんの休憩室などなど。何年後かわかりませんが、いつかだれかが、ふとした拍子に手に取って、星間商事に裏の歴史があったことを知ってくれるでしょう」

そうだ。紙に記されたひとの思いは、時間を超えていつかだれかに届く。燃やしつくすことも、粉砕しつくすこともできない、輝く記憶の結晶となって。

郵便配達人によって、いままさに全国に散らばっていっている裏社史。星間の全社員の机に配られた裏社史。このビルのそこかしこで、図書館の暗い本棚の片隅《かたすみ》で、必要とされるときを待つ裏社史。幸代は、それらが発するほのかな光を思い描いた。サリメニの夜空に浮かぶ月と星に似た、ささやかだけど消えることのない光を。

異動の辞令は、すみやかに下された。

みっこちゃんと矢田はそれぞれ、小林常務と稲田社長の声がかりで、社編に来るまえの仕事内容に近い部署へ戻れることになった。裏で熊井が糸を引いたのは言うまでもない。

「みっこちゃんは本社営業部一課（国内営業担当）に。矢田さんは社長秘書に、か」

幸代は廊下に貼りだされた辞令を眺める。「ここまでは順当だと思いますよ。でもなんで私は、『資料室勤務』なんですか！」

「まあまあ、いいじゃないですか」

隣に立つ幽霊部長が、幸代をなだめた。「わたしなんて、五月で定年なのに博多支店に転勤ですよ。妻にどんな嫌味を言われることか」

「資料室勤務なら、同人誌を書く時間もいっぱいありそうだよ」

本間課長が背後で言った。「わたしの定年まで、また仲良くやろうね、川田《かわだ》くん」

そう、問題は、本間課長も資料室勤務だということだ。

社史編纂室は解散になり、部屋は総務部の備品置き場として使われる予定だ。幸代と本間課長は、別館の資料室に移らなければならない。これまで、資料室に常駐している人員はいなかった。「資料室勤務」は、新たに設立された部署（？）である。仕事内容は、埃をかぶった資料の整理、広報室の補佐、内外からの依頼を受けて、必要なときに必要な資料を探しだす、などなどだそうだ。要するに閑職《かんしょく》だ。リストラの崖っぷちだ。

「課長と二人っきりなんて、絶対にやだ！」

幸代は人目もはばからず廊下で叫んだ。「それぐらいなら企画部に戻って、同人誌も作れないほど激務な日々のほうがいい！」

「またまた。そんな日々に戻ったら、ブチブチ文句を言うくせに」と本間課長。

「どうせ課長は、七月に定年ですよう。あとは先輩だけで資料室を占拠できるんですから、ちょっとの我慢です」とみっこちゃん。

「さりげなく血も涙もないなあ、みっこさんは」と幽霊部長。

「嘆くな、川田。これはある意味、重要な部署に配属されたってことだよ」

矢田が真剣な顔で言った。

「どこがですか」

「考えてもみろ。節目の年に、また社史は作られるはずだ。そのときに、今回のノウハウを知るものがいなかったら、どうなる。星間の資料が散逸してしまっていたら、どうする。おまえは、この会社の記録と記憶を掌握《しょうあく》する部署の主《あるじ》になるんだ。責任は重い」

「そう表現すれば、なんだか恰好いいですけど」

所詮《しょせん》は、薄暗い資料室で延々と資料整理。裏社史を作ったことへの、明らかな懲罰人事じゃないか。幸代はさっそく、ブチブチと文句を言った。

「新設部署だから、仕事内容については一任するって言われてるんだろ？　好きにやらかしてやれよ。得意だろ、そういうの」

矢田は本心から励ましてくれているようだ。じゃ、お言葉に甘えて、他社の社史編纂を請け負う業務でもはじめようかしら。幸代はそんなことを考えた。

「さあ、社編解散の日まで、一週間もありませんよ」

みっこちゃんが腕を振りあげる。「社史編纂室の掃除と引っ越しに取りかかりましょう！」

「おーう」

気の抜けた声を合わせ、社史編纂室一同は廊下を堂々と歩きだした。季節はずれの辞令が貼りだされたことで、「また社編だ」「とうとう解散だって」と噂する社員もいたが、幸代はもう、そんな声を気にしたりはしなかった。

社編に溜《た》めこんだ本を別館の資料室にすべて運び、机を片づけ、本棚を解体した。何年ぶりかに姿を現した窓から、拭き掃除したばかりの社史編纂室の床に、冬の日射しがやわらかく注ぐ。

このメンバーがそろって仕事（やら同人誌づくりやら）をすることは、もうないんだ。幸代はなんとなくさびしい気持ちで作業にあたった。

社史編纂室はつかのま空《あ》き部屋になり、翌日からはそれぞれがべつの部署で働きだす、という夜。やや遅ればせながら、裏社史の完成を祝って打ち上げが行われた。打ち上げ代として、幸代は一時着服した三万円も含め、印刷代の残りを提供した。参加者は社編の面々と熊井。場所はもちろん、「星花《せいか》」である。水間《みずま》にも声をかけたのだが、「俺は早寝なんだ」と断られた。幸代はお礼の手紙とともに、表裏両方の社史とマカロンを興和《こうわ》印刷に送っておいた。矢田が断固反対したため、デザイナーの青木を呼ぶのは見送られた。

「はいはい、みなさんお酒は行き渡りましたか？　では僭越《せんえつ》ながら、部長のわたしが乾杯の音頭を、かんぱーい！」

「だから俺ぁ、柳沢の野郎に言ってやったんだよ。『本間くんと川田くんは、会社に必要な人材だ。そんなに腹に据えかねるんなら、資料室に配属しときゃあいい』ってな。どうだ、粋《いき》なはからいだろ？」

「ヤリチン先輩、おしぼり取ってくださいー。お醤油こぼしちゃった」

「ヤリチンて言うな。やってねえんだから」

「ええっ。きみたちつきあってるのに、いたしていないのかい」

「みっこ以外とは、って意味ですよ」

「やだぁ、ヤリチン先輩。みっこ恥ずかしいー」

あいかわらず話が嚙みあわないまま、一同は衝立《ついたて》で仕切られたテーブルで飲んだり食べたりする。幸代はため息をついた。

「みなさん、おつかれさまでした」

星花の女将《おかみ》が顔を出した。「これは店からのサービスです」

背後に控えていた若い店員が、おつくりの盛られた大皿をテーブルに置く。歓声とともに、四方八方から箸がのびた。

「どうなの、正《ただし》。みなさんにご迷惑をかけず、会社でやっていけてるの」

幼児に対するように、女将は本間課長に優しく問いかける。

「やだなあ、おばさん。大丈夫ですよ」

課長は臆面もなく言ってのけ、裏社史が二十冊入った紙袋を女将に渡した。「とうとう完成させました」

課長がいい年してダメ人間なのは、女将が甘やかしたからなのかしら。そう思いながら、幸代は二人のやりとりを眺めていた。女将は袋から裏社史を取りだし、

「サリメニの女神」

とつぶやいて、愛おしそうに表紙をそっとなでた。一同は箸を置き、女将に向かって頭を下げる。女将も打ち上げに混じって、裏社史を手にコップを傾けはじめた。

★　★　★　★　★　★

本間正とサチ、ミツ、チンペイは、忍び装束で波止場に立ちました。待つことしばし。汽笛が聞こえ、深い夜の向こうから、一隻の大きな木造船が姿を現しました。

「おーい、おーい」

本間は矢も楯もたまらず、船に向かって手を振りながら走りだしました。サチ、ミツ、チンペイもあとにつづきます。

船の手すりに、人影が見えます。廻船問屋「月間屋《つきま》」の船で異国に送られた、柚《ゆず》どのです。町内で「星小町」と謳《うた》われた美貌もそのままに、柚どのは微笑んで手を振り返しました。

長い長い流転の日々は終わり、柚どのはとうとう、生まれた場所に帰ってきたのです。

船を手招くように、本間は涙を拭っては腕を振り、暗く静かな海へ「おーい、おーい」と呼びかけつづけるのでありました。

★　★　★　★　★　★

本間課長の「自伝小説」を読みながら、女将は何度もうなずいた。

「妹も、いつかこうして帰ってきてくれたら……。いいえ、きっと帰ってくるでしょう」

穏やかな声だった。テーブルを囲む面々は、女将の心中を思い、このときばかりはしんみりしたムードになった。女将にとって、裏社史に書かれたことは過去でも記憶の結晶でもなく、まぎれもなく進行形の現在なのだと察せられた。

幸代の携帯が鳴った。音に弾《はじ》かれたように、「さあ、おばさん。もう一杯」と本間課長が酒を勧め、飲み食いとおしゃべりが再びはじまった。幸代は携帯を持って席を立つ。

店の戸口を出たところで、通話ボタンを押した。

「おう、幸代。俺だけど」

洋平《ようへい》ののんびりした声が耳に届く。

「どうしたの」

吐く息が白い。幸代は体を震わせた。今日はこの冬一番の冷えこみだそうだ。

「早く伝えたほうがいいかと思ってさ。実咲《みさき》さんからハガキが来てたよ」

洋平は電話口で文面を読みあげた。「えーと。『英里子《えりこ》から「サリメニの女神」が届き、読みました。幸代、がんばったんだね。私も、新作に取りかかろうと思います』」

酒精のためだろうか、腹の底があたたかくなった。

「ひとの手紙を勝手に読まないでよ」

「ハガキだってば。見えちゃったんだから、しょうがないだろ。どう、そっちは」

「宴《えん》もたけなわでございます」

「そっか。俺、明日早いから、風呂入ってもう寝るな。帰ったら追い焚きして」

「うん」

「シングルでいいか？」

「いいよ」

「よっしゃ。あっためとく」

幸代と洋平のあいだでは、布団を一組しか敷かないのが最近のブームだ。二人はそれを「シングル」と称し、ほとんど毎晩、くっついて寝ていた。寒さに負けたためでもあるが、洋平の帰還以来、にわかにラブラブモードが高まったからでもある。

こんな会話、ほかのひとに聞かれたら恥ずかしさで死ねる。

腹ばかりか頬まで熱くなってきたが、

ど。

「うん、お願い」

と幸代は答えた。

あー、帰ってからの楽しみもできた。洋平はほんとに寝ちゃうのかな。ちょっと起きて、布団のなかで話したりできないかな。もちろん、話以上のことをしてもいいんだけど。

電話を切り、にやつくのを必死に抑えてふと顔を上げると、窓にへばりついてみっこちゃんと本間課長がこちらを見ている。やめろよ、というように、矢田がみっこちゃんの服の裾《すそ》を引っ張っている。女将の指導のもと、幽霊部長と熊井がおじやを作るべく、鍋に卵を流し入れている。

楽しい夜だ。幸代はみっこちゃんと課長にシッシッと手を振り、店の引き戸を開けた。敷居をまたぎかけて振り仰ぐと、空には星がまたたいていた。朝を待つサリメニの海岸には、銀の弓のような三日月が浮かんでいることだろう。

本書は二〇〇九年七月、筑摩書房より刊行されました。

解説　物語の女神たちへ

金田淳子

『星間《ほしま》商事株式会社社史編纂《へんさん》室』は、物語をつむぐ女たちについての物語だ。

こう言うと、「平安文学」だとか「女流文学」だとか、教科書に載っているような、ちょっと堅苦しい話をイメージしてしまうかもしれない。いやいや、さにあらず。主人公の川田幸代は、今でいうところの「腐女子」、つまり、男どうしが恋愛したりセックスしたりするお話が大好きで、日々、そのような妄想にいそしんでいる女性だ。さらに、その妄想が嵩じてボーイズラブ（BL）小説を描き、長年にわたって同人誌を制作している。

何を隠そう、私も物心ついたときから腐女子である。男どうしのエッチなシーンが、やまなし・おちなし・いみなし（＝「やおい」の語源）で延々と続く小説を、ノート何十冊にもわたって描き連ねていたものだ（このノートは、もし他人に見られたらその人を殺して自分も死ぬしかなく、危険すぎるので三〇歳のころ処分した)。

また、言うまでもなく作者の三浦しをん氏自身が、BLを語らせたら右に出るもののない猛者《もさ》として有名だ。三浦氏の手による『シュミじゃないんだ』(新書館、二〇〇六年)は、BL愛をここぞと訴える読書エッセイであり、優れたBL批評集である。私が三浦氏に初めてお目にかかれたのも、忘れもしない、「ユリイカ」二〇〇七年六月臨時増刊号『腐女子マンガ大系』(青土社)の巻頭対談だった。お会いしてBL話をするたび、その読書量、批評眼に驚かされる。

女なのに男どうしの愛が好きだなんて、ごく珍しい特殊性癖だろう、と思う方もいるかもしれない。いやいや、話せば長くなるが、このジャンルにはかなりの歴史があるのだ。日本では六〇年代末にはその萌芽が見られ、数々の名作少女マンガ、そして専門誌「JUNE」(マガジン・マガジン社)が生まれ、九〇年代には、BLマンガ、BL小説という商業ジャンルが確立している。またアマチュア(同人)の活動を見ると、世界最大の同人誌即売会「コミックマーケット」(一九七五年誕生)の最初期からそのような女性達が存在感を示している。現在もサークルの約七割(約二万五千サークル)は女性が代表であり、少なく見積もってもそのうち半数はBL的な物語を描いている。つまり日本には「男どうしの恋愛やセックスの妄想をし、そのような物語をつむぐ女性」が、数万人規模で確実にいるということだ。おそらく、あなたのクラスや職場にも、一人や二人はそんな女性がいるはずだ。ちなみにこのような女性による表現は、欧米やアジアでも見られるので、日本に特殊というわけでもない。

主人公の川田幸代は、そんな「現代日本のどこにでもいる普通の同人の女性」だ。BL好きの女性といえば一昔前には、何かどろどろとした情念、宿業《しゅくごう》を背負っていて、生きるのが大変そうな人として語られることもあったように思う。たとえば、故・中島梓氏（栗本薫氏）の『コミュニケーション不全症候群』（筑摩書房、一九九一年）は、男たちの愛を妄想せずにはいられない女性についての初めての論考だが、そのような女性を、社会のジェンダー規範に「過剰適応」した存在として論じている。

私は九〇年代からBLや腐女子について研究をしているのだが、そのような語られ方や、批評・研究の傾向に対して違和感があって、研究を始めたという経緯がある。この違和感について、おそらく、川田幸代ならば同意してくれるのではないかと思う。

川田幸代は、男どうしの恋愛を妄想するのが好きだ。さらに他人よりも少し豊かな文章表現力があるので、それを小説にして発表するという趣味がある。その妄想や趣味に関して、何か「生きづらさ」を抱えているというような描写は全くない。この小説がWeb連載で発表され始めた同時期に、小島アジコ氏によるマンガ『となりの801ちゃん』（宙出版、二〇〇六年）が話題になったが、これも腐女子を、妄想力に長け、妄想によって人一倍楽しく生きている、普通の女性として描くものだ。こういう作品がメジャーになるのを待ってたよ！と、私は膝を打ちすぎて軟骨がすり減りそうな気分であった。

この小説はもちろんフィクションであるが、さすが三浦しをん氏と言うべきか、「普通の同人の女性」の描写が真に迫っていて、同人あるあるネタとして「ムフッ」と笑える箇所もあれば、「ホムウ！」と感銘を受ける箇所もある。まず幸代の同人活動は、一人で孤独にやっていることではなく、サークル「月間《つきま》企画」での、同人友達二人との共同作業である。女が男どうしの関係をムフフと語るとき、その隣には多くの場合、聞き手であり語り手である、同好の女がいる。ごく当たり前のことなのだが、BL趣味や同人活動は、いつも他者と一緒に行う社会的な活動なのだ。結婚して専業主婦になり、子育てしている者もおり、結婚しないで働いている者もおり、三者三様なのもよい。また、好きでやっているから他人は気にしないと言いつつも、自分の描くものが一冊でも多く売れるか売れないかを気にするプライドも、もちろんある。幸代の同人友達が、結婚を機に同人をやめるという騒動が持ち上がるが、これをプライドの問題にも結びつけて語る箇所には、「ホムウ！」であった。

ついつい熱くなり、同人の話が長くなってしまったが、むろん、この小説で面白いのは、同人活動の描写だけではない。星間商事の社史にまつわる奇想天外なミステリーが、少しずつ明かされていく過程がこれまた「ホムウ！」なのだ。

この先はネタバレになるので、この小説をまだ読み終えていない方は、絶対に読まないでほしい。自分で読む前にネタバレを見てしまったら、後悔しますよ。本当ですよ。

さて、幸代は家では同人活動を、職場である星間商事では社史編纂の仕事を進めている。社史を調べるうちに、男たちが口をつぐみ、語ろうとしない時期があることに気づく。これを幸代は「高度経済成長期の穴」と名づけるが、男たちが語ろうとしないこの穴の中心にいるのが、もう一人の主人公ともいうべき女性、花世である。この花世もまた、（BLの趣味はないようだが）幸代と同じように物語を愛し、物語をつむぐ女性だった。

実は私は途中まで、幸代の同人趣味がクローズアップされて詳細に描写されていることについて、キャラクターを立てるための単なるスパイスのようなものかと思っていた。とんだ浅知恵である。幸代が平凡な日常を生きつつ、プライベートで男どうしの愛の物語を描きつづけることと、花世が数奇な運命に翻弄されつつ、むらがってくる男たちに物語を語らせ、物語の女神として君臨していたことが、ほとんど表裏一体のものとして鮮やかに対比されているのだ。

そもそも「社史」とは表の世界の歴史であり、それはしばしば、男の視点から見た、男のための、男の歴史だ。星間商事でも、裏の世界で会社に多大な貢献をした花世という女性は、つごうのわるい存在として、なかったことにされている。花世がささやかな権力を行使して男たちに描かせ、また自分でも描き継いでいた数々の物語は、花世の生きたあかしだ。行きがかり上ではあるが、幸代たちは表の社史に対抗して、花世を中心とする裏社史『サリメニの女神』を編むことに着手する。その最初の発表の場が、まさかのコミックマーケット……!

思えば、コミックマーケットをはじめとする同人誌即売会は、いろんな理由で公に商業出版できない物語が集う場所であり、その意味で「裏の世界」の楽しみなのだ。BLも元はといえば同好の女性たちだけでひっそりと描かれていたものであるし、現在でも、同性愛なんて知りませんといった顔の「表の世界」の少年マンガを、男どうしの恋愛物語として描きかえる二次創作(パロディ)が主流だ。九〇年代後半以降、コミックマーケットやBL、オタク文化といったものがメジャーになりつつあって、つい忘れてしまいがちだが、幸代たち「社史編纂室」が行ったささやかな抵抗は、同人誌が物語の形を取ったひとつの社会運動でもあることを思い出させてくれる。裏社史の売上げじたいは微々たるもので、そのてんまつも淡々と描写されているが、なんとも痛快だ。星間商事と月間企画にたまたま集った人々の思惑が織り成した様々な物語が、この裏社史と、幸代のプライベートなBL同人誌という形になり、日の目を見るという構成は圧巻といわざるを得ない。この小説は日本オタク史に残る傑作だ。

最後に。同人の女性たちが生き生きと描かれているだけでなく、幸代の上司の、本間正(六四歳)という昼行灯《ひるあんどん》おやじが、実にいい動きをしていることも忘れてはいけない。

ちくま文庫

星間《ほしま》商事《しょうじ》株式会社《かぶしきがいしゃ》社史《しゃし》編纂室《へんさんしつ》

二〇一四年三月十日　第一刷発行
二〇一四年四月十五日　第三刷発行

著　者　三浦しをん（みうら・しをん）
発行者　熊沢敏之
発行所　株式会社　筑摩書房
東京都台東区蔵前二―五―三　〒一一一―八七五五
振替〇〇一六〇―八―四一二三
装幀者　安野光雅
印刷所　中央精版印刷株式会社
製本所　中央精版印刷株式会社

筑摩書房サービスセンター
埼玉県さいたま市北区櫛引町二―六〇四　〒三三一―八五〇七
電話番号　〇四八―六五一―〇〇五三

ISBN978-4-480-43144-8 C0193

この小説の「ヒロイン」は、幸代でも花世でもなく、本間課長だ。物語の女神の一人である、幸代の描くBL小説の中では、本間課長をモデルとしたキャラクターが「受けキャラ」（ヒロイン役）なのだから。三浦しをん氏はいつも「BLは難しくて描けない」と謙遜しているが、本格的な「おやじ受けBL」を描かせたら日本でも有数の人材だろう、と私は確信している。その物語も、いつか読みたいものである。

（かねだ・じゅんこ　社会学研究者）